U0067896

推薦序一

這是一個你意想不到的轉接頭

宜芳書稿從春天走出來！台北近日的春天，氣溫多變，乍暖還寒；然而閱讀宜芳的書稿是一種春天，讓人沒有忘記冬季的嚴寒，不會忽略夏天將來的熱氣，當然也不會忘了此身置於驚蟄後將充滿生機的春季——一如生命縱有諸多磨難，同時不能遺忘奮起的力量。這也許是宜芳採訪各個領域人物時的初衷。

認識宜芳起因於本書收錄的〈天外之天——百年劇場的消亡全紀錄〉一文主角「小魯」，也就是天外天劇場的原主人吳子瑜先生。我在進行國民黨不當黨產研究時，發現了吳子瑜先生將投注畢生心血創建的天外天劇場易手，只為了修繕後來成為不當黨產的台北梅屋敷的故事。研讀台灣文史時常有的不平與無奈油然而生，我決定把這段故事寫入當時籌劃出版的書籍，書籍完成後，我在台中的一場演講中遇見了宜芳，作為吳家的後代子孫，她多次對我說起作為家族的一分子，面對這幢與台灣歷史緊密相連的重要建物，卻無法挽救的無力與哀傷……然而，我感覺到歷史固然有無法彌補的缺憾和不能重來的殘酷，宜芳的文學才華生出了與之對抗的生命力，還是留下了點什麼，啟發、點燃了些什麼。這些「什麼」匯流入這本《讀人，沒有那麼簡單》，的確並不簡單。

宜芳總是微笑的。她的微笑並不是要向世界展示她的美麗，而是一種從容的理解、懂得，所以不帶評語地用她的微笑來面對生活，同時以她的文字來記述她的所見所聞，甚至是建構她的文學堡壘（喔！是的，大家可以期待，她也寫小說），這本散文集便是她微笑的集合點，召喚了過去數年間她曾採訪過的人物到來，與讀者相會。宜芳的訪問高明之處，在於讓各領域的採訪對象說出心底事，分享生命經歷，使細心閱讀的讀者即使未能親見本人，也能透過文字參見這些各在一方找到安頓身心、對特定議題欣然以赴的人物風采；另一方面是，即便訪問的是這些值得記錄的人物，然而宜芳自己的閱讀經驗、生命體會已悄然參與其中，增加了訪問的深度與趣味。因此宜芳這本書不只是單純的採訪稿，而是她將採訪內化為文學作品的體現。

這本書還有一個彩蛋等待著讀者閱讀時發現——除了讀人，宜芳也帶領大家讀「空間」。這是宜芳在思索天外天劇場、家族源流而接觸文化資產保存之際所迸出的火花，她意識到建築的存在與歷史血脈相連，以及人在其中生活帶來的痕跡自會成為故事的秘密，因而她自願成為說故事的人。此刻，宜芳從講人的故事轉而訴說空間的傳奇，我們更能發現她是一個如此熱愛書寫的閱讀者，不同的題材絕非阻礙，宜芳總能找到那隱微的出口，為自己以及讀者鑿洞引光。

我在讀完這本書並為它寫下序文的當下，正是讀者即將開始閱讀本書的起始。我想，你終會發現，在這個各樣電器用品、3C 產品皆有不同接頭的時代，宜芳的書寫成為一個你意想不到的轉接頭，因為你的閱讀而接上了，文學的繆斯和靈光，順勢流洩到你的眼前。

清華大學台灣文學研究所兼任助理教授
鄧慧恩

推薦序二

閱讀一場場充滿生命對話的知識饗宴

「凡操千曲而後曉聲，觀千劍而後識器」，這是我看過宜芳這本訪談專書後腦海中迸出來的兩句話，語出中國古書《文心雕龍》「知音」篇。所謂「知音」，源自於「俞伯牙善鼓琴，鍾子期善聽琴」的故事，引申指相知甚深的朋友，若回歸語意本源，其實隱含「識人」與「識見」的雙重意涵。

以人物訪談來說，「識人」，是對受訪對象的內在精神有相當的掌握；「識見」，則是訪談人本身也要具備廣博通達的知識見解，雙方枹鼓相應，能深入對話。《禮記．學記篇》所謂：「善問者，如攻堅木，先其易者，後其節目，及其久也，相說以解……善待問者，如撞鐘，叩之以小者則小鳴，叩之以大者則大鳴，待其從容，然後盡其聲」，說的就是這樣的境界。

訪談既是一場知識的饗宴，也是一門技藝，運用之妙，存乎一心。一場精彩的訪談，從事前準備與閱讀，設計問題，與訪談當下的臨場應變，進一步追問，到最後的整理成篇，都是需要高度的識見與文字能力。

從上述標準來看，宜芳這本書即使不能說盡善盡美，但確實是一部精采豐富的成果展現，也是一場又一場精彩的生命對話。

本書共分成五輯，涵蓋十多位人物訪談，前三輯內容主要來源是國家圖書館《臺灣出版與閱讀》的「讀人」專欄文章，另收錄其他人物訪談數篇。第五輯則收錄他參與文化資產保存運動的現身說法與深入報導，多半環繞其家族「天外天劇場」保存運動失敗而開展，感情濃度特深。

本書受訪者的身分，大致涵蓋以下幾大類：作家小野、劉克襄、劉梓潔、李長青，出版人廖志峰、李靜宜，學者廖振富、蔡素珍，導演蔡銀娟，書店經營者謝一麟、鄭宇庭，讀書節目主播詹慶齡，原住民編織技藝保存者尤瑪．達陸。另外，也收入宜芳為母校曉明女中進行校友採訪的短篇訪談。不過上述人物有不少都是兼擅多藝的斜槓者，如小野曾擔任電影編劇，電視台經理，體制外學校校長，剛被發布為文化部長；劉克襄是公共電視節目「浩克慢遊」主持人，劉梓潔是電視電影編劇，出版人廖志峰、李靜宜與導演蔡銀娟，也同時是擅長寫作或翻譯的作家。

要與這麼多不同領域的專業人士深入對話，我們可以看到宜芳的準備功夫與博學強記。每篇正文之前常引經據典以破題，訪談之外還補充很多相關知識或引申的闡釋，而每位受訪者的個性與堅持，也都在她生花妙筆下如實呈現，形象立體而突出。

透過訪談，讀者可看到一板一眼的評論文章所欠缺的受訪人物的靈光乍現與生動側寫。如小野談父子情節，劉梓潔從瑜珈中體悟的靈性境界，採訪廖振富，隨筆記下他以臺語即興吟詠漢詩的率性。

訪問李長青，受訪者提到他對詩創作與推廣的執著：「我常常覺得我就是一個在推產品賣產品作直銷的人，我賣的產品就是文學嘛，我在直銷的東西就是詩嘛！當我面對學生、聽眾、參賽者，不管我是什麼角色，我永遠都在推文學談論詩，因此我就像是詩的文學產業裡面的藍鑽經理一樣。」將推廣詩譬喻成做直銷，看似突兀卻又生動無比。

又如廖志峰談余英時回憶錄編輯出版之特殊意義，以及對他個人生命的啟迪：「我覺得最難的是，你整個過程花了十二年，跟這個作者的對談、交往與相處，就是一種如沐春風的感覺，那是一個編輯生涯裡頭很棒的回憶了。」

介紹劉克襄《小站也有遠方》，引該書自序：「我的鐵道旅行，再怎麼歡喜浪漫，一安靜孤獨了，難免掛念著她……每次出遠門，再怎麼繞，都是急著回去陪她吃飯。」隨後，宜芳補充道：「（想起邀約採訪當下，劉克襄有些為難地說可否約在他媽媽家，原因是他要下廚給媽媽吃，當依約來到俗稱老師巷的小弄前，當真見到和藹的拄著拐杖的繪者陳孅孅女士）」，體現自然生態作家「樂為人子」的另一面。

導演蔡銀娟充滿睿智與靈光之言：「我們每一個人其實都只能活一次，但是透過閱讀，我走進別人的生命裡，於是我等於是活了很多次，因為在那個閱讀的過程，我等於是用別人的身分活了那一次，不管是閱讀或者是看影片，所以我覺得這對於我的成長，對我的智慧是有很大的幫助。」「透過別人的跌跌撞撞，別人的生命歷程，讓我去思考生命，思索人生，解鎖生命存在的價值。」

有時候，宜芳本人也在不經意間展現與受訪者的惺惺相惜，如訪問詹慶齡時，引述：「藉由資料研讀與訪問深談，去閱讀一個活生生的人，品味他的思考深度，汲取他的經驗價值，讀人如讀書，是種快速有效吸收他人內在精華的方便之門。」她忍不住跳出來旁註：「（這不就是個人撰寫這個〈讀人〉專欄的精神嗎？）」

而年輕世代的書店經營者謝一麟，其實也是文化資產維護的推手，本書提到：「也許剛好是發起參與打狗文史再興會社的關係，他們在一段時間的運作交流下來，高雄人對於這個城市的文化認知與歷史價值的追求，開始慢慢有了轉變。」「會社成員努力的結果，點滴可見在高雄人逐漸正視過往歷史的改變，這件事促使會社成員更有信心的開展各類社會議題運動，讓高雄城市的各種風貌讓更多人了解，推廣閱讀——會是一個最基本紮實的做法。」可見落實理想的不二法門，就在於能否將理想化為持之以恆、長期奮鬥的行動。

訪問原住民編織家尤瑪．達陸，提到他為何願意辭去都市公務員的安穩生活，而決定返回部落，一點一滴重新找回泰雅族的傳統編織技藝，訪談中直搗問題核心：「促使她改變的關鍵因素，既有外在的、也有內在的。內在源自於部落的呼喚——一直潛伏在她的生命底層，從未淡去，在當公務人員的那些日子裡，她常常不安不滿於現狀：『這就是我要的生活嗎？難道一輩子就等退休？』在思索生命意義的時候，『平順從來不是我要的答案』，她說：『我要找到我之所以為我的那個價值。』」真誠的語句，讓人無比動容。

本書精彩的對話內容處處可見，有待讀者自行深入挖掘，而每個人受到觸發或感動的點，也未必相同，所謂「如人飲水，冷暖自知」。只要開卷，書中人物就會陪著您，展開一場一場精采的——生命對話。

前國立台灣文學館館長
中興大學臺灣文學與跨國文化研究所兼任特聘教授
廖振富

推薦序三

讀人，為什麼沒有那麼簡單？

哲學家馬丁．布伯在其大作《我與你》有著以下動人的片段：「我沒有甚麼學說，我只是指引，我指出真實，指出真實中未被人看見的景況，我牽著那願意聽我說話的人的手，走到窗前，打開窗扉，只給他看外面的景況。」說來有點慚愧，這樣深富哲思的段落，我竟不是從大學沒拿到高分的哲學課堂上讀來的，也不是自己好學不倦下班後仍展書讀來的，卻是從本書作者李宜芳訪問劉克襄的一篇文章意外讀到。這段文字只佔該篇文章很小的一部分，卻像一盞引路燈，在漫漫的文字海中，引領著我反覆賞閱劉克襄豐富的經歷。而《我與你》書中「我」（Ich）和「你」（Du）的關係結構，某種程度來說，也算宜芳《讀人，沒有那麼簡單──字裡行間的人生閱讀之旅》整本書的縮影，因此在此引用這個段落，以便進一步開展本文。

國家圖書館在二〇一八年三月發行《臺灣出版與閱讀》創刊號，有別於它的前身《全國新書資訊月刊》，刊物每期設有「專題企畫」，廣邀各界針對出版與閱讀議題發表己見，進而眾聲喧嘩。除了「專題企畫」之外，還有「讀書－主題閱讀」、「讀人─閱讀出版人」、「E出版」、「閱讀點線面」、「原創精粹－閱讀臺灣」、「閱新聞」等專欄。本書有數篇文章就曾刊載在「讀人─閱讀出版人」專欄，而除了宜芳，專欄還有丘美珍、劉揚銘、張錦弘等作者供稿。我來國圖工作的時間較晚，正式接手期刊後，讀人專欄幾位作者因為個人因素無法定期供稿，讀人專欄幾乎變成宜芳的個人專欄。好在宜芳愛閱讀、愛寫作，每次都準時地從Line傳稿件（還有可愛的貼圖），回覆校稿意見也迅速，讓讀人專欄仍維持成「帶狀」專欄。身為編輯的我，除了感激，還是感激。

細心的讀者可能會發現宜芳要在文章中「讀」一個人，其實有個套路：她會先以一首詩或是一個文章片段，就像樂曲的前奏，引領著讀者進入訪問者與受訪者所構成的綺麗世界。然而這個序曲的安排頗具巧思：例如談小野前先給你放個〈莎韻之鐘〉，談李長青前先唸首葉慈的〈亞當其懲〉、談廖志峰前先來段攝影師黛安・阿勃絲的介紹。宜芳故意不直接切入主題，先旁徵博引，引用的資料還要中西皆備，這是她最具文采的一面，也可以藉此看得出她有多博學，為了每一場訪問她讀了多少書。宜芳雖然說她因為採訪別人而成為「書寫的人」，但就書寫的「成品」而言，她倒像是個電影配樂大師，讓這開頭的神來一筆，成為繞樑三日的主題曲。

在訪談的過程中，宜芳真不愧為「說故事的人」，除了受訪者跟她一問一答，我更著迷於她的敘事手法，這裡先姑且稱之為「芳式美學」。她善於採用不同的視角來說故事，除了使用較客觀的第三人稱談論受訪者的生平背景、訪問發生的趣聞（例如被劉梓潔逮到她做瑜伽時分心），她還像著名作家朱天心一樣，高明地使用「你」的第二人稱，硬生生把「你」這個宜芳跟「你」這個讀者湊在一塊，於是「你」得全心全意沉浸在訪談過程中，久久不能自己。最後「我」這個第一人稱則出現在受訪者的自我剖析，但有時訪談者宜芳還是會不小心現身，讓「我」這個訪談迷妹心裡在想什麼也稍微透露出來。宜芳巧妙使用電影剪接手法，不同的人稱觀點恰當地在文稿並置，而多元的視角更能襯托受訪者們不凡的人生。這是屬於宜芳的文字美學，卻也是「讀人」最迷人之處。如果一個人的閱歷夠豐富，需要用讀一本書的精力來細讀，訪談者又豈能只是將訪談內容如寫逐字稿般地記下來？

而談到說故事的藝術，我不得不想起德國哲學家班雅明（Walter Benjamin, 1892-1940）那篇經典的〈說故事的人〉。班雅明認為說故事本身是一種「工藝的溝通模式」（an artisan form of communication），因此說故事的人常常開頭就會陳述他們怎樣在某種情境中得知一個故事的原委和結局；而這樣的情境或是氛圍（atmosphere）是需要時間累積，如同釀葡萄酒需要時間，把故事說好也需要時間。宜芳讀人時，像是在雕刻一座小象牙像一樣，工匠的手要巧、心要細，還要瞻前顧後，不能專心雕刻人物五官卻忽略整體樣貌。不管是一開頭的引文，或是訪談內容，文稿處處都是細節，也是透過這些細節的堆疊，「讀人」的故事才能雋永，愛閱讀的快意人生才能持續永恆。本書雖然分為「游藝文海」、「築夢人生」、「更深的屬於」、「吉光片羽」、「歷史的回眸」五大章節，每篇文稿也都有特定的受訪者，但是在文字的皺摺處，共同藏著宜芳對於書寫工藝（craftmanship）的堅持，也是她對於如何「記憶」這個時代提出個人的見解。

從讀人專欄到本書《讀人，沒有那麼簡單——字裡行間的人生閱讀之旅》，宜芳其實也是在紙面上進行所謂的「閱讀推廣活動」。我在國圖除了編輯刊物，工作很大一部分就是策劃與執行各種跟閱讀相關的活動，試圖解決現代人普遍不愛閱讀的現象。本書的讀者或許不難想像，當今人們花費大量的時間觀賞 YouTube 或是 TikTok，導致現代的說故事方式總是很速成，不在前幾秒抓著閱聽者的吸引力，不管是文學作品還是影音作品便很難打入大眾市場。但是宜芳在本書卻獨排眾議，不像 YouTube 的節目總會有前情預告，她堅持讀一個人時得繞道而行，要慢慢地讀，要一句一句地與受訪者對話，為這難得的訪談機會留下完整紀錄，這是也是她作為「書寫的人」的使命。本書第四章還兼談文化資產，在「讀人」所譜出的眾生相之外，還順帶一談建築歷史與空間肌理；對於歷史、對於記憶、對於那個容易被資本主義弄得面目全非的「過去」，宜芳很在乎，於是她想用文字留紀錄，用她的方式去詰問這個社會為什麼對於環境變遷越來越無感？

在結束本文之前，我想回到在編輯工作中初次接觸到宜芳稿件的感動，那是第一次閱讀〈景框之外的真實——導演蔡銀娟的生命遊戲〉這篇文章，當時的我對於最後一句：「一個完整的人」，特別有感覺。所謂的「讀人」，不就是在那有限的受訪時間裡，以及被限制住的文章篇幅裡，盡可能地還原受訪者的一生？而所有的文學技巧的運用，不也是為了將所有的細節恰當地呈現，不辜負受訪者的期待？宜芳「沒有那麼簡單」的讀人方式，不也是當今求新求快的步調裡，尋求一種「有溫度」的書寫方式？

我以問句「讀人，為什麼沒有那麼簡單？」作為本文標題，試圖跟本書書名《讀人，沒有那麼簡單——字裡行間的人生閱讀之旅》有所對話。當今常有文字工作者將被ＡＩ取代的說法，於此同時我看到的卻是 ChatGPT 在提供人物簡介時，常是錯誤大於真實，而且文字表達總是缺乏美感。文字工作者要在目前普遍認為ＡＩ就是一切的聲浪中，繼續去訪問人、書寫人，去尋找屬於「人」的溫度，真的需要具備所謂的人文精神（與雖千萬人吾往矣的勇氣）。而在進入國圖工作前，我也曾為雜誌書寫訪問稿，賺取那微薄的稿費，因此很能體會要在目前以商業取向的出版環境中，保持一顆熱愛書寫的初心有多困難。我因此期盼讀者閱讀本書後，除了欣賞宜芳動人的文筆之外，也可以私底下推薦合適的受訪者給宜芳，以便國圖讀人專欄可以細水長流，她可以繼續出版下一本專著。

最後還是不忘要恭喜宜芳順利出書！也祝福本書讀者透過閱讀別人多彩的人生閱歷後，進而豐富自己的人生！

國家圖書館國際標準書號中心編輯
現任《臺灣出版與閱讀》執行編輯
潘建維

推薦序四

不只是讀人

文友李宜芳出版了最新文集《讀人，沒有那麼簡單》，這部最新文集總共收了十九篇文章，依主題分：游藝文海、築夢人生、更深的屬於、吉光片羽、歷史的回眸等五輯，文章出處則有曾為國家圖書館出版的《臺灣出版與閱讀》中「讀人」專欄所撰寫的人物專訪；也有為高中母校曉明女中採訪傑出校友的人生故事；更特別的是，還有幾篇析論地方與城市建築的文章，篇幅雖少，卻增添全書重量。

作為一個長期的文藝愛好者、閱讀者，與書寫者李宜芳，大量的閱讀淬鍊出細膩精準的文字功力，這種功力在她的書寫與敘述中開展，她雖謙稱自己是「讀者與創作者的橋樑」，但這樣橋梁角色十分重要，從她深入淺出的訪談，在在顯示做足功課，與守備的範圍廣泛，才如此駕輕就熟，為讀者清晰勾勒受訪者的形貌。宜芳的人物撰寫有一特色，行文必有所引，彷彿天外飛來，再從引文主題切入，比如從莎韻之鐘來介紹作家小野，談他生命的回歸；以小說駱以軍的「悲歡」一詩中的耽美沉溺來談作家劉梓潔的生活與創作；藉愛爾蘭詩人葉慈的「亞當其懲」來談來自南國、帶著海味的詩人李長青。這樣的書寫拉出距離，也拉出了觀看的角度，讓傳主的文學座標更為鮮明、立體。每篇訪談都附參考書目，提供讀者進一步的探索指南。

和一般專訪集結的書明顯不同的是，本書除了聚焦在書與人，甚或書店的故事外，但更重要的，台中的地緣觀點才是整本書的命意與最可觀之處，作為一個具歷史與文化傳承的台中，廖振富教授的專訪把文學與閱讀視野連結霧峰林家所捲起的的阿罩風雲，讓人感動，也是在這樣的敘述上，書中末卷的城市與建築探索諸篇，成了一種時代無可挽回的低吟。

台灣作家輩出，出版品亦多如繁星，藉由有心的書寫者深度訪談，重現書和人的風采，便是本書的出版意義，這本書同時凸顯地方風土的覆載意義，讓文學得以著根，增添文史面向，值得讀者朋友細細品味。

允晨文化發行人

廖志峰

推薦序五

閱世之書，我們經歷的一切

世界是一本大書，知道看，懂得讀的人，往往能在其中有所得。

宜芳此書，屬於專欄結集；專欄內容主要從採訪而來，卻又能不僅止於採訪——這是宜芳用功也用心之處，亦是本書得以如此豐富好看的原因。

我認為宜芳這本書，允為一本閱世之書。

「世」可以指時代，也可以是世代；我查了「世」的意思，有解釋為人間，用來與天上區別，因此有著世上、世俗之義；我最喜歡的一個解釋，則是「自然界和人類社會一切事物的總和」，如此，也就意謂著世界。

《楞嚴經》對「世界」的詮釋：「世為遷流，界為方位。」準此，「世」的本質是時間，交會了「界」的位體，具象了綜合的認識與認知，時間與空間，匯聚而成：我們經歷的一切。

閱世之書，如果「世」是受體／受詞，那麼，「閱」便是行為主體／動詞了。閱有察看、品讀、鑑賞之義，這些也都構成閱歷。此外，閱也有匯聚、約集的意思，陸機在〈嘆逝賦〉裡說：「川閱水以成川，水滔滔而日度。世閱人而為世，人冉冉而行暮。」於是，人生於世，時常是世界的受體，眾集而成世，然而，吾人卻也可以是行為／行動的主體，進而成為一個（或一串）有情的動詞，連綴人世風致，怡然成篇。

宜芳此書，不只是採訪稿，也不只有問與答，而是透過宜芳之眼，文字之心，轉譯生活與人情，鐫刻生命情境與思索體悟。我想像著，這其中蘊藏的層次，竟然就有好幾道當然的工序：

1. 宜芳對受訪者的提問／題綱。
2. 受訪者對宜芳的表達／表述。
3. 宜芳對受訪者的回答內容的理解與想像。

4. 宜芳對受訪者的回答內容的消化、吸收與轉化。

5. 宜芳對受訪者的回答內容的文字/文意產出。

6. 讀者（包括宜芳自己，以及受訪者們）對這些文字內容的理解與認知。

也請別忽略了，第3、4道至第5道工序之間，「宜芳之眼」同時扮演的關鍵角色；宜芳之眼代表了宜芳的觀點，行筆從文，意緒端呈，觀點往往具現了走筆之人內在思考的風景，這些文字，不獨是受訪者的情感意志／意至，間也融會／融匯了宜芳的詮釋、延繹與興發。世界是一本大書，看知影，讀得懂的人，就能在其中有所得。

靜宜大學台灣文學系兼任助理教授
李長青

推薦序六

聽君一席話，還是讀萬卷書，哪一種收穫會比較多？

電影《一代宗師》的經典台詞道：「世間所有的相遇，都是久別重逢。」

我和李宜芳認識，因為老戲院。我們有過類似的經驗：曾經為一個老戲院做各種調查，訪問相關人，留下一本專書；最後都親身經歷了老戲院在自己眼前被夷為平地……心中複雜的感受，應該只有類似經驗的人才懂。所以，當我看到她寫的《尋找・天外天》時，即使彼此互動不多，卻有種他鄉遇故知的久別重逢感。後來，因著這本書李宜芳到三餘書店舉辦講座，我們聊天後才發現，兩人關注的領域交集不少，像是文化資產、閱讀、書寫。

李宜芳的閱讀深度與廣度，從《讀人，沒有那麼簡單》這些人物書寫的文章中可見。坦白說，當初看到李宜芳寫自己的文章時，甚至起雞皮疙瘩，非常害羞……自己有這麼厲害？這次書中集結了許多受訪者的故事，非常觸動人心。這本書是關於選人、細膩觀察、讀人也讀書的撰寫方式。人物的選擇，看來各行各業都有，其中隱約的共同點，都跟書有關；比如寫書的人、賣書的人。

一個人的生命故事或許很長、很雜，但李宜芳就像是一個手藝獨到的廚師，萃取材料的精華處，並用適合的料理方式，讓讀者與受訪者的生命相逢，產生關聯與閱讀後的意義；在閱讀受訪者生命故事的同時，穿梭於不同的經典書籍中。這種火候十分難得，處理不好會變成吊書袋；處理得宜，閱讀體驗就能引人入勝，品嚐層層疊疊的風味。好像久別重逢一位老友娓娓道來，有一定的說故事節奏與知性含量。

聽君一席話，還是讀萬卷書，哪一種收穫會比較多？《讀人，沒有那麼簡單》演示了這兩種方式可以同時並行，且讀來非常可口。

三餘書店團隊成員
文化工作者
謝一麟

推薦序七

雖然讀人不簡單，卻能深刻認識一個人！

《紐約時報》專欄作家大衛・布魯克斯的名著《第二座山》告訴我們：攀爬世人眼光認定「有所成就」的第一座山之後，還有「第二座山」值得我們踏出腳步。

往「第一座山」攻頂的人，目標是成為贏家（譬如畢業獲得市長獎的學生）、佼佼者（譬如獲得吳三連獎的藝文界人士），甚至是領域王者（譬如老花雷射、近視雷射領域的張聰麒醫師）。

然而往「第二座山」前進的人，沒有特定目標，但把自己當成一個「侍奉者」，不時觀察周遭，自我省思，腦中經常浮現：「what can I do for you?」（我必須補充說明，張聰麒醫師也同時在第二座山的路上）

這個 you，不會也不必是每個人。我們沒有那麼多能量，同時也不是每個人都值得我們的善意跟付出。

這個 you，是我們的摯友，我們的朋友，我們所關心的人們。

大衛・布魯克斯的新作《深刻認識一個人》，引導我們思考，我們與「you」的關係。

有些人說自己「認識」一個人，但可能只是電視上看到這個人受鄭弘儀訪問，就聲稱自己「認識」他，其實，這最多算「看過」，連「知道」有這號人物都稱不上。

我們說誰對某人「知之甚詳」，腦中至少得浮現一份年表，能轉瞬說出哪一年狼狽忐忑，哪一年高光時刻。

如果你同意大衛・布魯克斯的持論，你也認為「深刻認識一個人」是有意義的，那我繼續分享，如何能「深刻認識一個人」。

第一種時間成本最高，就是要：長期有所往來。彼此可能對共同目標有興趣，一來一往，雙方在互動跟討論之後，都覺得更有收穫，珍惜彼此能對話的緣分，期待每一次能交流的時刻。

去年我參與了肝炎專家廖運範院士主持，林衡哲醫師主講的活動，因而正式跟廖院士認識。

今年我們因為都對杜聰明獎學金跟墨寶的相關歷史有興趣，信件因而頻繁往來，我每一次都期待他回信，從回信得知他的心境亦然。

譬如我們都知道杜聰明先生晚年嗜寫書法，而六十歲之後開始頒發獎學金給秀異學子或研究人員（包括第一名的醫科畢業生、年度最優秀論文、年度最優秀醫學演講），然而，得獎者收到杜先生墨寶，本不足為奇，墨寶贈與得獎者的規則曾見諸杜聰明先生的回憶錄，但有一些其他畢業生也獲贈杜先生墨寶，我和廖院士對這些歷史有興趣，就分享彼此所見，得到一些我稱之為「無聊（但我們都很有興趣）的小發現」。

杜聰明先生贈與學生墨寶的年度，甚至早於杜聰明獎學金首度頒發（一九五四年）。

《杜聰明墨寶漢詩紀念輯》記載：一九五一年的畢業生黃瓊太醫師（台大醫科第五屆，苗栗頭份開業醫），曾獲杜聰明贈與上有「畢業誌念」字樣的墨寶。這一年，都還沒有所謂的「杜聰明獎學金」得主，純粹是愛才惜才的杜先生揮毫祝福畢業生。

一九五五年，因第一名畢業獲獎的林孝德醫師，其墨寶上有「榮受成績獎誌念」，墨寶內容是：「秀異賢才為時出，喜樂君子自天壽」。

一九七二年，因第一名畢業獲獎的張瑞士醫師，其墨寶上有「優秀成績受獎誌念」，墨寶內容亦是：「秀異賢才為時出，喜樂君子自天壽」，當時杜先生八十歲。

一九七三年，因第一名畢業獲獎的施麗雲醫師，其墨寶上有「優秀成績受獎誌念」，墨寶內容亦是：「秀異賢才為時出，喜樂君子自天壽」，當時杜先生八十一歲。

陳永興醫師高醫畢業時，亦曾獲贈杜先生墨寶，最後寫著：「永興同學留念。甲寅仲秋思牧杜聰明時年八十二」。

第二種是：閱讀人物傳記。廖運範院士的同學林衡哲醫師，也如此持論。

林醫師在《追夢的人生》一書中的自序提及：

「傳記文學是我在文學上的初戀情人，我從初中開始便嗜讀傳記文學，現在的我像中年的胡適一樣，碰到人就請人家寫回憶錄，雖然我祇是一位平凡的小兒科醫生，不能夠跟博學的胡適相比，但在傳記文學的催生上，我似乎比他有成就一點，在新潮文庫時代，我催生了將近50部西洋傳記名著的漢譯，例如《白鳥之歌》、《愛因斯坦傳》和《居里夫人傳》等；而在創辦「台灣文庫」、「望春風文庫」之後，也出版了將近50部台灣傳記文學名著，例如《江文也的生平與作品》、《自由的滋味》、《高俊明牧師回憶錄》等，其中以醫師、文學家、音樂家和宗教家的傳記最多。」

杜聰明獎學金在台灣已經有七十年的歷史，研究這個議題的過程中，我如果發現哪一位得主傳記出版，我一定買兩本，一本捐給基金會收藏，一本自己啃讀。（譬如周松男、廖述宗、黃伯超）

第三種，是閱讀人物訪談錄，本書即是經典之例。

透過訪談者宜芳的巧思，其拋擲的問題如螳螂雙臂，受訪者的答案如蟬翼，轉瞬間牢牢截獲，讀者得以大快朵頤。

無論是讀訪談錄、傳記或是與人長期往來，其實都包含了大衛．布魯克斯說的三件事：我看見你、我看到了你的磨難、我看到你的力量。

作者在闡述「我看見你」時補充說明，就是勉人當一個「照亮者」，展現自己光亮耀眼的一面。廖院士是一個謙虛的人，說自己埋首肝病研究多時，有些墨寶相關問題，因而對我提問，我何德何能？我也是請教許多專家，自己也苦思多時，分享答案給廖院士，獲得院士讚美的那一刻，我至少也成了半晌的「照亮者」。

過去我在閱讀鄭南榕先生的親友、同事受訪內容時，我看到了他的磨難。誠如大衛所言：「透過分享悲傷，一起思考悲傷的意義，我們才能學習克服恐懼，對彼此有更深的了解。」

過去我在閱讀鄭自才先生受訪內容時，我看到他的力量。誠如大衛所言：「用同情和理解的眼光」來看他，「看到他們複雜的靈魂和痛苦，也能看到他們如何努力展翅，駕馭人生」。

現在，我邀請您閱讀名家李宜芳撰寫的《讀人，沒有那麼簡單》，我們一起閱讀這些受訪者，一起凝望他們人生故事中曾經的磨難與展現的力量！

《要有一個人》作者
楊斯棓醫師

在書頁與筆端之間

自序

讀書大抵是件容易的事，逐字逐句一行接著一行，一篇接著一篇，一本接著一本，從手到眼進入心，任由文字帶領悠遊，沒有懸念地讀罷之後，闔卷時刻或許評論在即，碰到喜歡的作家猶如遇見喜歡的人，化身鐵粉追逐每一本他寫的書，膜拜啃噬囫圇他每一個文字下肚。

多麼簡單的幸福啊！順手拈來享受別人的思想與創作的情節，入魔的瞬間一如找到最大的信仰。

而信仰的創造者，不管是書寫他者或書寫自身，是一種陳述與對話，呢喃與揭露，書寫者我本身，是誠然的存在，自我意識的進行，企圖與眾多第三者微妙的交流。

那麼，介於讀者與創作者之間的人，他是擺渡者，擺渡內在豐饒與視線喧囂的河道。

當我親炙河道之水深，書寫書寫者之書寫，於是深知——讀人，沒那麼簡單，一如靜水深流。

說是靜水深流，我總是汗顏。幾乎是旱鴨子，游泳技術比之幼稚班，雖以此為業並深愛文字，仍好欽佩能在藍色水流中優游的人；字句如水流，能在字海裡優游，還能游得出一面海，海裡的遼闊深遠或者陰冷險峻，只有獨游其中的人才能領會。

而我何其有幸，能有與這些書中泳將展開深談的機會，每一次訪談，我都懷著雀躍而小心翼翼的心情面會他們，並且謹慎記下兩小時談話之間的種種情緒感觸，寫下眼前對象暢談其字海人生的一種意味深遠的穿越，即使有幾次是透過螢幕 face time。

記得那是疫情期間，沒辦法面對面訪談的折衷方法，透過螢幕遠距離訪問作家小野。

是小野耶！從高中時期就慕名的作家。這次是第二次訪問他了，在四十年前，我以高中校刊社小記者的身分見到他。當時他已經是文壇的當紅炸子雞，而小記者自詡文藝少女，哪知人生何處不相逢，四十年後的再訪，文藝少女已經過人生山山水水，而作家小野已經寫超過一百本書。

螢幕面前的人生穿越，感覺小野本人比想像中更和氣可親，侃侃而談他的人生、他對父母的情感、他的寫作熱情，而我好像是心理醫師，不小心開了樹洞，在螢幕的彼端深受感動的我，手忙腳亂地收拾緊張的情緒，寫著字跡凌亂的筆記，小野的談話中那些人生抵達或是初心的回歸，藉由他的聲音穿透過電腦螢幕，一種透明清晰的傳達，不需要仰望的角度，卻像是在山林裡聽到的神秘乍響，我似乎讀懂了在文壇撒野的作家超過一百本書寫作的初衷。他，是蛹之生，他，超越蛹之生。

文藝少女讀不懂《蛹之生》，現在的我，讀懂了《蛹之生》。一切皆因緣，冥冥中的神祕力量把高中的我再次帶到小野面前，再次續緣。

這種神祕的穿越感覺，形成我在讀書與寫作之間的一種神秘跳接。在朱嘉漢《最好的情況下》書中，某一段文字是這樣的：

「故事並不消滅孤獨，亦非就此建立永恆的聯繫，而是讓我們在各自的孤獨中，感受到聯繫……」

因此當我專注孤獨地將謝一麟的採訪稿寫好之後，經常性地 Line 給編輯先生說：「交稿！」的同時，我輕鬆地泡一杯咖啡，繼續捧讀寫稿之前的閱讀，我在黃小黛書中讀到她寫謝一麟：

「他說話的聲音細微如蚊，動作平緩，當人們滔滔不絕時，他靜默無聲……掛著一股靦腆特有的神情……」

有那麼〇．〇一秒的速度，我被她的文字以八百萬伏特的電力電到啞口無言，因為，那正是我採訪完謝一麟之後沒有訴諸文字的私感覺，黃小黛替我說出來了，而她應該在天上微笑著。這種感覺，應該就是朱嘉漢說的：「在各自的孤獨中，感受到聯繫。」而這聯繫，是多麼的神秘。

這就是我在讀書與寫作之間的一種神秘跳接。不是第一次了，我總是在現實世界與文字世界中的神祕跳接相遇，在人與書的奇妙因緣中相遇，感謝那些神秘，我愛那些神秘。

在替國家圖書館的《讀人》專欄撰寫人物專訪前，我曾替母校曉明女中出版的《天涯芳蹤：五十位曉明人的生命故事》擔任主編，採訪過的幾篇文章也一併收錄在本書中。那些採訪的時光中，印象很深刻的其一，是陪伴著一個失去愛兒的傷心母親流了一個下午的眼淚，後來她勇敢地收拾顆顆淚珠，在花草植栽的療癒中走出傷痛，並且出版植栽相關書籍，晉升作家；相當怕狗的我，在另一次採訪流浪動物緊急救援小組的愛狗學姊時，一進她家門，幾隻大型獵狗圍繞著我，牠們的靠近嗅聞與低嗚，都差點叫我嚇到尿失禁，在顫抖中完成的採訪文，同時博得學校修女的讚賞，那些驚怕才有了意義與回饋。

書中另一小部分，是我對於地方與城市建築的文化資產淺見。會涉入文化資產的領域，完全是美麗的意外；之前書寫的《尋找，天外天》一書，是一本關於家族與自身根源的探尋之旅，有緣接觸老屋與文化資產的記憶與守護。緣於關心，之後與羅苑榆小姐合作有關「歷史的回眸」的計畫案撰寫，中間的三段採訪專家的文章，我將撰寫的部分獨立出來，放在本書中。

文章所謂讀建築，是讀建築背後所象徵的城市紋理，以及建築本體所承載的文化意義。試圖探討——文化，有價嗎？當我們走進「一棟歷史」，它回你一眼古老的曖曖之光，在斑駁的牆柱中呼吸，我們能感受到歷史的溫度，用有價的手段留下一段無價的記載與歷史，有多少人會珍視？在三棟建築的探尋與採訪專家學者中，了解有多少方法與法令依據，能支持人們擦亮一段共同回憶或重新召喚共有的認同。

從人物專訪到地方書寫，於我而言，猶如突然打開的縫隙，故事透過縫隙的一絲光線糾纏著我，我在人的故事裡發現地方的回憶，城市歷史裡有人生活過的軌跡，人與城市，足跡與回憶，一步一印記。

採訪的工作讓我成為書寫的人，我書寫書寫的人以及跟書寫有關的人，每回採訪最後，我總愛問受訪者一個問題：

「閱讀或者書寫，對您來說是甚麼？」

回答的人，總是謹慎但帶著一種深刻的微笑：

蔡銀娟說：「透過別人的跌跌撞撞、別人的生命歷程，讓我去思考生命，思索人生，解鎖生命存在的價值。」

謝一麟說：「這是美麗的意外。」

詹慶齡說：「閱讀是向自己的靈魂招手。」

書店已然不在的新手書店老闆鄭宇庭說：「那是一件很小很美的事。」

詩人李長青說：「每一首詩，每一段閱讀，都是對世界的回應。」

廖振富教授說：「閱讀可以開啟心靈視窗，照亮生命，安頓自我。書寫則是人生探索，反芻與尋求對話的可能。」

劉克襄說：「將自然環境的接觸經驗、我的文化理念、博物學的知識甚至於我的生活感悟，透過地方美學書寫將其詮釋出來，與更多的人產生對話與連結，生活有另一種可能和美好。」

你問，我呢？對我而言閱讀與寫作是甚麼？

冊頁是靈魂的翅膀，我在書頁與筆端之間，感受神秘跳接的喜悅與生活的重要信仰與意義。我的居所前，是一條陽光充滿時安安靜靜的溪流，兩岸種滿苦楝樹，樹子掉落在水流裡，透過光線的折射像是一顆顆閃爍的鑽石，這一條靜水，深流上的鑽石，猶如我採訪過的作家與他們書中的字字珠璣，我在這條河流裡找到最深的信仰。

二〇二四年　於南屯麻園頭溪畔

目錄

三｜更深的屬於

四｜吉光片羽

五｜歷史的回眸

游藝
Chapter 1
文海

小野，在文壇一直撒野

——專訪作家小野

山麓狂風暴雨
獨木橋就要流失而岌岌可危
渡橋的美麗少女是何人
紅紅的嘴唇 啊～莎韻
整裝出發參與神聖的戰爭
英勇的老師你 令人懷念呀
挑著行李 開朗地唱著歌
雨下個不停 啊～莎韻
於暴風雨中凋謝的一朵花
在裊裊水煙之中黯然消失
在部落的森林裡，小鳥也為之悲鳴
可是為何不回來 啊～莎韻
對於清純少女的誠摯之心
有誰含淚思念
南方島嶼 夜幕已深
鐘聲響徹雲霄 啊～莎韻～

〈莎韻之鐘〉
作詞：西条八十
作曲：古賀政男
原唱：渡辺はま子（註1）

一九三八年，宜蘭縣南澳鄉泰雅族少女莎韻，協助日本老師田北正記搬運行李下山，不料途中遇到暴風雨，她在南澳南溪的獨木橋不慎墜溪失蹤，當時的台灣總督長谷川清為褒揚其義行，頒贈紀念桃形銅鐘，稱為「莎韻之鐘」。一九四一年，藤田知事以詩文〈サヨン少女を思ふ〉為藍圖，譜寫一首優美感人的歌曲《莎韻之鐘》。

原本僅為短短一則泰雅族少女溺水意外，被台灣總督府用來宣揚理蕃政策的成功，成為皇民化政策的宣傳樣本。而國民政府來台後禁唱日本歌，遂將《莎韻之鐘》改成《月光小夜曲》，歌詞改描寫男女之間的甜蜜愛情，旋律溫婉好聽，使大家都遺忘了莎韻之歌那段耐人尋味的歷史初衷。

二〇一〇年前台新金控經理林克孝的遺作《找路：月光・沙韻・Klesan》一書記錄他走完「莎韻之路」，深入南澳探索泰雅遺址的經歷。媒體詢問他走莎韻之路的緣由，林克孝表示，當他踏進南溪水裡的震撼，驚覺冥冥之中一定有甚麼力量把他帶到莎韻被沖走的這條溪流來。

深入山林探尋挽救歷史遺跡，記錄留存台灣的古道遺址，是多麼重要而艱難的事，而知名作家小野在縱橫文壇數十年之後，開始築夢踏實地一步一步逐漸完成他寫給台灣山海的情書。

千里路萬里情

《走路・回家》是小野二〇二二年出版的新書，這是一本關於山海的壯闊書寫，寫他千里追尋島國根源時的沉思，寫他足踏台灣母土的內心悸動，更寫他一如林克孝深入山林時找回自我的身心療癒之旅。

一個著作等身書寫一輩子的作家，為何走上千里步道運動這條路？

他在書的自序裡這樣寫道：

「這是一條漫長的路，一條追尋和認同的路。我拍電影、做電視、寫小說，不斷追尋台灣生命力、努力建構台灣人民歷史，甚至走上街頭爭取一個更好的未來……」(註2)

「我們所賴以生存的島嶼是被長期禁錮的，他四周面海但是不能靠近，他的中央是叢山峻嶺但也不能走進去，一個全是高山的島嶼，不能夠航向海洋，也不能走進去，那麼還剩下甚麼？……其實我們要做的只是恢復我們本來的面目而已，不是嗎？」(註3)

恢復我們本來的面目，談何容易？

這個希望徹底解決政府把山林水泥化、山徑隨處加設路燈……等等破壞深林的問題，恢復大自然生態的原始面貌，小野和幾位知名的藝文人士，發起千里步道運動，以步行的方式把台灣的步道和古道串聯成一個路網，透過步行踩踏泥土、親炙野草香，尋找台灣原始的歷史文化與古道生態，紀錄屬於台灣的故事，這個運動由點到線，希望落實擴及到村落鄉鎮社區，編織成一個守護台灣的生命之歌，尋找屬於台灣的莎韻之歌。

小野在書中寫道：「我終於明白自己為何用盡一輩子的力氣來寫作，一本又一本，其實，是一直無法割捨那種一生只會有一次的初戀的感動……」(註4)

現在，他多了一件可以留住那久別重逢的初戀感動，那就是走路。

走路，用雙足一步一步走人生的旅程，他在淡蘭古道山徑中體會甚麼叫做流浪，離開了家象徵離開了媽媽的懷抱，他流浪的起點就是媽媽人生的終點，在他體會自由自在的空無的時候，媽媽會幻化成螳螂來為他送行。

除了用腳走路，他和同道友人更是用手走路，他們在〈十年砌匠心〉文中描述，在千里步道運動中也在台灣各地進行手作步道，運用現場的土石重新編排環境生態之道，重現台灣先民更完整的歷史與生活方式，他們成功地徒手徒足催生七條國家綠道，他說：

「我不是先知，更不是一個勇敢的開創者……至少，我是一個覺醒者，一個夢想與真理的追隨者……」（註5）

當小野說到「覺醒」二字，他的語調中透著一種清朗的愉快，這才是真正的覺醒。

尋路而行，不停地走路，走過千里路，用自己的經驗看看不同的風景，感受不一樣的世界，如同村上春樹在他的《關於跑步，其實我想說的是……》書中寫：「感覺過了三十歲的現在，我這個人身上居然還留有不少可能性，那樣的未知部分，透過跑步這件事逐漸一點一點地明白過來……」（註6），小野的千里行的底蘊，亦是透過走路對自己人生的明白覺醒。

人只要有覺醒，都不會太遲，他說。

這是一個熱血勵志的七十歲小野。

當一顆蛹死了

小野的人生一直超勵志，他的第一本小說集《蛹之生》，就是一本青春純愛勵志小說，談的是幻滅與成長的故事。

談及這本出道文壇的作品，小野笑了，他說這是一本受傷的童話，採訪他的我納悶了！

「唸生物系大二的時候，有一天突然想寫稿投到中央日報，剛開始我用『天牛貪心』這個筆名想賺取稿費，貼補家用。」

這個筆名的確是小野的詼諧風格！

「後來我改回本名李遠，遠，那是古代的野字，意思是種兩顆樹在土地上，但很多人不認得遠字，於是改到我現在的這個李野。」

小野的《蛹之生》在自費出版的三十年後，由遠流風格館系列重新出版印行，編輯的文案這樣寫：「如果你厭煩了村上春樹的新宿街道、一塵不染的廚房、羊男、寂寞哀傷的性交，願不願意重新細品小野的青春哀歌，小野受傷的童話，小野筆下的台北？」

這本屬於小野個人風格強烈的童話小說，幾乎就是他大學四年時間，一邊準備畢業、一邊寫小說的作品，寫完之後正式在《中央日報》連載發表，那年他二十四歲，剛好大學畢業。

談及《蛹之生》想要闡述的主題，小野說：

「我想講的是一個熱情吧！大學生談戀愛也好，談一些國家大事也好，都充滿了熱情，我在故事中設計一個為了救人而被淹死的角色秦泉，一個敢愛敢恨充滿理想抱負的作家趙一風，還有女主角馮青青與小蘭，這些書中主角們的戀愛、尋找自我、參與公共議題的大學生熱血的生活，那是個很蠢卻很純的時代，我等於把自己的身分拆成好幾個，書中的每個角色都是我自己的投射……。」

當秦泉因救人而溺斃身亡，小蘭哀痛逾恆，趙一風說了一段這本小說最重要的註腳：

「小蘭，記不記得妳曾經說過蛹會死掉？……蛹之死若能喚起無數的蛹之生，那麼蛹之死就更有價值了。」（註7）

「趙一風走到窗前，感受冷風從耳畔呼嘯而過……他彷彿看到一隻五彩艷麗的大蝴蝶正掙扎的從褐色的蛹中擠出來……翅膀乾了、硬挺了，牠奮力振動著翅膀，以雷霆萬鈞的姿態飛向那遙遠而無邊無際的穹蒼。」（註8）

這段小說的最後的文字，寫的正是二十四歲的小野，年輕的他正在頭角崢嶸的文壇破繭而出。

作家以筆為刀　幫爸爸復仇

小野創作的養分都來自台灣本土作家黃春明、王禎和，或是白先勇跟王文興的名家作品，因此當他的《蛹之生》出版暢銷以後，在他對自己的自我鞭敕嚴格要求下，對《蛹之生》很不滿意，總覺得好像寫得不夠好；自卑之餘，他開始大量閱讀了很多後現代小說的理論，也吞噬外國各種的文學，想讓自己的小說提升到一個不只是很暢銷而已的層次，於是他寫下第二本書《試管蜘蛛》。

這本跟前一本完全不同風格的小說，大量的意識流文字，大量的後現代主義語彙，結構主義式的文字變化。當時有個評論家寫文評論《試管蜘蛛》的文風改變，認為原來的《蛹之生》寫得簡單清新，為什麼要去改成一個困難艱澀的寫法？

《試管蜘蛛》還是很暢銷，可是仔細翻閱，這兩本根本像是不同人寫的書。小野強調：「那時候我對於寫作這件事情充滿著害怕……我還記得在書評書目有人寫說：『很多作家都比他寫得好，怎麼他寫的東西這麼暢銷呢？』」

這會不會是一種近鄉情怯的情結呢？

有批評就有成長，有自卑就有超越，他的第三本書《生煙井》一出版，仍舊暢銷長紅。這本寫軍旅生活的散文集，妙筆生花地寫出許多李排的軍中趣事，當他扛著行囊走進名為「龍岡」的排長室，開啟他的預官生涯，排長室外有一口古井，他寫道：

「我探首望望那古井，冰寒的冬月下，我的影子已被幽暗的井水吞噬，忍不住興起一種悲涼的感覺，終於，自己的影子緩緩沉入井底……。」（註9）

小野就在這口水澹澹兮生煙的古井旁，運筆寫下服兵役必須接受的磨難與洗禮等種種感受，同時思索更深刻的信仰與人生的大哉問。

當兵之後，可曾褪去自卑成為他一直想成為的大塊肌真男人了？

小野笑了笑：「並沒有。」

他在軍中同袍戰友裡，最終了解的是，受敬重的真男人不是靠陽剛威武、舞刀弄槍來顯示，而是人格中的勇於任事、溫暖體貼、堅毅勇敢，讓人感到安全穩健，擁有那樣能力的人，才是真男人。

於是當他獲知小說得到文學首獎的時候，他竟然沒有哭也沒有笑，就在醫學院的實驗室外面，看著紅雲密布的黃昏天空高喊：「爸爸，我幫你復仇了！」

撿起爸爸掉落的刀的剎那，小野就是那個很ＭＡＮ的真男人。

爸爸掉落的刀，是怎麼一回事？

小野憶起童年時，父親仕途不如意，酩酊大醉時拿著菜刀蹲在地上嚎啕大哭，小小野在稚嫩的心中種下替父親揚眉吐氣的復仇之願。

「我的作品中常會出現一種兩難的困局，也經常出現一種忿忿不平的沖天怒氣，故事中的主角常常被自己這樣的情緒所逼而走向絕路。」(註10)

他在故事中，替父親的情緒找到出口，也在現實生活中以筆代刀，在文壇上殺出一條康莊大道，他知道自己如果不拼命地寫，會困在父親所架設的失意埋怨的叢林裡。

以父之名，父愛的方式

小野的父親，外表冷峻嚴厲，其實心思比之女人纖細善感，也許是自己無法向外征戰，他反過來期待小野能成為一個陽剛兇猛的男人，小野成為父親人生未竟志業的投射對象，小野的成功與失敗，就是自己的成功與失敗。他嚴格地要求小野每天寫日記、讀背課外讀物，他要小野按照他的刻畫成為他心目中的樣貌，偏偏小野長成自己歡喜的樣子。

他說：「我爸爸就是木偶奇遇記裡那個雕刻師，我是小木偶，我很想把我自己變成一個人，變成一個活生生的人，逃走過我自己的日子。爸爸不允許，於是這樣長大的小孩會一直被否定的，我不管是寫作也好、讀書也好，他會一直否定我；當別人告訴我：『他以為否定是一種激勵嘛，他很愛你，他認為激將法會讓你向上……』我一直沒辦法接受，因而反抗他，所以等到有一天我變成爸爸的時候，我百分之百的不贊成這樣的教育。然而，有時反過來思考你反抗的過程裡，其實你是很眷戀爸爸跟你的情感……」

這樣類似的父子矛盾對抗，也出現在英國電影《以父之名》裡。北愛爾蘭革命軍在英國各地製造爆炸示威，主角蓋瑞崇拜革命軍，與同居的英國人起衝突，最後被迫流落街頭，偶然行竊而偷到大筆金錢。當蓋瑞帶著竊來的大筆錢財返回北愛爾蘭追隨革命軍時，當初跟他同居起衝突的嬉皮，卻向警方構陷指稱蓋瑞是爆炸案的主謀，蓋瑞因而被捕，此案警方也逮捕了蓋瑞的父親、妹妹、姨媽等十人。在獄中蓋瑞與父親關在一起，兩人朝夕相處，蓋瑞這才了解，父親雖不是個英雄，只是一個沒沒無聞的公務員，可是為了愛他，而故意犯罪偷竊，好被關在他的監獄隔壁，為的是見兒子一面，甚至想幫他脫罪……故事的最後，他終於了解父親愛的方式就是默默的陪伴，他所崇拜的英雄才是暴徒。

另外一部荷蘭電影《角色》，又愛又恨的情節剛好相反。主角的父親是一個非常有權力的大法官，當年在他的強暴下傭人有了小孩，傭人帶著小孩離開了；孩子努力讀書，但父親卻不斷地斷他的去路，最後孩子終於考上律師，拿著律師證想得到父親的一點讚賞與接納。然而父親說：「這是我的功勞啊！是因為我逼迫你，你反抗我之後才有今天的成就。」悲傷的兒子拿出一把刀來，忿忿地說：「你連我這一點點的努力都要奪取變成是你的功勞！」父親知道兒子殺不下手，遂奪下刀子朝自己的肚子刺去。故事中的大反轉是在父親死了之後，他這才發現，父親竟把所有的遺產都留給了他。

小野說，他那宛若憂傷巨人的父親，就像是這兩個故事中的爸爸，有一部分是那個大法官，用一種比較暴力的否定方式跟孩子相處，有一部分又好像是那個沒沒無聞的公務員，只靜靜地陪伴在孩子身邊。

不管怎樣的愛的方式，都是父子親情，著名心理學家格爾迪說：「父親的出現是一種獨特的存在，對培養孩子有一種特別的力量。」

小野就在教養嚴格的特別力量中，培養寫作的獨特人生經驗。

當小野成為父親，他以爸爸的教養方式為借鏡，對孩子採取自由開放的態度，尊重孩子的興趣喜好。

「從為人子到為人父，這中間有太多難以說得清的矛盾糾葛的情緒。」

而他與母親之間，又是怎樣的相處呢？

小野奶奶說故事的溫柔存在

相對於父親所給的巨大負面的矛盾情感，談到媽媽，小野的語調瞬間開朗許多，就像是從黑色城堡的窗櫺往外看出去那一大片藍藍晴空。

「媽媽是一個很瀟灑開朗的人，從小家裡是山區地主，很有錢，然而共產黨佔領山區之後，媽媽家族整個被毀掉，瞬間家道中落，她後來輾轉逃離來到台灣；經過這麼悲慘的人生歷練之後，她對什麼事情都充滿感激，這真的對我影響很大。我們家有五個小孩，爸爸賺的錢也不夠生活，我媽媽很刻苦，有時做完菜自己捨不得吃，記憶中的媽媽很瘦，營養不良……」

他在《有些事，這些年我才懂》寫：「媽媽走後，我獨自霸佔她的木板床……我怪小時候媽媽很少抱我，都是用揹的……木板床那麼硬，硬得像媽媽消瘦的背脊……」（註11）

他在回憶中撈起媽媽的形影，那個很瘦卻值得信賴的女人，堅毅而開朗，比起總是哀傷嘆氣的父親，媽媽倒像個真男人似的堅強。

曾在師範大學做行政工作的媽媽，非常喜歡電影以及閱讀，更是說故事高手，晚上天氣很熱輾轉難眠時，她便開始講故事，小野就是一個被故事餵養長大的小孩。

直到有一天小野兄弟姊妹都長大了、也不聽她講故事了，她說好寂寞，沒人聽她說故事，於是便對著錄音機講故事，想錄下來給孫子聽。後來有出版社重新錄製了完整版的錄音帶《小野奶奶說故事》；曾經有孕婦在醫院待產時，大家聽著小野奶奶說故事打發等待的時間，直到生產完畢，仍追問後來故事怎樣了。

那樣溫柔的說故事陪伴孩子的成長，是母親留給小野最好的禮物，他傳承自母親說故事的天賦，使他成為一個著作等身出版超過一百本書的超級作家。

一〇〇，只是小小撒個野

父親的嚴厲教誨，成為小野想要改變世界的原動力，而母親的溫柔陪伴，又把小野從憤憤少年拉回成正常呼吸的暢銷作家；多年前，年幼的他撿起的那把刀變成筆，不輟的寫作，對他而言就像呼吸，寫作是他的日常，他的真實人生。

他的摯友吳念真曾戲稱他的寫作出書產量之豐：「下筆如腹瀉」，在他的第一百本書《一直撒野》出版時，吳念真替他寫序：「野公又要出書了。據說是深具意義的第一百本……」「在人生向晚的這個時候，我只想跟他說：『朋友，我輸了，不過心服口不服，未來至少還是要繼續贏你以口舌。還有，這本書……寫得還真不錯。』」(註12)

相知相交的朋友莫過如是吧！

這本二〇一六年出版的《一直撒野》，副標題是：你所反抗的，正是你所眷戀的；一如某位詩人跟小野說：「你的文字很像是匕首，鋒利卻不寒光。」「我讀到鋒利的匕首在刺出來時，那種極強的力道後面的悲傷和眼淚。」詩人很精準地說出小野文字的特質，在詼諧的筆調中，曖曖內含的是來自年少時家庭與親情的枷鎖所劃下刀痕，那默默在內裡淌流的淚，彷彿一直未能痊癒；即使已然屆覺醒之年，他仍眷戀那個他所反抗的親情，那是他寫作的原點。

二〇一四年的諾貝爾文學獎得主派屈克蒙迪安諾，他在得獎感言裡說：「我用盡一生，只為追尋那個原點。」他的小說同樣是在不斷地挖掘記憶，尋找源頭，從記憶裡出發書寫，讓記憶蔓延開來引領指尖，透過書寫賦予回憶一種合法的意義。他在《在青春迷失的咖啡館》裡寫：「我們真正愛一個人的時候，就應該接受那人身上的神祕所在……也正是為此才要去愛。」(註13)

所有一切的根源都來自於愛。由於愛，讓他毫無忌憚地一直書寫、拼命書寫，在文壇一直撒野似地書寫。

第一百本書是個里程碑，然而讀者們，您認為一個超級作家只為寫作而存在嗎？

不，小野很貪心，他想做的事很多。

小野的多重面向

本名李遠的小野，台灣師範大學生物系畢業後，曾前往美國研究分子生物學，曾擔任國立陽明大學和紐約州立大學水牛城分校的助教。一九八一年，進入中央電影公司服務，結識導演吳念真，並一起合作推動台灣新浪潮電影運動，為「台灣新電影」運動奠定基礎。一九九〇年代初，擔任《尋找台灣生命力》電視影片的策畫及總撰稿。曾任臺北市文化基金會董事長、台北電影節創始第一、二屆主席；二〇〇〇年出任台灣電視公司節目部經理；二〇〇六年出任華視公共化後第一任對外徵選的總經理。除了得到多次的文學獎，他寫的劇本創作，也屢獲電影金馬獎的肯定。目前擔任紙風車文教基金會董事長、千里步道運動的發起人之一。

長年關注教育改革，他草創台北影視實驗教育機構，曾擔任校長的他對於這所體制外的實驗學校的期許是：「這是一個許多『怪咖』和『奇葩』來過的港灣……我曾經用『狼群的力量在狼，狼的力量在狼群』來做為對我們學生的期待。因為我們的體制內已經有太多太多被馴服的綿羊了。……希望孩子們畢業後不必急著升學，而是給自己一段在職場工作、摸索和磨練的時間。對於驟烈變動的未來，找到自己最適合的學習和工作的方向。」（註14）

做過這麼多事的小野，回想在電視台工作的那幾年，也有無力寫作出版的時候，之後有十年沒有工作，專職寫作出版了六十六本書。

「八〇年代我做完了電影，我很想要從事動畫，可是我沒有成功地進到一家動畫公司，後來有個機緣下，我在皇冠出版了小野童話，第一本叫做《尋找綠樹懶人》，第二本《快樂的瓜瓜族》，第三本、第四本改編成紙風車的舞台劇《雨馬》，如此一直到第十五本……我覺得我最珍惜的就是從第一本寫到第十五本的原創故事，創作的時刻是我快樂的泉源。」

「我的夢想是，給我一個地方讓我可以創作童話故事，這可能是我人生中的最愛。」

你問，為什麼喜愛童話故事？是現實人生太殘酷嗎？

他沉沉地說：「沉浸在童話裡的人，或許都是有一個非常悲傷的童年，只有在童話故事裡會找到想像的世界，包括美好與快樂……」

他在《世界雖然殘酷，我們還是……》書中寫道：「悲傷有時候會產生一股很奇異的溫柔力量，悲傷有時候也能讓人更有同理心。」(註15)

他說，在殘酷的世界裡，大多數人想到的都只是要從別人身上拿到什麼、獲得什麼，只有呆子才想不斷地給出去，而呆子，是這個殘酷世界的救贖；因此，悲傷的大人要給下一代更多快樂。他與紙風車文教基金會的一群朋友們致力於三一九鄉村兒童藝術工程，在五年內走完三一九個鄉鎮，所到之處都帶給孩子們無數的快樂，看到孩子們的笑臉，他說：「你可以拿，你也可以給，溫柔的力量，就是這樣漸漸釋放出來了。」(註16)

抵達之謎，回到初心

小野的內心有個英雄式的願望，他很想改變這個世界，就跟寫作童話的初衷是一樣的，他說：

「有一天我突然覺得，這個世界有世界運轉的潮流與趨勢，你一個人其實改變不了任何事情，可是你也不要因此而覺得人的存在沒有意義，我到了這個年紀才想通一件事：你其實改變不了任何世界，但是若這個世界會因為你的存在而受影響，這是美好的事。」

台灣新浪潮電影因為小野等人當推手而有了重大的轉變，那好像是他期待中世界的改變，然而追求完美的他認為，那還不是他所想像中的美好，美好的那一幕都在童話裡創作；他卻也不放棄任何可以按照自己想像中的一個美好的社會去走，身體力行參與社會運動的他，還有很多事要做。

回到原來的本我，就像是從寫第一本《蛹之生》，他的命運走向了寫作，隨後命運走向拍電影，命運走向做電視，近期走向一些生態保育，走向社會運動，他說自己內心滿充滿感恩，可以按照自己想要的生命理念去實踐，是很快樂的事。

他希望讀者看他的書也能從他的文字中得到力量，得到某種屬於自己的感悟與生命的意義。

「閱讀是在最短時間內可以吸取作家文字精華與生命經驗的一個最好的方法，讀者在書裡面找到自己從來沒有體驗過的生活，那是多麼划算的一個人生經驗。」

七十歲的快樂阿公，下一步會撒野到哪裡呢？

「我站在宜蘭南澳南溪畔望向山中，迷戀傳奇與源自少年時期的瘋山情結交錯成一種止不住的慾望逼我入山。我終於揹起背包，循著日本舊地圖的指引，發誓要走完那條應該是沙韻要回家的路。」（註17）這是林克孝在《找路》中的一段話。他一開始為什麼要去做這件事呢？又為什麼要向第三者陳述這個過程呢？林克孝說：「我的答案還在找，但骨子裡其實仍是無言的衝動。直到這本書都已寫完，我也還在找答案，雖然已經知道沒有答案也無所謂了。」

想必這是源自於對原點的熱情追索。

小野的《走路．回家》一書所寫：「路在哪裡，家就在哪裡。」不管怎麼走，抵達哪裡，小野總會秉持著他一貫的熱血找下一段路。

「人生就是一場尋找原鄉，一場無可抗拒的抵達之謎的尋找過程啊！」小野說。

原載於國家圖書館季刊《台灣出版與閱讀》民國一百一十二年第一期

李遠，筆名小野，作家、編劇、現任文化部長。曾任中華電視公司總經理、臺北市影視音實驗教育機構校長。曾在中央電影公司期間參與台灣新浪潮電影運動。著作豐富，以散文為最多，其涵蓋小說、童話、電影劇本，作品至今合計逾一百部。

照片小野提供

註釋：

註1：維基百科，莎韻之鐘解釋。

註2：《走路·回家》，小野著，今周刊，p.5。

註3：《走路·回家》，小野著，今周刊，p.5。

註4：《走路·回家》，小野著，今周刊，p.17。

註5：《走路·回家》，小野著，今周刊，p.95。

註6：《關於跑步，我說的其實是……》，村上春樹著，時報出版，p.53。

註7：《蛹之生》，小野著，遠流出版，p.271。

註8：《蛹之生》，小野著，遠流出版，p.287。

註9：《生煙井》，小野著，遠流出版，p.146。

註10：《世界雖然殘酷，我們還是……》，小野著，究竟出版，p.213–215。

註11：《有些事，這些年我才懂》，小野著，究竟出版，p.56。

註12：《一直撒野》，小野著，圓神出版，p.5。

註13：《在青春迷失的咖啡館》，派屈克·蒙迪安諾著，允晨文化，p170。

註14：台北影視教育機構網頁，創辦校長的話。

註15：《世界雖然殘酷，我們還是……》，小野著，究竟出版，p.152。

註16：《世界雖然殘酷，我們還是……》，小野著，究竟出版，p.164。

註17：《找路·月光·沙韻·Klesan》，林克孝著，遠流出版，p.24。

參考書目：

《走路·回家》，小野，今周刊。

《關於跑步，我說的其實是……》，村上春樹，時報出版。

《蛹之生》，小野，遠流出版。

《有些事，這些年我才懂》，小野，究竟出版。
《一直撒野》，小野，圓神出版。
《在青春迷失的咖啡館》，派屈克·蒙迪安諾著，允晨文化。
《找路：月光·沙韻·Klesan》，林克孝，遠流出版。

凝視微塵的作家與她的產地

——專訪小說家劉梓潔

放牧我們的身體
在碑和裂綻的邊境

昨日身如花如乳石
在夜與夜的間隙滴落

放牧我們的身體
放牧慾望與夢

荒饑蔓延在
輕聲的喘息叢林

放牧我們的身體
慾望嚼食著夢
彩繪沿腿腹流淌
蜿蜒向足趾
以及　陷入的剎那
放牧我們
身體在無法挽回的下降中
聽見
那些在光裡的　繁簇開放的
拳與指
身體在無法挽回的黑暗航行
拳指在腹脅　委屈綻放

昨夜身聽見花如乳石滴落
昨夜花聽見碑在夜海中航行
昨夜我們聽見
慾望如蟲蟲竄行
喀吱喀吱嚼食著夢
聽見　放牧的身體
斷了韁繩

〈悲歡〉駱以軍（註1）

小說家駱以軍〈悲歡〉一詩，在夢與回憶敘事中夾雜著荒誕越界、躭美沉溺如小說的愛情命題，有限的青春肉身慾望與夜間夢境如困獸之鬥一般地緊緊纏縛翻騰，滅頂或重生的自我在摸索與重疊的鏡像複影中，持續放牧身體感官。

這種意象與情節強烈的敘事，如變焦鏡頭般一一釋放線索，暗示讀者臆想個人的身體經驗，夢境般的詩句成為影像存在的蒙太奇，放牧的身體無限擴張，情緒進入全然放縱與漂流的波浪裡。

於是你會聯想到這種文字與影像的深度連結，也一直是閱讀劉梓潔愛情小說的主觀感受。她的文字像是導演一揚起手喊聲 Action，俗世的愛情與身體記憶的沉浮漂盪，慾望叢林的鮮艷畫面就在你眼前一幕幕放映，你沉浸在她經營的小說情節裡，分不清哪些是真實的、哪些是虛構。

你喜歡她的文字，你真切想認識作家的生活日常，於是乎「不入虎穴，焉得虎子？」你參與了她的生活方式的其中之一——練瑜珈。

應作如是觀

「現在，請大家盤腿閉眼靜坐三分鐘，把呼吸放慢，做深層的吸—吐—吸—吐的動作，慢慢地觀想。」

「對，很好。」導師的聲音無比的輕柔。

「接下來，我們進行瑜珈體位法的練習。請大家做四足跪姿，勝王瑜珈的貓式動作第一式。」

「兩眼專注看向前方，兩掌手指併攏，腳跟輕碰一起，持續專注呼吸。」

「我們的身體，呼吸與心念，有著緊密而互相影響的關係，藉由控制身體的氣，讓我們的混亂不已的心智活動靜止下來。」

「正確地練習體位法，能淨化我們的身體及神經系統，平衡心理狀態，並培養出強大的專注力。」

「接下來，請大家慢慢地躺回瑜珈墊上，盡量讓身體放輕鬆，閉上雙眼，進入攤屍式動作。」

這是你最喜歡的瑜珈動作。

數十分鐘後……

「體位法練習的第五式，眼鏡蛇式，請大家進入動作，仍然專注在呼吸吐納上，要非常專注。」

「宜芳，請你將眼神定住在前方的一點上，不要飄移，專注呼吸，勾腳背，小腿不要太用力。」

不專心被導師逮個正著，你一邊做動作正一邊亂想著，做完瑜珈後要吃甚麼宵夜。

「現在，請大家再次盤腿，開始進入冥想，讓呼吸深層而穩定。」

如導師所言，心智安靜下來，實相即將顯現，體位法的練習是邁向覺醒的準備。

最初，是把心繫於特定場所或對象上的「專注」。

當心專注了，在這一條脈絡上延伸下去就稱為「冥想」。

冥想時，心的主體性消失僅成為客體時，稱為「三摩地」，將主觀捨棄，以直覺認識客體本質的智慧。因禪定而生的智慧，與一般思考後得到的知識不同，那是真正的智慧。

這堂課帶團練習的，正是劉梓潔本人。

她說話的時候，聲音清晰、咬字精準，眼神溫柔而穩定，而且整個人對「神」顯得很虔誠。

就像是她在《化城》那本散文集裡〈岡仁波齊轉山紀行〉所寫：

「神是給心智辨識用的，眞正的神，沒有形體，沒有名姓，不會説話……」（註2）

對一個寫戀愛小說情愛劇本的人，哪一尊神容易親近呢？學習瑜珈的她，快速找到她心中的男神——濕婆。

「他五官俊秀，體格健碩，性格剛毅，是專情的硬漢。……他被認爲充滿至尊無上的力量……我經常對濕婆神冥想，觀想他在雪山前的苦修形象。他巨大、穩定、安靜……」（註3）

懷著對濕婆神的信仰，她出發前往身體下地獄的天堂西藏神山岡仁波齊，歷經幾番艱辛，巨大堅硬雪白的岡仁波齊在白霧散去後現身了！她在文中這樣寫：

「我自動跪下禮拜，雙手合十低頭，淚如雨下。

我來了，我來了。

心智不知神為何物，感謝您溫柔現身，……必須大老遠來看您，才相信您真實存在。」（註4）

你雖然沒能去過西藏岡仁波齊神山，你連玉山都未曾攀爬過，但是你卻能讀懂她的淚如雨下，謝旺霖在《轉山：邊境的流浪者》書中所描述的單騎闖天涯，挑戰海拔五千米以上空氣稀薄的雪域，寫他的西藏流浪冒險對自我的銘刻：

「眼淚逐漸在睫毛上積聚，這次你決心忍住，不讓它輕易流下來。山巔處的五色經幡縱橫鼓盪在胸口，你的心憮然之間彷彿與群山結合，融為一體。你覺得甚麼都不必說，也不知該對誰說，只能懷著虔誠的心，感激大自然敞開它的心胸……」（註5）

在屬於神的應許之地面前，渺小的個人才能體會對山川壯闊與幽邃的感動，當劉梓潔對著神山默語「我來了」，是不是也在對克服萬難登頂與走向終極覺悟之道的自己說：

「自己的身體、自己的一呼一吸，只有自己能夠撐起自己的全然覺知……進入至福充盈的片刻，我相信我們必能在某處相遇。」（註6）

她帶著虔誠的心，旅行過遠方與高山，安住在瑜珈之道的化城，在那裡，可以停歇休息，不疲倦的時候，再往前行。因為即使這世界像是海浪不斷地變化，那兒存在的，只有大海而已。（註7）

這個作家的日常與她的凝視浮生，應作如是觀。

父親的終點是她的起點

明明是很悲傷的事，閱讀起來卻是很療癒別人、也療傷了她自己的〈父後七日〉，這篇散文的得獎，讓她如一顆亮麗的新星，在文壇橫空出世。

也因為〈父後七日〉，劉梓潔成為電影《父後七日》的導演兼編劇。

她對於過世父親的思念，那些柔軟的、傷感的私密對話，無法忘卻的鄉愁，透過略顯誇張、嘉年華式的熱鬧鏡頭以及電影趣味調性，投射出比思念更深、比悲傷更悲傷的生命困境。

「聽到救護車的鳴笛，要分辨一下，有一種是有醫～有醫～那就要趕快讓路；如果是無醫～無醫～，那就不用讓了！」（註8）闃黑的電影院裡，觀眾被這句台詞逗得哄堂狂笑，這麼悲傷的事卻以荒謬的情節來宣告離別；片尾女主角在出差的班機上，「看著空服員推著免稅菸酒走過，下意識提醒自己，回到台灣入境前，記得給你買一條黃長壽。這個半秒的念頭，讓我足足哭了一個半小時……」（註9）在不經意的時刻，那個忘記，重新梳理了對父親的思念，這段情節同樣惹得闃黑的電影院裡傳遞面紙、擤鼻涕的聲音此起彼落。

在笑聲輕狂中，眼淚總算獲得了應有的重量，這樣悲與歡兩相對照的筆性，形成劉梓潔特有文字的魅力：她的散文有小說的內裡，她的小說又具有散文的真實意義。

在《親愛的小孩》一書中，文章開宗明義就寫著：

「我好想生小孩。

好幾個超過四十歲沒生小孩的女朋友告訴我：過了就好了。……聽到銀鈴般的童稚笑聲都會哭。但是，過了就好了。」（註10）

「妳真的是這樣啊？」你問梓潔。

「是真的，當妳的生命走到某個路口，身體的激素正在告訴妳妳現在應該做甚麼。」

於是你在小說裡看見真實世界的劉梓潔，在文句裡，你發現節奏輕快的情緒正連珠炮跳躍著：

「抽菸、喝紅酒、交男朋友、浪跡天涯像一盒隨時都可能被撞翻的爆米花，滿地狼藉與悲涼隨時一觸即發。」（註11）

這樣的文字，看過只有一種感覺：爽快。

她的小說，就是有股嘲諷世間男女冷眼看人生的犀利與潔淨。

小說家的永恆命題：一直一直一直都是愛

都說世間的幸福美滿都相似，悲傷卻有一千八百種樣態，愛情亦如是。童話中的愛情總是從此以後王子與公主過著幸福快樂的日子，然後呢？真實的人生並沒有那麼美麗單純，小說家筆下男男女女的愛與被愛，不論是愚蠢可憐的女人或渣度破表的男人，顯然都更接近天堂或者更接近地獄。

梓潔的第一本短篇小說集《親愛的小孩》〈禮物〉中，描寫跑到美國當代理孕母的悽慘女人，她到底有沒有得到幸福的可能？

「百大似乎偏愛蝴蝶結……李君娟青春肉體活跳面前，其中只有一套沒有蝴蝶結，蕾絲薄紗在三個點開三個洞，百大整晚匐在她身上親那三個洞……」（註12）

喔不，梓潔不是在寫壞總裁的五十道陰影，請繼續看下去……

「要好久好久以後，她才知道，說不出口不是膽怯，不是心軟，不是不想傷害另一個女人，而是驕傲與好強。她承受不住說出口又被拒絕的挫敗與可悲。」（註13）

女人糾結的內心話只有女人懂、女人寫得出來。

一個求子不惜手段的男人與一個求愛不得途徑的女人，一個存心騙人、一個甘心受騙，一個精子遇上一個卵子，他們各取所需，透過契約得到生命中的禮物，一種幸福的可能。

這樣的小說情節，真的很成人，很八點檔。

「你是怎麼得到這些小說靈感的？」你問梓潔。

（拜託，雖然是菜籃族讀者的問題，梓潔妳千萬不能說是大潤發和 Costco 買來的！）

「不同年紀會有不同年紀的疑問。應該是說，我的創作來自生活經驗或生命體驗，當我對生活產生了疑問，我就到小說裡面嘗試找答案，派出我的虛構的角色們去幫我找答案。」

她笑笑的眼神很黠慧。

「妳虛構的來源是什麼？生活周遭的人物嗎？」

「嗯，生活周遭的人都會是靈感的來源，但不會只針對哪一個人寫，可能是這邊一點，那邊一點，有時候路上看到的一點，這樣各式各樣的。」

你開始有點擔心，自己的某一點會不會在她未來的小說中出現。

日本知名劇作家柳美里在她的作品《命》的後記裡這麼寫：「我若不親手把文字的釘子敲進現實裡，若不把自己緊緊攀附在一個字、一個字的字裡行間，恐怕就會被現實的濁流吞噬，最終就會溺死吧。」（註14）這種斷然的力氣表現，梓潔就是如其生動地，一字一字將日常身邊的種種釘進書裡。

在〈搞不定〉中，帶點張愛玲式對人性的戲謔嘲諷的調性，她描寫渣男老K的渣與壞：

「我問：『老K，為什麼每個女人都會離開你？』

老K說：『就，搞不定了。』」（註15）

「這些渣男原型的發想是妳自己的經歷嗎？」你問梓潔。

「〈搞不定〉是去寫我自己在二十幾歲的時候甚麼都搞不定的狀態，藉由一個到處不斷換女朋友的渣男老K，來寫那種不知道自己要甚麼的不安定，不一定是性上面的，也不是情感關係上的，而是二十幾歲時，生命很茫然、很未知，一切都充滿可能，但是我到底要什麼？我是不是拿到一個在手上，卻放掉了，又去抓下一個？充滿這樣內心最渴望可以被搞定卻搞不定的過程。」

「現在妳已經搞得相當好了。」你對梓潔說。

「沒有沒有，我覺得沒有，隨時都還在搞不定的狀態。」

愛情，會一直是作家的永恆的題材。德國作家齊格飛．藍茨《為妳默哀一分鐘》書中，史黛拉留給克里斯蒂安具有愛情意味的短信，信上面寫著：「克里斯蒂安，愛情，是一股充滿暖意的海浪。」（註16）如斯浪漫，在梓潔的第二本短篇小說集《遇見》中，你看見愛情可甜可鹹的波浪一道一道地打上來。

遇見生命中抽象的某樣大於……

如你在《化城》中所閱讀的「汝等當前進」，她一次又一次、不停地走入遠方，然後不停地寫遠方的遇見。

第一道打來有點甜、有點虐心的浪，是〈小兔〉這一篇，你私心喜歡這個故事，杜淑雅小兔，是個深陷愛情泥沼的大笨蛋，笨到相信「永遠是最好、最親密的朋友」這樣的謊言，笨到甘心被男主角馬修綁架，住到馬修夫妻家咖啡館二樓的小房間，甘心如此守望愛情，因為她說：

「也許所有的遇見，都只是一廂情願。」（註17）

這一切都只是小兔的一廂情願嗎？梓潔在故事的結尾留了一個懸念給讀者：

「他下車，關上門時，習慣性地，往二樓我的窗口注視。我突然意識到，這是他每天，停好車後做的第一個動作。……我把喉嚨裡，一塊卡卡的東西，嚥了進去。」（註18）

那一切或許都是馬修的一廂情願。

「如果是命中註定，應該不會那麼難遇見，遇見之後也不應該有那麼多困難。」（註

19）說這句話的是小芝，與「我」的關係是朋友，也是某個男人的前後任女友，這一段複雜的、爭風吃醋的愛情，像一道瘋狗浪一般的嗆辣。

莊福全這個惡名昭彰、亂搞性關係的渣男，攪得小芝與「我」之間連朋友都做不成，於是時間證明，「如果遇見的人是錯的，要忘記也沒甚麼困難。」（註20）

七個故事，七道跳接暢快的愛情浪花，溫柔的浪、兇猛的浪、破碎的愛、完整的愛，在在都敘說愛情的各種樣貌，在愛與被愛之間的遇見與分離。

「《遇見》這本小說，是在甚麼狀態寫下的？」你問梓潔。

「相較之前的工作拍電影寫劇本，寫《遇見》這本小說的心情過程是期待的，期待寫小說這件事，期待打開筆電，期待在鍵盤上的敲打，寫小說是一件快樂的事，我就是在這樣的狀態下完成《遇見》的。」

梓潔遇見的，是文字，是寫，是超越文字的抽象的大於她的東西，是一種命中註定。

「聽起來你真的很享受寫小說的過程，那麼當編劇呢？」

編故事的人寫字維生

二〇〇六年的《父後七日》寫編導一炮而紅之後，她也開始一邊寫小說一邊當編劇的生涯，二〇一〇年贏得台北電影節最佳編劇與金馬獎最佳改編劇本的殊榮。近年更跨足電視圈，擔任《徵婚啟事》、《滾石愛情故事》的編劇統籌。

「寫劇本對你來說跟寫小說有甚麼不同？」

「兩回事。」

「難度一樣嗎？」

「寫劇本是一群人的事，寫小說是一個人的事，兩種我都喜歡，只是這樣的差別而已。」

「編劇就是負責要把劇本交出來的人，並在一部電影或戲劇中 TEAM WORK 做協調者跟溝通者的角色，當每個人對腳本說了一些意見之後，要把它融合成大家都滿意的，你自己也能說服自己的版本。對白留給編劇自己去創作，討論的重點主要是主題、結構跟角色，那是一個彼此說服的過程。」

一劇之本，是電影或戲劇的靈魂，是一整個劇組的使用說明書，小野曾說：「說故事是本能，寫劇本沒有教條，用文學素養和科學思維孕育你的傑作。」(註21)

當你構思一個故事，在一種非說不可的慾望、充滿真摯的情感下，寫下來的東西才能有感動別人的可能。

「因此，寫劇本的能耐要大於你的才華。」梓潔說。

「所謂的能耐是協調的能力嗎？」

「對於漫長的溝通，與各種可變動性的過程都要扛得住，劇本情節與角色前後要互相呼應與連結，這也是寫劇本的有趣之處。」

「跟導演與劇組的具體辯論是甚麼？」你像好奇寶寶打破沙鍋。

「好，具體一點。假設這個女主角，她的坐姿是這個樣子，或那樣子，這個，在大家的想像中可能都各不相同。因此大家要去把她的長相、肢體語言，透過邏輯的辯論協調，彼此調和成情節一致性，否則最後拍出來畫面就會錯亂。」

對，魔鬼藏在細節裡。

「一齣戲的某個細節可能一、兩秒的動作，都要經過討論。譬如女主角，我把她寫成一個很率性的人，然而到了片場，服裝梳化組讓她化精緻的妝容、穿浪漫的長裙，像這樣很細微很細微的錯亂的東西，都要照顧到。」

你終於知道，當編劇很難，除了要有才華，還要有能耐扛住漫長繁瑣的討論。

「編劇統籌是什麼都管的意思嗎？」你的問題很多。

「統籌，就是所有的本都會到我這邊來，比較像總編輯的角色，用印刷的邏輯就是，我要把所有的本送到印刷廠——也就是送到劇組的手上。本的封面、頁數等等，全部都要負責。」

真的不容易。

「所以我做完滾石愛情系列之後，就回來台中了。」

關於漂流與回歸

食字獸的產地原來在台中。

說得更真確一點，她是彰化田尾人，田尾是全台著名的花卉培育專業產區，整個田尾鎮綠意盎然、五彩繽紛，有花鄉之稱，與巴黎花都僅一字之差，這裡的奼紫嫣紅孕育出一個既愛寫又能寫的作家。

在《愛寫》這本散文集裡，她說：

「彰化，正因始終在貧瘠與豐盛之間，保守與開放之間，純真與世故之間，所以有了過渡與流動。」（註22）

對田尾人來說，南彰化的北斗算是深坑人的信義區，北斗雖然沒有大型書店，但偶有書展，規模大一點的稱為文化廣場，這幾乎就是愛書人的她小時候的天堂了。在十五歲那年考上台中女中後，她離開家鄉，第一次獨立打理生活，文藝少女小綠綠的高中三年，在台中舊城人文薈萃的地方，穿梭、晃蕩。

卜洛克筆下的馬修・史卡德說：「無論生活有多麼安穩，我就是要出去晃盪一下，這是我的某部分。」你相信這也是梓潔生性的某部分，她在〈走路〉這一節裡頭寫：「需要疏散的，是自己偶爾襲來的寂寥、荒涼或鬼打架。……台中那條明晃晃的大道，一定幫我疏散了這些東西。」（註23）照著綠生活的步伐走，她順利地晃蕩過渡到平實美好的台師大社教系，畢業後北漂的十七年間，她做過好多工作：《誠品好讀》的編輯、琉璃工房文案、中國時報《開卷周報》記者等等。她旅行過很多地方：昆明、飛來寺、長崎、九州溫泉旅館、小樽、瀨戶內海、東京、北海道、峇里島、京都、麗江、尼泊爾……

你在她的書中跟著她的文字，也旅行了那些地方，攀過那些高山，她的筆代替你的眼，將你引渡到她去過的異境，她的生活，她的腸胃，她談過的戀愛，到達她的心裡，或甚至她寫的媽媽可能就是你或你是她媽媽的寶貝。

「LINE出現了，無聲的叮嚀問候，可愛溫馨的貼圖，實況報導般的即時照片，把母親和我之間的溝通，提升到了優雅極簡的次元。」(註24)

不想對號入座的你，忍不住頻點頭，心想：「對，就是這樣！」

或許是家鄉無聲的呼喚吧！有一天，她決定結束在台北的游牧遷移，真正地回到台中。

「為什麼動念離開台北？」你問梓潔。

「那一天啊！我記得，我在公益路的高中文藝營授課，一走出校門，天啊！那陽光，簡直加州！當下我便決定離開陰鬱濕冷的台北。」於是你想到她寫的〈以火焚雨〉那篇文，告別潮濕的雨都回到陽光烈焰的懷抱。

「為什麼是台中而不是彰化？」

「對我來講，台中是我文學的啟蒙和出發的起點。」

「另外，我還是需要有城市的氛圍，有書店、有電影院的地方啦。」她接著又續上一句：「等到我更老、不需要這些東西的時候，我覺得就可以回彰化了。」也許，那時她會跟家鄉田尾說：「我來了！」

「起點，對作家來說具有甚麼意義？」

「那是寫作之所以存在的理由，關於寫家鄉，每個人的寫作時程不一樣。施叔青老師他是先寫了一個他鄉《香港三部曲》，他才又回來寫他的《鹿港三部曲》。我之前寫的場景很明顯都是在台北都會的男男女女，現在可能隨時把焦點離開台北，也許，現在還不敢說是什麼時候，會有計畫開始寫家鄉彰化，一個日治時期的家族史，它是一個比較巨大的、比較困難的書寫。」

好像是浪子回頭一般，漂流浮世久了的遊子，終究是要回家的。在她開始寫大部頭的家族史詩鉅作前，她倒是先寫了台中城。

一萬步的台中

近日，在一場為文學作品轉譯設計的主題：「Have Fun 玩甚麼好呢？」的展覽中，梓潔與策展人繁運隆、涂秀蓉共同合作，找出日常生活好玩的理由。

她寫屬於她的城市個人散策，以文學轉譯遊走台中的趣味，一萬步的台中路線，是這樣的：

路線一：園道遊蹤／麻園頭溪

從這裡出發／一路向西／穿過美術館與存中街／直抵麻園頭溪畔。緣溪上行／觀左岸烏柏右岸台灣欒樹／依河道蜿蜒至華美街／幾座風情各異的橋皆好玩賞／遇台灣大道後右行／至金典綠園道第六市場補充能量／再行至草悟道／一路往南／穿過市民廣場與審計新村／在綠樹陪伴下／回到這裡。

路線二：能出能走／柳川

從這裡出發／往南行走／美術園道至柳川／沿柳川水岸步道上行／遇自立街右轉進入台中文學館日式宿舍群／感受大榕樹靈氣／再第五市場吃潤餅蚵仔粥／再回到柳川／續行至台灣大道／可往下至第二市場吃肉圓滷肉飯／或往上至中華路夜市吃熱炒冷凍芋／健腿者可沿中華路行至太平路／進入一中夜市繼續吃。

路線三：過豪宅而不入／黎明溝支線

從這裡出發／騎乘Ubike至南屯站／搭捷運至市政府站／步行起點。／穿過府會園道與夏綠地公園／覽豪宅群建築與天際線／至國家歌劇院逛遊／續行惠來路過台灣大道／沿黎明溝支線上行至福星路／入逢甲夜市／吃買隨心／出逢甲／再沿至善路水岸至朝馬秋紅谷／觀七期燈火／原路回到這裡／或啓用Uber任意門。

一萬步的台中，不管是哪一條路線，不用呼朋引伴，你也可以自己悠閒地遊走台中認識台中。

你這個老台中人，終於相信梓潔是真真正正識途老馬的台中人了。

寫作，應作如是觀

你還在瑜珈教室，在魚式和眼鏡蛇式耗費一些肌力，身體在無法挽回的黑暗中航行，雙腳顫抖似的委屈綻放所有能量，你流一些汗，在夜與夜的間隙中滴落，在瑜珈墊內和墊外，放牧身體。

「在大家盤腿開始進入冥想的時候，觀想一個你心目中的神聖的存在，並且讓呼吸深層而穩定。」

你依言進入冥想，身體在靜坐中搖晃，你聽見慾望如蟲蟲漫行，喀吱喀吱嚼食著夢，三分鐘恍如做了三小時的夢。

你偷偷張開一隻眼窺看梓潔，她凝坐閉眼如老僧入定，安靜、穩重，你相信她已然找到讓騷動的靈魂安定的方法，你在她緊閉的眼皮陰影下，找到專注與凝結的字眼。

寫作，應作如是觀。

羅蘭·巴特在《寫作的零度》中寫著：「文學有如磷光體。」你認為梓潔在寫作的時候，冥想的時候，旅行的時候，也會以她執著專注的文學信念和練瑜珈的精神，在每一段生命的啟程，燐燐地發著光。

原載於國家圖書館季刊《台灣出版與閱讀》民國一百一十二年第二期

劉梓潔，電影導演、編劇、作家。

著有《父後七日》（寶瓶文化）、《此時此地》（寶瓶文化）、《愛寫》（皇冠）、《化城》（皇冠）、《親愛的小孩》短篇小說集（皇冠）、《遇見》短篇小說集（皇冠）、《雲是黑色的》、《真的》長篇小說（皇冠）、《外面的世界》長篇小說（皇冠）、《自由遊戲》長／短篇小說（皇冠）、《希望你也在這裡》長／短篇小說（皇冠）等書。

照片劉梓潔提供

註釋：

註1：駱以軍〈悲歡〉，維基百科。

註2：《化城》，劉梓潔著，皇冠叢書出版，p.36。

註3：《化城》，劉梓潔著，皇冠叢書出版，p.38–39。

註4：《化城》，劉梓潔著，皇冠叢書出版，p.50。

註5：轉山：邊境流浪者，謝旺霖著，遠流出版，p.251–252。

註6：《化城》，劉梓潔著，皇冠叢書出版，p.112。

註7：摘自《瑜珈的福音》一書，Satguru Shri Mahayogi Paramahansa 著，社團法人台灣摩訶瑜珈行者眞理實踐會。

註8：《凝視我：回溯生命的印記》，靜宜大學閱讀書寫創意研發中心，p.132。

註9：《凝視我：回溯生命的印記》，靜宜大學閱讀書寫創意研發中心，p.141。

註10：《親愛的小孩》，劉梓潔著，皇冠叢書出版，p.16。

註11：《親愛的小孩》，劉梓潔著，皇冠叢書出版，p.17。

註12：《親愛的小孩》，劉梓潔著，皇冠叢書出版，p.51。

註13：《親愛的小孩》，劉梓潔著，皇冠叢書出版，p.57。

註14：《命》，柳里美著，章蓓蕾譯，麥田出版，p.269。

註15：《親愛的小孩》，劉梓潔著，皇冠叢書出版，p.96。

註16：爲你默哀一分鐘，維基百科。

註17：《遇見》，劉梓潔著，皇冠叢書出版，p.45。

註18：《遇見》，劉梓潔著，皇冠叢書出版，p.55–56。

註19：《遇見》，劉梓潔著，皇冠叢書出版，p.65。

註20：《遇見》，劉梓潔著，皇冠叢書出版，p.79。

註21：《編劇魂》，小野著，積木文化。

註22：《愛寫》，劉梓潔著，皇冠叢書出版，p.26。

註23：《愛寫》，劉梓潔著，皇冠叢書出版，p.48。

註24：《愛寫》，劉梓潔著，皇冠叢書出版，p.64。

參考書目：

《化城》，劉梓潔，皇冠叢書出版。

《遇見》，劉梓潔，皇冠叢書出版。

《親愛的小孩》，劉梓潔，皇冠叢書出版。《愛寫》，劉梓潔，皇冠叢書出版。

《編劇魂》，小野，積木文化。

《命》，柳里美著，章蓓蕾譯，麥田出版。

《轉山：邊境流浪者》，謝旺霖，遠流出版。

《凝視我：回溯生命的印記》，靜宜大學閱讀書寫創意研發中心。

《瑜珈的福音》，Satguru Shri Mahayogi Paramahansa 著，社團法人台灣摩訶瑜珈行者真理實踐會。

來自南國帶鹹味的詩

——專訪詩人李長青

我們坐著，因愛這意念而沉默；
我們看那白晝的殘暉一一熄滅，
於是就在天空顫慄的青綠之中
月亮如一枚耗損的貝殼，
被時間的潮漲潮落沖洗
於星辰當中，通過日子，歲月。

那時我心裡有話只想對妳一個人說：
我要說妳是美麗的，而我正竭力
愛妳以古老超越的愛，
那想來就是快樂，然而我們
竟已懨懨如那空洞的月亮了。

葉慈，〈亞當其懲〉（註1）

十二世紀下半葉，愛爾蘭遭到英國統治者的高壓對待，被殖民的愛爾蘭人終於一九二二年建立自由邦國，主要是歸功於文藝復興的力量，在心靈冶鍊民族自決的良心，成功追尋愛爾蘭的身分與認同。

其中文藝復興的領袖人物葉慈，一生沉潛在愛爾蘭的文學傳統與塞爾特民族意象裡，他的詩句蔚成一株大樹，投下長影，清滌淨化民族的甘苦為芳甜，創造為藝術而藝術的理念，也為自治運動的文化蘊藉表達心跡，他無論體內流竄多少賽爾特的血液，漂浮的、無從確定的，都難以捨棄的憂患的文化意識，促使他致力於文學形式、哲學、民族信仰的愛爾蘭文學運動裡。

這首〈亞當其懲〉，在溫柔女子為戀愛對象之外，進一步引伸到普遍而深刻的主題，潛在地指涉廣泛的：人類共同命運、美與藝術的追求、時光歲月的消逝，等等。

微中年舉措溫文，來自南國高雄，文名籍盛的詩人李長青，慣常寫著帶血液鹹味的詩句，一個人的憂鬱和寂寥的愛，一如葉慈詩中的亞當，勞苦的以詩文對全世界談情說愛，悲切而嫻熟。

他的詩生活，究竟是怎麼開始的？

落葉的姿態　詩的姿態

一九九八年，他的詩作〈開罐器〉被選入《一九九八年台灣文學選》，之後的幾年間，他先後獲得吳濁流新詩獎、玉山文學獎、南瀛文學獎、海洋文學獎、台灣文學獎等近二十個文學獎，可說是台灣當代詩人頗受矚目的一位。

出生於高雄，小學時舉家遷移至台中，彷若一片從炎夏原鄉的綠葉因緣際會飄到氣候怡人的台中，落腳在他愛著的地方，台中豐厚的文學底蘊的餵養，讓他從此地生根且開枝散葉，南國高雄此後名為鄉愁。

大學聯考考取國立台中師範學院特殊教育學系，然而特殊教育並非他所感興趣的領域，於是他翹了很多課。（感謝那些翹課的時光成就一位詩人！）

翹課的時間他都去了哪裡？

「逃避那些沒興趣的課，我沉浸在自己的世界裡面與眾人隔絕，不是在宿舍，就是在圖書館，不是在圖書館，就是在往書店的路上。」

就像是Peter Altenberg（一位奧地利詩人）他的一句名言一樣：「如果我不在家，就是在咖啡館；如果不是在咖啡館，就是在往咖啡館的路上。」（註2）

他把圖書館、書店當第二個家，他每天一醒來就到這報到，在這看書、打盹、看書、發呆，幾乎一整天的時間都待在這裡，他大量閱讀志文出版社哲學相關書籍，以及洪範、爾雅、大地、九歌、純文學等出版社的現代文學作品，深夜閱讀熬至天明魚肚白，過著日夜顛倒的獨自閱讀生活。

（能畢業真是萬幸！）

當時的獨立書店付之闕如，純文學、哲學的冷門書籍更是少之又少，求書若渴的李長青在水湳附近的晶華書店，找到他通往文學的秘境。

「我很喜歡那個空間，那裡的木地板有溫暖的氛圍，伴有村上春樹式的爵士音樂襯底，文學的書籍收集豐厚，可以隨興坐臥翻看。我在那裡接觸到許多詩人文字的浸潤，可以說是我的文學培養秘密基地。」

楊牧、鄭愁予、吳晟、蘇紹連、向陽等，詩壇前輩的詩集，都是他的詩塾導師，他慢慢的收集越來越多的詩集，閱讀越來越多的詩文，慢慢地隨年紀的增長，逐漸了解他所喜歡追求的文字的本質。

「當我將關注鎖定在現代詩，就會越挖越多，視野就會越來越大、越廣泛，詩這個東西真的很精巧奇妙，它可以講的東西真的很多，可以隨著想像力、語言組織型式、文字結構，用不同的手法設計去寫一個意象或情緒。」

寫詩，對李長青來說，變成是一種命中注定，一種自我存在的證明以及世界觀的展現。

二〇〇五年他的第一本詩集《落葉集》由爾雅出版。

他說，某一天他見到幾片落葉飄下的瞬間，突然感覺落葉飄零之姿給他許多美感的觸動，於是他一連寫了好幾十首落葉詩，這些詩被報社刊登出來。後來爾雅出版社把這些落葉們集結起來，完成了第一本著作。

詩人直觀落葉，關照生命起落的哲學反思，他寫：

〈落葉三十〉（註2）

尼采：「我的哲學指向階序，而非指向個人主義道德。」

我沉入
回歸，思索
在命運與愛的永劫之後

我所親愛的
並不虛無
消逝的方向
嶄新的根源

實體不斷巡迴
不斷尋回
既存的價值

讓自己成為秩序
成為自己的更替

形狀已經不是哲學的身軀
我是一片落葉

我所親愛的
並不孤單

與萬物交感，寫生命的敏銳觀察，在萬物中進入「物」的生命裡，打破無我的境界，寫葉子就變成一片葉子，從新生到枯黃的秩序輪迴，到成為一片落葉的心情，詩人說「我所親愛的／並不孤單」，因為葉子的生命已經被認同、被歸根，成為自己的愛的永劫回歸。

詩人與詩人之間有著東西方的共感性，一九〇九年葉慈在他所寫的〈隨時間而來的智慧〉（註4）寫道：

樹葉雖然很多，根柢惟一。
青春虛妄的日子裡，
陽光中我將葉子與花招搖；
如今，且讓我枯萎成真理。

由落葉而來的澈悟，將落葉擺置於天地自然與人文思考之間，探看萬物隨時光而飄零的無奈之感。「落葉」這象徵，意有悲哀、乾枯、死亡的指涉，一片葉子的飄落，有秋之將盡、嚴冬即臨的蕭索，由此概念出發，葉慈與李長青寫出不同的落葉姿態，不同的詩的姿態，但也都巧妙地寫出共同的詩的本質：「文學之所以獨立於歷史與科學之外，而成為某種相對性的真理。」（註5）

是的，真理在於哲學解構存有的本質裡，也存在於詩與詩人們所呈現的文字語義裡，於是，李長青在〈格局與眼淚〉（註6）詩中這樣寫：

語言的階梯上，經驗的縫隙中
請相信：詩句們自己
就能興風作浪

做為創作者主體，被創作的詩句竟然反客為主，自己興亂起來，如此帶有嘲諷、互動、多義的符碼語意，形成一謬異而有趣的文本，在讀者的觀看下又造成多重互動：作者－詩句－讀者之間的語言遊戲，詩的姿態，躍然而生。

一首詩的完成　呼吸裡的微觀

專心研究詩的各種形態，他在國立彰化師範大學國文所博士的論文裡研究散文詩，之後的人生歷程中，他曾出任出版社採訪編輯、雜誌社特約文字編輯、中興大學詩文社指導老師，台灣現代詩人會、中華民國新詩學會會員，笠詩刊同仁，曾主編《中市青年》，兼任靜宜大學台灣文學系講師；現為財團法人吳濁流文學獎基金會董事，社團法人台中市文化推廣協會理事，靜宜台文系兼任助理教授，《台文戰線》同仁。

「創作，是因為你想要對這個世界發聲，你想要對這個世界有一些回應，你想要拋出一些東西，提出你對社會或生活的質問，你積極的與世界互相對應，無非就是在不斷地以文字療癒人生。」

於是他寫出一本又一本的詩集，一再地做自我存在證明的質疑與辯證，對於現實世界的種種悲苦，他選擇以文字去面對、去挑戰、去包紮或者去療傷，他說：「存在一種巨大的哀傷。」因為世界的不完美，他總是很認真的在悲傷。

在《愛與寂寥都曾經發生》詩集裡的一首詩〈留白〉（註7），他這樣寫：

必須靜靜想像
世界的部首，如何隱喻
那些未命名的光

當心緒成為一種漂泊的
文法，世界仍被鋪陳
被默默敘述
為陌生的邊框
……
如蒼老的星宿遺忘日常
字跡混沌
青青草長

可以想像在某個心事漲潮的夜裡，他一個人面對生活中任何可能的壞天氣或未能命名的悲傷來襲時，他如何能把被滄桑填滿的心，留一個空白的邊框，好遺忘那些不斷流淌一如藤蔓瑩瑩延長的漂泊感呢？

如是晦澀難懂其真意的字句，一首首都詮釋著他呼吸間的每個心緒。

一首隱晦的詩，如何完成？又如何讓讀者讀得懂？

「通常內容它可能是一種暗示，一種象徵，或者題目本身也是一種隱喻。詩跟散文、小說最大的不同是，它是一個切面或者是一個瞬間的感受，可以拿出來放大或者是渲染，或者是扭曲，透過一行一行的精確字眼的表現方式，保留藝術上的距離美感，不能白描太多，要保持一個距離去講一個東西，要是講得很清楚的那就不是詩了。」

不說破？

「對，不說破。我們在學術上稱為陌生化。陌生化就是現代詩比較講究的一種方式，一個技巧，意即與我們很熟悉的表述方式相反，它就是陌生化。」

詩的陌生化效果，顯現在詩句中隱藏的線索裡，在一個作品裡適度給一些線索讓讀者去找到這首詩的精神，進而產生閱讀詩的樂趣；文句的表達抽象或具體、題目與內容的陌生化程度，都展現詩人對文字的拿捏功力。

他說：「很多人對詩的誤解，怕文字的有距離、太難懂，其實如同觀賞藝術作品一樣，觀看的角度不同，感受就不一樣，但看你怎麼去欣賞，這才是重點。」

他在詩中直球對決自己的情緒，微觀情緒中的每一個喘息，在每一天不斷理解自己，理解李長青。

在無法壞毀的昨天裡／世界投注多少澎湃的情緒在其中
他們堅硬如鐵／柔弱似血／我如何悔恨
個性纂成一本字典／我在其中／翻閱
……
我應當遵循／也可以忽略／部首裡那些無法壞毀的昨天
（而明天將何其正大／何其光明）
世界畸滿了角／昨天的我好不容易／一再受傷／一再復原……（註8）

江湖中的風聲　母語的文藝復興

延續他一貫隱晦的、不確定性的、多義的詩風，李長青在自我的世界覆寫生活的切片，以敏銳的觀察和批判，檢視聚焦他所生存的歷史與人文，並逐漸延伸觸角至政治的自我認同與社會關懷。

在長期政治禁錮的文化語言一元化影響之下，台灣人逐漸淡漠於自身的文化。統治者長久將華語定為國之主語，台灣人被迫揚棄原生語系的文化，對自己的母語陌生而遺忘，產生自我認同的謬誤與歧異。（猶記得小學在學校裡不准講台語的規定，那是羞愧尷尬的標誌！）

語言作為文化傳承的工具，把另一種語言施加在一個民族身上，是割裂文化、敗壞民族情感，是刪減他們的表達能力；台灣政治民主化後，台語不再被禁止，但幾十年的政治打壓，已讓台語的生存空間大為縮小。在歷史長河中，台灣人的母語及其背後的文化被歧視、斲喪，是台灣需要認真的深刻思考的時候了。

猶如葉慈一生追尋蓋爾特文化，英國詩人奧登在悼念葉慈的詩篇裡寫道：「瘋狂的愛爾蘭將你刺傷成詩！」作為一個勇於面對愛爾蘭事務的詩人，葉慈的文學實踐便是要為現實提供一個靈視。（註9）

李長青來自陽光國度，對台灣鄉土有著濃厚的情感，於他亟思如何平撫語言文化尊嚴的受創，以母語作為詩的文化技藝，變成一種書寫的新課題。

經過長時間的醞釀發展，他的台語書寫創作，建構出台語詩的美學系統，側重寫實主義的精神，表現出台灣社會的多重面向，對台灣土地、社會百姓懷抱著深情的疼惜，寫出屬於台語詩的文藝復興。

他在台語詩集《江湖》的〈事件〉（註10）中這樣寫：

佇一齣電影內底
淋到家己透明的目屎
佇一本詩集的冊頁
讀到一個茫茫渺渺的少年
佇一場安靜的夢中
看到天涯的景致
佇一個平常的路口
停下來
心裡充滿事件
只有家己知影

不同於民間通俗的台語詩詞，詩人寫出台語語境的特殊文學性與藝術性，透過語意節奏，需要細嚼「家己知影」的事件，在電影、詩集、安靜的夢與平常的路口，「目屎」、「少年」、「天涯」攏總回歸到詩人的胸臆裡面，究竟是甚麼事件在碰撞詩人的心靈？究竟是怎樣的人生讓詩人感覺難以捉摸？如是種種，他很隱晦地意有所指卻又意在言外，一種新的靈視成形，並且等待更多讀者反覆咀嚼。

以台語入詩，有沒有甚麼困難呢？

「與家人相處就是華、台語穿插著講，對我而言講台語是很自然的事，將台語轉換成漢字寫入詩，可能需要花時間讓習慣講華語的民眾也能讀得懂；然而只要進入詩的語境之中，精準傳神地表達出台語詞彙，就會是很有意思的創作。這樣的創作，當然在語言的門檻就會有一個要求，除了基本的聽說讀寫之外，要相當程度能駕馭這個語言，創作中遇到沒有辦法直譯的部分，就去翻查台語字典。」他很專業地說。

身為文學創作者，他以台灣文學的本體內涵，做進一步的思考與實踐，以更多語言元素「交混、揉雜」（hybridity）出彈性而富有想像力的語境。根據霍米．巴巴（Homi K. Bhabha）的交混（hybridity）（註11）概念，後殖民時期所形成的交混揉雜「新」語種的豐富文化意涵，不同思想的被引用、翻譯，台灣本土知識、文化資源的對話、交雜，這些都提供我們在「認同」的視域之外，另用新眼去開拓不同於以往的文本解讀方式。

羅馬拼音可否作為文字的表現手法？

他則表示，為避免文字過於淺白，和兼顧陌生化質素與台語聲腔，他通常不直接以羅馬拼音作為代字，期望以漢字寫出現代的台語詩，成為真正的台灣文學。

翻開台灣文學史，會發現任何台灣文史家很難不去面對台灣人的苦難傷痕二二八事件。

他也在《風聲》這本詩集裡寫二二八，〈一張藏起來的批〉（註12）：

你若已經讀完
這張一九四七年的悲傷
批，請你毋通
心肝凝，請你堅定
意志的頷頸

這張……字已經淡薄仔
看袂清楚的批，你若已經收好勢
批紙內白色沉默的筆劃
紅色寂寞的血，就會漸漸清
漸漸明，漸漸匯入
心海，數念的波浪

這是〈一張藏起來的批〉的子題，〈批〉是一首有五個子題的長詩，在帶著紅色血液鹹味的哀傷裡，一九四七年的淚水繼續流淌在白色的信紙上，信（批）看完之後要收好了，順便也把悲切都收攏摺在信紙裡，然後堅強的挺直身軀，哀傷會逐漸淡化的，心事也會隨著海浪逐漸流逝。

詩人用安靜溫和的語氣來控訴異族的殘暴屠殺，用人道關懷來處理歷史傷痕，也只有以華台語的雜揉語氣來表達台灣人的痛楚，才會更貼切更教人感到悲憫。

一個人的浪漫　詩的藍鑽經理

在詩的江湖打滾至微中年的這些歲月裡，詩人李長青獲獎無數，詩作被譯為西班牙、英、德、日、韓、緬甸、馬來等語言，曾受邀代表台灣出席中美洲尼加拉瓜共和國主辦之「第十四屆格拉納達國際詩會」（二〇一八，格拉納達），以及德國「包浩斯（Bauhaus）一百週年」藝術嘉年華（二〇一九，馬德堡）、緬甸「Poetry of Brush and Lines：Spotlight TAIWAN」詩書茶琴系列活動（二〇一九，仰光）等國際性詩會。

問起他真正的創作的初心和文學實踐的理念是甚麼？
他漾起溫溫的一抹微笑。
「文學渲染我的心靈，讓我體悟生命種種風景，我在字裡行間細緻閱讀與理解生活，可以這麼說，詩，喚醒了茫茫渺渺的我。」
翻開他的兩段詩句（註13），我們將其合併閱讀：

黑暗之中
有風，輕輕流過
在自己裡面的
我，就這樣一個人
獨自擁有
清澈的淚痕
……
天色暗淡落來
才知影江湖的長草
發佇恬靜的心裡

若說在他一個人的江湖裡，詩是他文學的救贖，那麼現實人生的支撐力量是甚麼？
「也是詩，都是詩。」
「我去演講、座談、當評審的時候，我常常覺得我就是一個在推產品賣產品作直銷的人，我賣的產品就是文學嘛，我在直銷的東西就是詩嘛！當我面對學生、聽眾、參賽者，不管我是什麼角色，我永遠都在推文學談論詩，因此我就像是詩的文學產業裡面的藍鑽經理一樣。」

（好浪漫的詩的推動者！）

眼前的詩人李長青，彷彿坐擁在一堆藍鑽上面，他的詩句都化身一顆顆璀璨晶亮的鑽石，發出耀眼的藍光。他在〈未來記事〉（註14）裡寫的：

路都已經不是路了
已經不是神祕的去向已經不是
通達的想像，荊棘戴上
破不了的彩色氣球
深淵砌滿甜膩的高牆
未來遊戲
如此昂揚
……
新的皺紋開始革命
路重新岔開我們

他一個人，不斷穿梭在生活與文字的路上，或許曾經是流動的鄉愁，或許是一遭苦澀的旅行，又或許是在森林裡遺失的彼此，然而在歲月岔開人生的路口裡，時光就是珍珠，皺紋就是翡翠，藍鑽經理在未來營業額達標的桂冠上，愛和寂寥都曾經發生。

自己就能形成一座島嶼

每一首詩，都是對世界的回應，李長青所寫的散文詩，則是對表象的世界幽默的嘲諷。

散文詩的起源者波特萊爾說：「我輩中人，誰不想過詩式散文之奇蹟，既有音樂性又無節拍，既柔順又粗曠……夢幻之起伏以及良心的悸動。」而李長青則說，散文詩就是：「鳳梨釋迦不是鳳梨而是釋迦，是經過改良的長得像鳳梨的釋迦。」

絕妙解釋散文詩的機巧，在於其敘事的精心與驚心，例如李長青這首〈鄉愁〉(註15)：

> 時間是已經不復記憶的下雨天，一些陌生的縫隙，在濕氣沮洳的夢裡，隱約聽見：木地板上的烏雲，正在排練瓣形，開或闔的聲音。
>
> 一朵，二朵，三朵……
>
> ……
>
> 沉默的木地板，仍想成為森林。鄉愁是已經不復記憶的下雨天。

南國的鄉愁之於他，是割捨不了的情愫，像個字句裡的分號，戀戀不忘卻又不復記憶，似在遠方卻又在內心的風景裡，他說(註16)：

> 塵土翻颺，砂礫迴繞
> 竟像陌生的飛鷹
> 自己就能形成一座島嶼

寫詩的李長青，是一座正在飛行的孤獨安靜的島嶼。

而他所居住的美麗島嶼，也正在為民族認同與族群語言的文化保留作努力，正如同葉慈的〈亞當其衝〉一詩所述：「我要說妳是美麗的，而我正竭力，愛妳以古老超越的愛。」

我們都必須勞苦，方能美麗。

原載於國家圖書館季刊《台灣出版與閱讀》民國一百一十一年第二期

李長青，在高雄出生的台中人，中興大學台文所碩士。詩作被譯成英、日文，國內外選集多種。

著有詩集《江湖》（聯合文學）、《陪你回高雄》（晨星）、《落葉集》（爾雅）、《愛與寂寥都曾經發生》（斑馬線出版）、《風聲》（九歌出版）、《我一個人》（小雅文創）、《躍場：台灣當代散文詩詩人選》，李長青／若爾・諾爾主編（九歌出版社）等書。

照片李長青提供

註釋：

註1：《葉慈詩選》，楊牧編譯，洪範書店出版。

註2：Peter Altenberg 彼得．艾騰貝格，1859–1919，原名 Richard Engländer，奧地利作家。

註3：《落葉集》，李長青著，爾雅出版社。

註4：《航向愛爾蘭：葉慈與塞爾特想像》，吳潛誠著，立緒文化出版。

註5：《觀念對話》林燿德著，漢光叢刊。

註6：《江湖》，李長青著，聯合文學。

註7：《愛與寂寥都曾經發生》，李長青著，斑馬線出版。

註8：《愛與寂寥都曾經發生》，李長青著，斑馬線出版。

註9：《航向愛爾蘭》：葉慈與塞爾特想像，吳潛誠著，立緒文化出版。

註10：《江湖》，李長青著，聯合文學。

註11：〈差異／交混、對話／對譯——日治時期臺灣傳統文人的身體經驗與新國民想像（一八九五至一九三七）〉，中國文哲研究集刊第二十八期，黃美娥：

一八九五年，臺灣成爲日本帝國的殖民地；同一時間，世界也進入新、舊交替的「世紀之交」階段，時人怎樣看待殖民性(coloniality)、本土性(nativity)與現代性(modernity)衝擊所導致的精神感應？從「中國子民」到「新日本國民」，如此身分變化的歷程，所導致的思想轉變究竟包括那些內容？其與新引進的現代文明有何辯證關係？爲求瞭解改隸之初即漸顯現的臺人現代化改造進程，本文選擇從傳統文人「身體」經驗的探索入手，藉此掌握時人的「新國民」想像，並觀察其人身體隨著社會境遇的變化而改易的歷史。而在研究方法上，由於「新國民」身體敘事容易因國家權力的介入，導致出現國族認同評價的模稜與困難，爲求避免以抵抗／親日的二元對立方式來看待「認同」問題，本文將在愛德華．薩依德(Edward W. Said)闡述東方主義時所倚重的「差異」論述外，更特別借鏡霍米．巴巴(Homi K. Bhabha)的交混(hybridity)概念，剖析殖民者與被殖民者彼此接觸後所形成的交混「新」空間地帶的豐富文化意涵，釐析日本治臺時期殖民者與被殖民者雙方接觸的關鍵時刻、議題或話語，進以瞭解日臺雙方究竟有什麼樣的思想資源可以被引用、翻譯、挪用、占有？而臺人又特別強調或重視哪些本土知識、文化資源以做爲斡旋？這有益提供給我們在「認同」視域之外，另用新眼去開拓不同以往的文本解讀方式。文章內容論及一八九五年至一九三七年間傳統文人的各種身體姿態，包括遺民身體、新國民身體、馴化／教化身體、狂歡身體等，在歷時性與共時性的社會進程中所顯露的差異／交混、對話／對譯的文化現象與深層意涵。

註12：《風聲》，李長青著，九歌出版社。

註13：《我一個人》，小雅文創。《江湖》，李長青著，聯合文學。

註14：《愛與寂寥都會經發生》，李長青著，斑馬線出版。

註15：《躍場：台灣當代散文詩詩人選〉，李長青／若爾·諾爾主編，九歌出版社。

註16：《愛與寂寥都會經發生》，李長青著，斑馬線出版。

參考書目：

《葉慈詩選》，楊牧編譯，洪範書店。

《落葉集》，李長青，爾雅出版社。

《航向愛爾蘭：葉慈與塞爾特想像》，吳潛誠，立緒文化。

《觀念對話》林燿德，漢光叢刊。

《江湖》，李長青，聯合文學。

《愛與寂寥都會經發生》，李長青，斑馬線出版。

《風聲》，李長青，九歌出版社。

《我一個人——李長青詩選》，李長青，小雅文創。

《江湖》，李長青，聯合文學。

《躍場：台灣當代散文詩詩人選〉，李長青／若爾·諾爾主編，九歌出版社。

做書的人

允晨文化發行人

廖志峰的文字流域

攝影師黛安・阿勃絲於一九五〇年代中期，拍下空蕩蕩的座椅和空白的銀幕，椅子們整齊地排排坐，以無盡的耐心凝視著空白銀幕，阿勃絲發表的攝影聲明，意欲論述當你感受空白銀幕中有影像在動時，你會發現他們在那裡看著你，反之，等你轉回來時，曾經存在的東西——超脫現實，神秘，永遠不老——已經消失無蹤，被空白的靜止取代。阿勃絲的意象，被攝影師杉本博司延伸成「絕對純白的單一時刻」，他以這種方式讓「時間通過他的相機」，當流動的影像消失溶解，超越自身，只留下明亮耀眼的白。

——傑夫・代爾《持續進行的瞬間》

他不是攝影師，但是他的攝影風格，老是讓人想到黛安・阿勃絲，冷靜、理性、獨白式地想要闡述些甚麼，卻又不言明，就像波蘭詩人辛波絲卡說的，要描述一朵雲，得快，因為只消一秒就足夠，幻化成別的東西。

他不開酒館，但是他可以用喝一杯酒的時間，告訴你編寫字句的人生，就像一杯杯黃金色的瓊漿，讓人醺然的，都是經過時間淬鍊純釀的精華。

他不是廣播人，但他主持中央廣播電台《台灣心風景》節目，透過麥克風，他天生的嗓音溫柔醇厚，他的聲音低低地猶如在你耳邊跳文學曼波。

他不開書店，但是他做的書和他寫的書，都在你風檐展書的時候，一顆顆鏗鏘有力的文字或句子，紛紛滾現在你眼前，或回憶、或碰撞、或覺醒，在在告訴你時光的流逝。

他，是允晨文化發行人兼總編輯廖志峰，業界人稱「峰哥」。

出版人的那方曠野

峰哥，中文系畢業的人，沒有懸念、不做第二職業想，總是策馬入林，一頭往字裡行間的曠野衝刺過去，再回首人生，已到知天命之年。

採訪峰哥的晌午，透過 Messenger 軟體空中的傳訊電訪，他的聲音有一種莫名的了然，秋天高空的藍天白雲那樣神清氣爽。

「可不可以跟我們聊一聊您這三十年來的工作經歷？」

喏，這個提問是充分必要基本題。

「一九九〇年挾著得過淡江大學五虎崗文學獎及擔任過系刊主編的資歷，我應徵上允晨的編輯。編輯的工作，有很多個階段，剛開始沒有做那麼嚴肅的議題，當時做了一本謝佳勳的《遠離台北》，那時候電視旅遊節目《繞著地球跑》不是很轟動嘛？她的觀眾粉絲也很多，書一出版，一下子就賣得很好。」

《遠離台北》是峰哥編的第一本暢銷書，書寫一個都會女子在世界各地單身獨遊的浪漫情懷，以及所領受的異國人文風情。

離開熟悉的台北，異途還好嗎？於是當人們遠離一個地方，放逐自我於曖昧不清的旅途，未知的陌生讓他隨即開始想念原先那片草原的美好。

「做暢銷書的同時，也做一些學術性的書稿，包括現代文學復刊的編輯工作，當時我沒有很資深，就做些跑腿的工作，幾年之後覺得有點沒趣，剛好老闆要去立法院，然後就把我帶去當國會助理。可是三年之後，我想想還是回來出版界，那中間難免有些人生轉折、一些游移、一些猶豫，我在當助理也當的也有點悶……，其實那時候年輕，很多東西也不是很確定！」

流浪使人生變得更迷茫，可以想見立法院助理時期的他，徘徊在歧路上，就像是電影《遠離非洲》裡的凱倫，深愛過非洲，叫她如何再愛別的地方？用心愛過了丹尼斯，叫她如何再愛別的男人？浸淫多年的非洲歲月，從此曾經滄海難為水了。

峰哥彷彿命定一般再回到允晨的文字深林，從此編輯檯上的繁文瑣字，再怎麼困難也不能使他畏懼。

森巴要回歸曠野，成為縱橫森林之王，於是允晨書市上許多令人稱許的經典名作，傳唱著峰哥伯樂與千里馬的書緣。

編織經典的讀家美味

卡爾維諾說：「經典即是具影響力的作品，在我們的想像中留下痕跡，並藏在潛意識中，正是因為經典有這種影響力，我們更要撥時間閱讀，接受經典為我們帶來的改變。」（註1）

閱讀經典，使我們成為更好的自己，而創造經典幕後的推手，就是極具挑戰的重要工作，這個推手他必須要有超能力：讀家之手眼。

「聽說峰哥一回到允晨，就接下發行人的重責大任？」

「因為年輕你才敢接這個工作，因為你不曉得到底發行人是要做什麼，因為不曉得你到底要負擔的法律責任是什麼，那都是接了以後才知道的。」他爽朗地笑了兩聲初生之犢不畏虎的勇敢。

於是從接發行人開始，做業務、做管理。可是像過了一陣子以後，他發覺書的業務要做得好，編輯的那個源頭其實是最重要的，所以他才又接手重新梳理整個允晨文化的編輯方向。

大抵懂得編輯的人都知道，一本好書的完成，編者佔著極大的推波助瀾的功勞，然而他又必須是個隱者，一如馬太福音第五章第十三節中所昭示：「你們是世上的鹽。」

一道美食，大家會說它味道好、料好實在，但多半不會提及它鹽巴放得恰到好處；同樣的，一本書的編輯總是像鹽巴一樣，溶解在一本書的完成過程當中，替書提味、給足香氣並且擺盤完美，讓書看起來美味，賣相漂亮吸引人。

「我進來允晨成為發行人之後，開始整理自己真正的方向，我想做一個自在的人文的編輯人。因為其實臺灣的出版社做文學性的書、年輕世代作家的作品，已有很多同行在做了，於是我想開發出很陌生的作家或很陌生的議題，我想做點不一樣的事情。」

是的，若說編輯之於鹽巴，那麼發行人就如同於廚師。鹽巴經過漫長的調性屬性方向的選擇，尤其是一個堅持人文的鹽巴，發行人便得拿出絕活，找到可成就美味的食材，翻炒出一道一道經典的美味。

那麼，身兼廚師與鹽巴的出版人，他得擁有十八般武藝。

陸續上桌的的經典，除了國內外的知名作家如拉美文學小說家馬奎斯或大師白先勇等等，近年來峰哥想做的書，偏重在人權與流亡的議題上。

他特別提到中國流亡作家廖亦武與李劼。

「其實我覺得經營一種書系、經營一個作家，或許因為時間一久，也許哪一天這一個作家說不定就打中你了，你會回頭去找他的書。比如像我做廖亦武的書，我已經做了十幾本了，如果已經慢慢有年輕讀者知道這個作家，他一定會去想找他以前的書來看，我們沒有跟著市場走，我們把作家跟書系、路線守好守滿，做一個長期經營的概念，我們最終會找到忠實的讀者。」

二〇〇五年允晨出版了康正果的《出中國記：我的反動自述》，峰哥說，其實每一本書都有他的故事，做流亡的議題其實一開始也是一個意外。原先這本書取名為「我的反動自述」，他覺得這個標題目太平直，於是將書名改成「出中國記」，因為想到的是出埃及記。沒想到出版了這本書以後，後面有關中國流亡人權的書稿，全部跑到他這裡來。

每一本書都會牽動其他的書，這就是所謂人與書的磁場或緣分吧。

峰哥經康正果認識了廖亦武，又接著認識了更多中國維權人士。在台灣，廖亦武的名字並不陌生，他因為一首悼念六四的詩與一捲錄音帶被捕，並在獄中屢遇折磨。他長期關注大陸底層社會及極權對人民的壓迫，二〇〇八年他撰寫的《四川大地震記事》，由允晨出版。

自由人權是普世追求的終極價值，對抗遺忘和反對強權一樣重要，因此允晨出版異議作家還包括《六四天安門血腥清場紀錄》的吳仁華、《來生不做中國人》的鍾祖康、劉曉波的《大國沉淪》，長期關注圖博議題的茉莉、唯色以及六四維權人士李劼的《百年風雨》等。這些時代的紀錄，是抵抗遺忘，是理解中國的珍貴文獻，而允晨成為這些作家被世界看見的重要窗口。

城市咖啡館裡的迷離回歸

談到對抗遺忘，相對的詞語會是追憶。

遺忘與記憶，身分與追尋，逃離與回歸，法國作家派脆克．蒙迪安諾的書中，總在描述飄忽的失落的記憶，藉由巴黎這樣一個迷離之都，刻劃著虛實交錯的城市街道，在十字路口與地下鐵徘徊迷失的人們。

「現代文學上有一本書對我的影響很大，《在青春迷失的咖啡館》，作家是後來得到諾貝爾文學獎的蒙迪安諾。我很喜歡他的文風跟述敘方式，這與我後來寫的《流光》一書，會像是一個交互的影響。他書寫街道與城市，城市歷史與人的生活，是互相勾連的；街道其實是一個有生命的有機體，它是人與社會的連結，小說主角就在他筆下淡淡的敘述語氣中現身，緩慢地呈現二戰時代巴黎的氛圍，在每一個淡淡的字句後面，就有一種歷史不願意去面對的那種哀愁，到文末你會強烈感覺到這種氣氛跟情緒。」

這種追尋自我，一字一句小心翼翼揭開記憶回歸瘡疤的類自傳體，延續成一個「蒙迪安諾式」的風格，像是一種蹙音，迴響在他的每一本書裡。

「蒙迪安諾的《環城大道》、《暗店街》、《戴眼鏡的女孩》等，其實基本上他的寫法，寫一本、兩本、十本，幾乎都一樣的。」峰哥話中帶著笑意。

就如同蒙迪安諾所言：「我用盡一生，只為找尋那個原點。」

允晨在今年十月出版蒙迪安諾的新書《記憶幽徑》，寫法仍然是圍繞著巴黎的大道、酒吧、別墅、斑駁的牆，快要消失在記憶的巴黎世代的呢喃。特別的是，這次跟幫紐約客畫過封面的插畫家皮耶．勒譚合作，因此《記憶幽徑》除了他的敘述以外，還多了一種繪畫家的述敘觀點，兩種觀點交互掩映交互纏繞。

「這個版本會很珍貴，這麼剛好這個插畫家不久前過世了，所以再也不可能有這樣的一個合作的作品了，這本書以精裝版發行，書背以布燙黑體字，是值得典藏的精品。」精裝的記憶，典藏在書裡，做書的人，也被蒙迪安諾深深地影響著，寫出三本屬於他自己的記憶幽徑。

成為書寫的人

史蒂芬．褚威格說的一句名言：「我不在家，就是在咖啡館；不在咖啡館，就在往咖啡館的路上。」

峰哥不是在家，就是在咖啡館；不在咖啡館，就是在酒館；不在酒館，就是在往酒館的路上。微醺，是為了消解編輯書本的壓力，而書寫，則是心中還有作家夢，到底是替人作嫁了幾十年，胸豁間的蠢蠢欲跳出的文字，不知凡幾，正巧《文訊》雜誌社來邀請寫專欄，峰哥就這樣陸續在幾年間，透過報紙副刊、電子報、雜誌、臉書的隨筆，寫出了三本書的文字量。

《書，記憶著時光》寫著出版人對於「書」的耽溺、浸淫、沉醉，甚或是迷惘的那些燦爛時光。「我之所以著迷這樣的生活，是因字裡行間的微物世界，蘊含著許多可能，充滿著各種未完成的想像，這種可能和想像，豐富的工作的意義，因此讓人一再留連。」(註2)一張峰哥從圓環旁露易莎咖啡館往外拍攝的照片，對面大樓整齊的磁磚幾乎跟書裡的字行一樣，一排排一格格站好，只有玻璃窗帷能映照出陽光的移動軌跡，他說：「陽光是最老的計時器，我只看見時間的流動。」

《流光・散策：我的中年生活》是一本中年的臉書記事，依四季交迭，拾綴日子黯幽岑寂裡人性的殘缺與美麗，遺忘與流逝，沉浸思索一絲可能存在的光束，或說藉由流光已逝的背脊暗影，記敘人情冷暖。

應許是中年，對於似水年華的哀樂倍有感慨，不可追溯的是水中月，唯有成為書寫者，才能純粹的實在擁有時光。

《秋刀魚的滋味》則是一本豐富的人情地誌書話物語的散文集，不變的是他知識含金量飽滿的筆鋒，對於城市的街區的記憶，都喚起一段一段美好的回憶，刻劃城市形貌的共同時光，這些層層疊疊的線索，讓我們逐字逐句解鎖懷念的滋味。

文字，搭配美酒加咖啡，金黃色與醇厚的香氣滿滿流溢在他編輯人生的每個縫隙裡。

但為君故沉吟至今

近來讓峰哥念茲在茲的書緣，莫不過是今年八月辭世的中研院院士史學大師余英時。

「《余英時回憶錄》這本書，賣了兩萬本，但它如果不是因為中國大陸管制的話，會賣得更好。」

顯見這本書的重量。

這本回憶錄具現余英時從成長求學迄今的心路歷程以及轉折，時代變亂與他的生命相縮繫，形塑他追求學問中深沉與不斷思索的養成，是當代重要的戰亂時代學人回憶錄。峰哥從訪談到成書，歷經十二寒暑，成書之不易與下筆之慎重，可見一般。

「我覺得最難的是，你整個過程花了十二年，跟這個作者的對談、交往與相處，就是一種如沐春風的感覺，那是一個編輯生涯裡頭很棒的回憶了。」峰哥的語氣間透露著不捨與難過，對於這一段似父如親的緣分，他有萬般來不及說再見的遺憾。

峰哥想起與余英時接觸時的種種時刻，語氣變得高昂……。

「剛開始都是以傳真方式，跟余老師報告編輯進度等公務，一直到二〇一四年，在中研院唐獎的講座上，才真正與余老師見面，我在他身上感受到對研究學問熱情的學人精神。隨後於二〇一八年秋天，我赴美拜訪余老師，三天的普林斯頓溫暖而短暫的相會，那次的旅程成為我畢生難忘的情誼。」

他熱切的回憶，讓人同他感受到身為伯樂之樂，就是尋得千里馬，並與之交會時互放的光亮。

余英時回憶錄，寫到余英時哈佛求學階段即結束，來不及完成的續冊，將會讓峰哥沉吟良久，因為未完成的遺憾，會是一個刻印，記在人生幾何的帳上。

星星墜落的時候，會劃破天空，將黑夜照耀得絕對光亮，攝影師杉本博司利用相當於電影長度的曝光時間，把銀幕的所有內容：不管是飛車追逐、人生鬧劇、浪漫喜劇，全都簡化成為絕對純白的單一時刻，那銀幕的外框是夜空，星星的軌跡變成暗夜的絕白光源，在此同時，銀幕裡的明星們，無論早已過氣或正在竄紅，都成了不動光源的絕對投射。（註3）

大師余英時正像是那顆劃破夜空的星星，留下典範給後世，他的回憶錄，是給下一輪世代的備忘錄，他的人與書，成為不動的絕對光源，永恆的存在。

而允晨文化發行人，會繼續以他的讀家之手眼，再度創造出經典之書，一如他手持攝影鏡頭持續進行拍攝的美好瞬間。

原載於國家圖書館季刊《台灣出版與閱讀》民國一百一十年第四期

廖志峰，允晨出版社發行人。耕耘出版業三十餘年，成天與書籍為伍。著有《書，記憶著時光》、《秋刀魚的滋味》、《流光・散策：我的中年生活》等書。

註釋：
註1：《自己的房間》，維吉尼亞吳爾夫著，時報出版，p.2–3。
註2：《書，記憶著時光》，廖志峰著，允晨出版，p.343。
註3：《持續進行的瞬間》，傑夫·代爾著，麥田出版 p.219。

照片廖志峰提供

野地與文學的對話

——作家劉克襄的11號行旅人生

我不和你談論詩藝
不和你談論那些糾纏不清的隱喻
請離開書房
我帶你去廣袤的田野走走
去看看遍處的幼苗
如何沉默地奮力生長

我不和你談論人生
不和你談論那些深奧玄妙的思潮
請離開書房
我帶你去廣袤的田野走走
去撫觸清涼的河水
如何沉默地灌溉田野

我不和你談論社會
不和你談論痛徹心肺的爭奪
請離開書房
我帶你去廣袤的田野走走
去探望一群一群的農夫
如何沉默的揮汗工作

你久居熱滾滾的都城
詩藝呀！人生呀！社會呀！
已經爭辯了很多
這是急於播種的春日
而你難得來鄉間
我帶你去廣袤的田野走走
去領略春風
如何溫柔地吹拂著大地

〈我不和你談論〉，吳晟（註1）

詩人吳晟殷殷企盼和你預約一片綠意，且讓我們回應詩人的想望，現在，開啟你的想像：脫掉咬腳的高跟鞋、鬆開緊緊的領帶、把訊息爆炸的手機丟一旁，在陽光飽滿微風輕吹的野地，你席地而坐，倚靠著一棵大樹，樹皮有粗裂的紋路瘤結叢生，強健的樹幹高聳入天，日光透過枝椏間隙灑落一絲絲光線，樹葉隨著微風婆娑作響，刷沙的樹梢傳來微香，青翠的味道竄入鼻心，頓時你開啟感官，請閉上雙眼，認真聽聽樹林的絮絮低語，感受自然洋溢著某種氛圍，這些生氣盎然的綠樹，正在對你傾訴種種意義與傳遞重要信息。(註2)

作家劉克襄，成為接收信息的自然書寫領航者。

深情記寫自然

台灣的學子，無人不知曉劉克襄，他的文章是國小國中高中的學生國文課必讀的篇章，在國中一年級國文第二冊第一課〈大樹之歌〉中，作家教孩子如何關心生態：

「雀榕的枝幹通常長有許多肉紅色的漿果，平地的鳥群最愛聚集那兒，所以它應該有許多鳥朋友。……但附近的人並非很善待它，他們在它身上纏繞了電線，還掛漁網鋪晒，樹幹間的樹洞裡也堆積著廢棄的空罐頭和寶特瓶。我們仔細探視這位老朋友，它的枯枝已有一些紅色的嫩芽，準備掙出天空了……」(註3)

親切的散文筆調，透露對大自然的疼惜之情，對於人類將生態環境的破壞予以譴責和提醒。另一本《老樹之歌》，也是一本深具特色的環境教育繪本書，劉克襄以他一貫田園短詩歌的敘事手法，這樣寫：

天上掛著一顆星星
又高又遠的
閃爍出大地的空曠
地上則有一棵大樹
和星星遙映著
襯托出這種和諧的美好（註4）

文中述說著一棵大樹的生長茁壯，曾經有人們和小動物圍繞著它一起生活，直到有一天，高齡的大樹被困處在水泥叢林中，落寞孤單，再也無人關心聞問。他用文字帶領讀者領略生態之美，星星、蟲子、鳥、大地與綠樹，互相掩映遙望，那是人類與大自然的共生美好，那是深陷數位虛幻螢幕世界的我們所遺落的境界。

在現今生態岌岌可危的地球，如何重建那樣美好的自然景觀？

聖經裏的約伯記第十四章第七節這樣記載：

因樹有指望，
樹若被砍下，還可指望發芽
嫩芽生長不息。
其根雖然衰老在地裡
幹也死在土中，

及至得了水氣，還要發芽
又長枝條，像新栽的樹一樣。
但人死亡而消滅，
他氣絕，竟在何處？（註5）

約伯在家境敗落、兒女夭折、親人離棄、身患奇病，經歷人生中最黑暗、悲苦無助的日子裏，不也想到樹木的生命景況嗎？樹木的生命力旺盛，即便樹木乍看來是死亡，誰料到春天時又發芽長出新枝了。聖人由樹的生命際遇，教導我們思考人與環境的息息相關，並詰問生命的終極意義。

這些詰問，在劉克襄年輕時的散文創作裡，從人文地理的論述至昆蟲花草綠林的研究，在他的深情記寫與著墨中，在在試圖解讀物種之間的奧義，並擔任守護者與行腳的角色。

快樂鳥日子

作為綠色生態的守護者，他長期從事自然觀察、歷史旅行與舊路探勘近二十年，至今出版散文、詩、長篇小說、繪本和攝影作品二十餘部，本業是新聞工作，他曾是《台灣日報》副刊編輯、《中國時報》美洲版副刊編輯、《中國時報》副刊編輯及人間副刊的撰述委員、自立報系藝文組主任、執行副主任等工作。（註6）

擁有多重身分的劉克襄，是怎麼變成「鳥人」的？

這一切要從大學說起。

就讀文化大學新聞系時，他加入華岡詩社，認識詩人向陽，開啟他寫詩的浪漫情懷，大三時以劉資愧之名自費出版詩集《河下游》。

〈河下游〉

有人沿河下游走去
最初只有蘆葦在他背後　搖動
他蹲視著河對岸
注意到河鳥的飛旋　停聚森林

後來他出現沙洲
一隻鷺鷥在黃昏的翔視
當他沒入森林　鷺鷥沿著
河下游——落日旁邊飛過

一首精簡青澀的小詩，已經早慧地透露出詩人潛藏在意識當中對自然生態的關注意象：落日沙洲，一條小河的下游，有鷺鷥飛旋過蘆葦，一幅美麗的河岸畫面就在幾個字句中呈現。

然而，劉資愧並不滿意，在出版後一星期回收詩集，他嚴苛地自我鞭策，一如「劉資愧」這個名字所代表的意義：對資本主義慚愧。熱中社會主義思想的父親在劉資愧三歲時，也回收劉資愧此名，將其改名為劉克襄。

劉克襄服海軍兵役隨軍艦航行各地，時常在蒼茫的海上觀看大鳥的飛行，那樣自在翱翔傲視空中的姿態，引起他的研究鳥類的興趣與熱情。

「海軍在大洋巡邏時，常常會看到鯨魚、海豚、鳥類等大自然物種，觀鳥正巧足以排遣海上的無聊時光。看到這些生物我總是好奇，八〇年代很多報紙媒體開始出現鳥類調查的新聞，對我而言更是關注與收集相關資料的管道。」

「退伍第一件事，就是買一架望遠鏡，」劉克襄親切地笑著說話時，露出一口潔白的牙。

「以及加入離家不遠的台中市賞鳥協會。」他接著說。

「鳥會會館在現在的五權捷運站，會長吳森雄先生他一定還記得，我那天理小平頭、騎著腳踏車就自我推薦去報到說：我要加入台中市鳥會。」

剛退伍的年輕人熱血氾濫，並也擁有無窮無盡的時間與情感，急切地加入鳥會，想透過鳥類來跟整個世界對話。

「那時我已經非常堅決、非常清楚我自己要做什麼，在二十三歲剛退伍第一天的時候。」

是否對應他三歲前的本名劉資愧，對於世俗以資本主義為思維的觀點不屑一顧，劉克襄當下並未想到找工作這件事，當鳥人反而是他最快樂的第一要務。

「還記得隔天，我把很多鳥類的期刊帶回家，還騎腳踏車去東海大學找張萬和林俊義教授。」

本著愛鳥的情懷，父親介紹他當報紙夜間副刊的編輯工作反而如同副業，長長的白天他一頭栽進最愛的研究鳥類事業上。

從剛開始賞鳥，因為喜歡就想分享給別人，所以寫鳥，一直到後來，因為賞鳥要到很多地方的擴大旅行，觀察到這些地方的自然與土地環境的關係，深入研究撰寫，不小心就慢慢擴充書寫領域；研究領域一開闊，就想知道過去的人是怎麼賞鳥的？於是觸及賞鳥的歷史，開始瀏覽很多外國旅行家或日本自然學者的東西，因此他的眼界視覺被打開了，自然物種地理環境越是特別的，他就越想去了解，慢慢地擴大到後來變成一種博物學的認識；這些認識累積到現在，變成一種全面性綜觀台灣這塊土地的歷程。

那樣透過行腳、經驗、心血、時光的淬煉與積累的學養，比之現今可以透過發達的網路資訊累積更多更快速所得來的知識，畢竟多了一些走過的痕跡與時光的舊味道，一種穩當的歷練感在他的談笑面容上，這種累積了三、四十年的見識與人情世故，是千金換不來的寶藏，訪談間坐在眼前的，或稱為鳥人的劉克襄，然其實是一個博物學家的劉克襄。

《旅次札記》、《旅鳥的驛站》、《漂鳥的故鄉》、《隨鳥走天涯》、《消失的亞熱帶》、《荒野之心》等書，以賞鳥為起點，以報導文學為型態，實則是對生態環境探討的作品不斷問世，在台灣一步一腳印一字一世界，他寫出許多膾炙人口的好書。

在《不需要名字的水鳥》繪本書中，我們看到這樣的文句：

看到了嗎？
長長的嘴
長長的腳
長長的翅膀
許多這樣長長的水鳥
聚集在長長的海岸
從歷史典故你熟悉他們

從自然科學你認清他們
但他們叫做甚麼呢
其實已經不是很重要的事
重要的是那長長的意義
……
又或許，又有一種發展出
彎彎的嘴，翹翹的嘴
總之後來的海岸就是有很多種嘴很多種腳的鳥生活著
但這也不是最後
我們必須排斥有所謂
故事的最後
……
我會是一萬隻的第幾隻
我在哪裡（註7）

看似給青少年的自然生態繪本，毋寧說也是寫給大人閱讀的孤獨寓言之書。透過水鳥的啄食、飛行、休息，甚至思考，帶出物種演化的過程與型態，眾鳥或眾人都以相同的面貌生活著，突然有了一隻特立獨行的小鳥，有了不一樣的演化分岔路，讓我們對人類世界也有不同的反思，在他的文字中，找到擁抱多元存在的感動，跟別人不一樣的我，不需要名字，只要存在著就很好。

一切都是因為鳥的緣故。

觀看的方式

哲學家馬丁・布伯選擇以對話作為其哲學思想的力場，他不只以人的對話行動做為基礎，陳述他的世界圖像，對話，甚至是他自身存在的終極關懷。與其他存有者踏入積極互動的關係，對話的行動互涉，都是在描述同一個真實世界，他說：「我沒有甚麼學說，我只是指引，我指出真實，指出真實中未被人看見的景況，我牽著那願意聽我說話的人的手，走到窗前，打開窗扉，只給他看外面的景況。」(註8)

而劉克襄想進行的對話，是透過對鳥、對鯨豚、對其他動物的描寫，讓我們理解世界上一切真實的生命，都是相遇。(註9)

在他的動物小說《座頭鯨赫連麼麼》的自序中，他這樣寫：

「長期海外地漂泊，迫使我和整個社會斷了聯繫。那時有好長一段時間，我始終強烈地感覺，全世界不知到哪裡去了。整艘船只因自己而存在，船上已無生物，只剩自己活著。」(註10)

那種長期的平靜孤寂，正是一種類死亡的經驗，他說他模模糊糊提前體驗了。

在此處我們可以將其體驗，理解成他想真實和活著的生物相遇產生對話，想脫離死亡的恐懼或直觀死亡的恐懼。

「為什麼鯨魚名叫做赫連麼麼？」

「赫連就是一個北方的姓氏，麼麼是一種河水滾動麼麼麼的聲音，這個麼麼麼的聲音於書名的隱喻是：這是鯨魚上錯河口的故事。」

這本擬人化的小說，主角赫連麼麼是一隻平凡的座頭鯨，擁有一對寬大的胸鰭的牠，並不擅長與其他鯨魚打鬥，只喜歡孤獨地在海裡泅泳，雙鰭如蝴蝶展翅，優游唱歌，和自己對話。老年時，赫連麼麼踏上了背離舊秩序的旅程，在邁向生命終點的過程中，牠偶遇朋友白牙，牠們溯河冒險，向死亡之旅邁進。

白牙說：「已知是死的，未知是活的。未知有一種主動的感覺，命運由自己操縱。」（註11）

這根本是一本超級勵志的動物小說啊！而且整本對話都是金句。

「溫暖的河水，是夢想實現時的溫度。」（註12）

「不知道以前的鯨魚面對死亡的時候，有沒有想過如何死比較有意義的問題？」（註13）

「身為一頭鯨魚，他的終極目的是甚麼？」（註14）

「我寧可讓自己消失於過去某一個經驗裡，而不願投入一個不知的未來。」（註15）

至於座頭鯨為何溯河而上，遊蕩流連再重返河道，或後擱淺後神祕離去，這些物種間難解的尋死行為，都讓人著迷，寫在小說裡或許是尋找答案的最佳詮釋方式。

人是甚麼？物種之間的關係是甚麼？純然是觀看方式的不同吧！

「人在宇宙的特別位置，他和命運的關係，他對他同伴的理解，他做為一個自知終將會死的存有者的存在，以及在和他生命之奧祕的平凡與異常的際會中……是因為人決意走向他者，凝神諦聽他者的招喚，在回答中與他者相遇，使眼前的一切，成為對話的真實展現。」（註16）

於是劉克襄以文學之手牽著那願意聽他說話的人，走到窗前，打開窗扉，指給我們看自然物種間對話可能性的景況。

然而，有一種生物，並不想和我們對話，它只想安靜地存在著，不想受打擾，而我們也不應打擾。

劉克襄在〈石虎剛剛離開〉一文中，寫道：

「我蹲在田埂檢視，早晨的田地出現了四小一大的柚子形腳跡。一步一痕，排出一列長長的新鮮足印。昨晚夜深時，有隻石虎從森林裡下來，悄悄地穿過土坡，跳下水田……水田便是野生動物溫馨的深夜食堂……一隻石虎的活動面積約莫數百公頃，以苗栗地區為例，淺山環境要找到大面積沒有道路劃過的區域，如今並不多。……石虎往往為了覓食，不得不跨過道路來去……淺山是人類生活裡利用頻繁的環境，石虎尤為指標，如果無法生存，意味著淺山環境的危機。……要在野外看到石虎的機率，恐怕仍是萬分之一的微乎其微，但我毫不在意。就像地球不是唯一有生物的星球，遙遠的某一個地方，仍有生命活著，我知道就好。」（註17）

不打擾是最大的善意，我們不必真正見過石虎，知道牠在那兒，各自安在生活的領域，人類和大自然萬物能夠美好共存，和諧交織，互相觀看互相尊重，如文中所寫：「遙遠的某一個地方，仍有生命活著，我知道就好。」

劉克襄在《十五顆小行星》中寫過〈雲豹還在嗎？〉一文，文中亦辯證著人類與自然互相依存關係，他說：「就讓雲豹消失也好，或許牠的消失無蹤，反而是一個更具體存在的方式，讓後世人對生態環境更有反省的決心。每隻雲豹都意味著，其下大片森林區塊的完整和成熟。牠們的滅絕更讓我們驚心，臺灣山林的日漸脆弱……」(註18)

收藏地景的人

閱讀劉克襄的動物小說，寫鯨魚《座頭鯨赫連麼麼》、寫蜂鳥《蜂鳥皮諾查》、寫候鳥《永遠的信天翁》、寫流浪動物《野狗之丘》，還有一個寫豆鼠的床邊故事，我們會發現他寫的是島嶼型的動物小說，基本上就是一個以台灣為中心的思維。

（他就是愛台灣啦！）

除動物小說之外，累積多年的自然生態的行腳，劉克襄出版《探險家在台灣》一書，之後又四處收集研究地圖及國內外台灣自然史料，整理出多本自然誌，包括：《橫越福爾摩莎》、《後山探險》、《深入陌生地》、《台灣舊路踏查記》、《北台灣漫遊》等書，當他將書寫的觸角從自然生物的關懷擴大延伸到對山林、舊路、人文土地的情感，正如同李奧帕德的對待土地與自然的倫理觀念。

《沙郡年紀》是李奧帕德依季節、月份編寫的自然觀察筆記，他體認到，人類並非萬物的主宰，而只是生態體系的一員，提出了「生態平等」、「土地倫理」的觀念。

他說：「至今我們還沒有處理關於人對土地、對動物、以及對生長在土地上的植物的關係這些方面的倫理。土地仍然被當成財產；人與土地的關係依舊是純經濟的，只牽涉到權利，不包含義務。」（註19）因此，只有當我們對土地有感覺、了解和接觸，才能產生愛和尊重，也才有可能建立「土地倫理」。

落實李奧帕德的理念，劉克襄身體力行，帶著一枝筆去旅行，把一座山當一本書來閱讀，將徒步視為思考方式，散文遊記《安靜的遊蕩》、《迷路一天，在小鎮》以及《11元的鐵道旅行》，就在他又理性又感性的筆端走出來。

「為什麼是11元，不是12元？」

「就兩隻腳嘛，不就是11嘛！」

「真的11元？」

「真的，有一次在東海岸坐火車從東里到玉里，居然只要11元，讓我嚇一跳！真的只要11元。」

《11元的鐵道旅行》他一步一步以緩慢的節奏，以鐵道為橫軸，以鄉間小鎮深山野豁為縱軸，用雙腳畫出屬於劉克襄的11元任性版圖，他帶我們坐上台鐵和高鐵，步下軌道，漫行小徑領略台灣東西部南北迴的地方風土人情。

他說：「搭火車是安全而緩慢的旅行。我把自己交給一輛駛向遠方的列車，彷彿把自己的一輩子交給另一個人，腦海卻更從容地，面對世界。」（註20）

在《裡台灣》一書中，他寫出旅行的滋味：

「旅行一如醃漬的甕裡乾坤，隨著時日的緩慢流轉，食材在甕裡逐漸脫水、發酵，歷經微生物的轉化，最後醞釀出獨特的風味。看著老甕漆黑無限的裡面。我無從敘述那難以洞澈的美好，好像只那一個『裡』，即足以說明一切。」(註21)

讓他著迷的台灣島嶼內裡，溫帶與熱帶的元素參雜，山巒與河流交錯，動植物繽紛，人情味濃厚，他在這個老甕裡來來去去，將旅行的意義貫徹地十足有台灣味。

當然他也是愛好分享的，除了寫書，他的講座與導覽課程，真是秒殺，晚一秒就報不到名。由中央書局主辦的「閱讀島中央X週三讀書會」活動，今年六月由劉克襄來導讀台灣鐵道的故事。

講述的內容包括：佐藤春夫到底下楊埔里何處？龍瑛宗描述的酒家在甚麼地方？謝東閔日本求學為何中途轉至上海？大正昭和時期的台灣人如何做昆蟲採集？集集線二坪山古道發生了甚麼精彩故事？

「老師，聽說您接下來要帶的讀書會是中部小旅行？」

「喔，那個都是快樂的事情，去認識朋友和寫作。」

「您的意思是說您一邊帶旅行，一邊寫作？」看著他的桌上一疊書和資料。

「對，還有一邊讀書。每次去一個地方，我就會研究當地的地方誌。」

是什麼督促的力量讓他這樣一直寫作、讀書、分享、紀錄？

「嗯，摩羯座的特質。」劉克襄的認真，比之摩羯座還摩羯座。

於是我們如果在路上遇見一個旅人，走路平緩，頸掛相機，或許還有擦汗的毛巾，手持地圖或筆記本，後背包裡裝的是說輕不輕的信念，一說話便露出一口潔牙的親切微笑，那他極有可能就是劉克襄本人。

還有詩和遠方

剛從中央通訊社董事長卸任的劉克襄，在他臉書寫的下班感言：「走過的，不見得百分百完美，但繼續朝這個方向，未來一定值得更大的期待。」

那是對媒體工作的期許，也是對他自己筆耕生涯的期許吧！在訪談中，他一直強調他的信念是：

「就是很想把我跟自然環境的接觸經驗、我的文化理念、博物學的知識甚至於我的生活感悟，透過地方美學式的書寫將其詮釋出來，與更多的人產生對話與連結，這樣一種作為實踐生活的方式或準則，提供給大家參考，我想讓大家知道，生活有另一種可能和美好，甚至有很多你不知道的意義在裡面。」

至於如何解讀或跟隨他的準則呢？

讓我們看看他近期出版的新作《小站也有遠方》，我們便會更知曉他守護的對象是誰。

《小站也有遠方》同樣也是一本台灣的環島路線旅行書，然而獨特的是，這一本愛之旅的環島壯遊，他的媽媽也參與其中，書中所有近千張插畫作品，全繪自劉克襄母親之手。

他在自序中所寫：

「長年來母親行動不便……近八十三歲開始作畫……環島一站站的插圖，不良於行的他，彷彿都跟我去過了……」（註22）

「我的鐵道旅行，再怎麼歡喜浪漫，一安靜孤獨了，難免掛念著她……每次出遠門，再怎麼繞，都是急著回去陪她吃飯。」（註23）

（想起邀約採訪當下，劉克襄有些為難地說可否約在他媽媽家，原因是他要下廚給媽媽吃，當依約來到俗稱老師巷的小弄前，當真見到和藹的拄著拐杖的繪者陳孅孅女士）

一個人再怎麼野放天涯，身心終歸要回到媽媽的懷抱，才能安在當下。要說這本《小站也有遠方》，和《11元的鐵道旅行》有甚麼不一樣？出版前後相差十年，同樣的列車，相似的風景，甚至不變的店家老闆，走過幾百次的路口，不同的是《小站也有遠方》的繪者在劉克襄心裡留了一個心念的繫絆，一個回家的理由。

他都成功地走過敘事一般的旅行，跳躍早期的沉重綠色動物議題，輕快地來到人間的際會，甚至與一名少年連隔空揮手都能相知相交成為好友。

一路走來，始終年輕

遠方的小站，在他筆下是好山好水福意滿滿，都說台灣最美的風景是人，在他遊歷的每個小鎮，到處是熱情地揮灑善意的人們，都是美好的素昧平生。

在〈揮手的少年〉這個篇章裡，他在火車上偶遇一名少年，原本以為只是一樁擦肩而過的小插曲，熱情的少年和他約好當列車經過清水站時，他會在陽台跟劉克襄揮手，這是一段有趣的邂逅。

「後來呢？」

「我們意外地變成了好友，到現在還在聯絡，他想要去當鐵道員。」

「他現在是鐵道員了嗎？」像劉克襄一樣，很年輕就找到自己志向。

「你一邊講我就一邊想說要查看看。」語罷，他當真拿起手機在螢幕上上下滑動翻找。

「老師真的是行動派的。」

火車迷的少年，最後有沒有當成鐵道員呢？想必在實踐夢想的路上，有劉克襄這樣一位忘年之交，他會有堅持的信念在。

當獨立樂團「探索電子聲響和木吉他的相容性的宅宅二人組——凹和山 Our Shame」重新譜曲的「現代詩」入樂，他們挑選詩人劉克襄的〈我們〉，重新譜曲：

我們是對的，上帝錯了
世界是對的，我們錯了
上帝是對的，世界錯了

這一段詞曲，《我們》在對立衝突之中找尋平衡，上帝、世界和人類，三者彼此辯證，以音樂來讀劉克襄的詩，彼此碰撞出文字之外的新意義。

不管對錯是誰，劉克襄總是稱滿好奇心，熱情洋溢地接受所有新事物，睿智溫暖地與人相交，永保年輕的心境，想必是他源源不絕創作不懈的原因。

讓我們再次離開書桌吧，出去走走，深入山林綠野，親近人間溫情，一如詩人吳晟所言：讀詩還有感動，就表示生命還有熱情。

讓我們帶著劉克襄的詩，去台中的第二市場小麵攤或是在枋寮買蓮霧時候，偶遇始終年輕的劉克襄，並見證他對台灣這土地的熱情。

原載於國家圖書館季刊《台灣出版與閱讀》民國一百一十二年第三期

劉克襄，本名劉資愧，詩人、作家、自然觀察解說員，曾任中央通訊社董事長。從事自然觀察、歷史旅行與舊路探勘十餘年。出版詩、散文、長篇小說、繪本和攝影作品六十餘部。

包括散文《野狗之丘》、《風鳥皮諾查》、《座頭鯨赫連麼麼》（小說 × 繪本）、《豆鼠首部曲——扁豆森林》、《豆鼠二部曲——小島飛行》、《豆鼠三部曲——草原鬼雨》、散文集《自然旅情》、散文集《山黃麻家書》、《花紋樣的生命：自然生態散文集》、《快樂綠背包》、《少年綠皮書—我們的島嶼旅行》、《我們姓台灣：台灣特有種寫真》、《迷路一天，在小鎮》、《安靜的遊蕩—劉克襄旅記》、《最美麗的時候》、《北台灣自然旅遊指南》、《自然生態綠皮書》《小綠山之精靈——植物、貝類篇》、《小綠山之舞——昆蟲、兩棲篇》、《小綠山歌——四季的自然觀察》、《望遠鏡里的精靈—台灣常見鳥類的故事》、小說《豆鼠私生活》；

繪本《豆鼠回家》、繪本《鯨魚不快樂時》、繪本《不需要名字的水鳥》、繪本《大便蟲》、繪本《小蜥蜴的回憶》、繪本《大頭鳥小傳奇》、繪本《小石頭大流浪》、繪本《鯨魚不快樂時》、繪本《不需要名字的水鳥》、繪本《台灣鳥類研究開拓史》、

自然史《後山探險》、自然史《台灣舊路踏查記》、自然史《福爾摩沙大旅行》、自然史《11元的鐵道旅行》；

旅行文學《永遠的信天翁：劉克襄動物故事》、《虎地貓》、《十五顆小行星》、《裡台灣》、《溪谷間的野鳥》、《北台灣漫遊——不知名山徑指南1》、《北台灣漫遊——不知名山徑指南2》、《找回自然的心—社區與學校的自然觀察》、《溪澗的旅次：劉克襄精選集》、《消失中的亞熱帶》、《隨鳥走天涯》、《革命青年：解嚴前的野狼之旅》、《池邊散步》、《老樹之歌》、《大山下，遠離台三線》、旅行文學《兩天半的麵店》、旅行文學《四分之三的香港：行山・穿村・遇見風水林》、《失落的蔬果》、《小鼯鼠的看法》、《男人的菜市場》、《淡水河畔的一場壯遊》、《在街角，遇到飛行》、《早安，自然選修課》、《小站也有遠方》等書。

註釋：

註1：《種樹的詩人》，吳晟著，果力文化出版，p.24-25。
註2：《樹冠上》，理查·包爾斯著，時報出版，p.18。
註3：國中一年級國文第二冊第一課〈大樹之歌〉課文。
註4：《老樹之歌》，劉克襄著，遠流出版，p.7-8。
註5：《聖經》，約伯記14：7。
註6：維基百科，劉克襄。
註7：《不需要名字的水鳥》，劉克襄著，玉山社出版，p.3-99。
註8：《我與你》，馬丁·布伯著，商周出版，p.8-9。

照片劉克襄提供

註9：《我與你》，馬丁·布伯著，商周出版，p.7。

註10：《座頭鯨赫連麼麼》，劉克襄著，遠流出版，p.4。

註11：《座頭鯨赫連麼麼》，劉克襄著，遠流出版，p.90。

註12：《座頭鯨赫連麼麼》，劉克襄著，遠流出版，p.91。

註13：《座頭鯨赫連麼麼》，劉克襄著，遠流出版，p.131。

註14：《座頭鯨赫連麼麼》，劉克襄著，遠流出版，p.142。

註15：《座頭鯨赫連麼麼》，劉克襄著，遠流出版，p.155。

註16：《我與你》，馬丁·布伯著，商周出版，p.10–11。

註17：《風傳媒》2017.12.31 劉克襄專文〈石虎剛剛離開〉。

註18：《十五顆小行星》，劉克襄著，遠流出版，p.92。

註19：《沙郡年紀》，阿爾多·李奥帕德著，天下文化出版，p.7–8。

註20：《11元的鐵道旅行》，劉克襄著，遠流出版，p.5。

註21：《裡台灣》，劉克襄著，玉山社出版，p.4–5。

註22：《小站也有遠方》，劉克襄著，遠流出版，p.12。

註23：《小站也有遠方》，劉克襄著，遠流出版，p.11。

參考書目：

《種樹的詩人》，吳晟，果力文化出版。

《樹冠上》，理查·包爾斯，時報出版。

《老樹之歌》，劉克襄，遠流出版。

《不需要名字的水鳥》，劉克襄，玉山社出版。

《我與你》，馬丁·布伯，商周出版。

《座頭鯨赫連麼麼》，劉克襄，遠流出版。

《十五顆小行星》，劉克襄，遠流出版。

《沙郡年紀》，阿爾多·李奥帕德，天下文化出版。

《11元的鐵道旅行》，劉克襄，遠流出版。

《裡台灣》，劉克襄，玉山社出版。

《小站也有遠方》，劉克襄，遠流出版。

Chapter2

築夢人生

經典不老 正青春

——專訪台灣文學疊磚師廖振富教授

五桂樓前歲月更，滄桑如夢憶群英。
風流人散悲陳跡，又聽鶯聲得意鳴。

葉榮鐘〈萊園聽鶯〉

一九五八年，葉榮鐘重遊霧峰林家，舊園如昔、鶯啼依舊，他心生感慨，寫就這首〈萊園聽鶯〉七言絕句，借此詩懷念病逝異鄉的林獻堂和他的師長輩。

五桂樓，是霧峰林家「萊園」中的一棟樓房，萊園是一九一〇至一九三〇年代櫟社、台灣文化協會等文化團體聚集，舉辦詩會或討論台灣前途的地方。在那個異族統治台灣人的年代裡，知識分子用詩文見證時代的重要轉變，抒發對時局的改革思想，萊園是當時台灣意識的啟蒙地。

一九二〇年代，葉榮鐘曾在林獻堂的資助下赴日留學，三十餘年的時光經過之後，他重遊薰風習習的五桂樓，不禁憶起滄桑的人事，喟嘆那歲月更迭的歷史片段。

「不如我來唱一遍給妳聽吧！」

廖振富教授說風是雨的一時興起，他清了一下喉頭，只有一名聽眾的說唱會即刻開演。

「五桂……樓前……歲……月……更，滄桑……如夢……憶……群……英。風流……人散……悲……陳……跡……，又聽……鶯聲、得……意——意——意……鳴……。」

眼前這位前台灣文學館館長，以台語吟唱這首漢詩的時候，他明明穿著 polo 衫西裝褲，但我竟然有一種幻覺：

廖教授他身上穿著藏青色大襟左衽的長袍馬褂，戴著斯文的眼鏡，一手揮著摺扇，一手背在身後，旁邊坐著林獻堂、葉榮鐘等眾仕紳，場景瞬間變換成霧峰萊園裡綽約的荔枝樹旁，夏日微風，樹影婆娑，月光朦朧，他文質彬彬地唱著葉榮鐘的詩句〈得意鳴〉，「鳴」的意聲尾韻拉長音，又好像餘盪在林家大花廳的樑柱迴繞，又迴繞……

觀眾聽得如癡如醉，不禁拍手叫好！

這首〈萊園聽鶯〉聽起來竟然讓人有一種情深義重的感動。

「我一九五九年出生於霧峰，萊園是童年時經常涉足之處，霧峰，可真的是我永遠的故鄉。」

場景調回採訪的當下，台中公園旁台中作家典藏館的小會議室裡。

老派文青的文史時空旅行

台中作家典藏館正在舉行「老派文青的文史時空旅行—廖振富教授特展」，展出廖教授的著作、照片及手稿等文物，介紹他對臺灣文史研究的貢獻，特別是他關懷本土文學的熱情和理念。

這位來自阿罩霧的老派文青，童年在台中霧峰的鄉下農村長大，田園生活只有短短十二年，大概國小畢業那一年，在霧峰國中讀了一學期，便舉家就搬來台中。

「可是人生啊，你如果看很多作家其實寫的都一樣，每個人的童年對一個人一生的影響是很大的。」

教授回想起來亦如是，他的爸爸媽媽都是住在霧峰的鄉下人，阿公的時代住在大里內新庄，後來搬到霧峰務農，母親的娘家是在「北溝」，北溝是當地人的俗稱，可能有一條北溝溪吧！

「北溝，是前不久被指定為歷史建築的北溝故宮山洞那邊？」

「對，那個庄頭從一條路彎出來就是一座小丘陵，那個山洞，就是霧峰區北溝故宮文物倉庫舊址，所以我想想也很微妙啦！」

是真的在冥冥中彷彿有一條古典文學的路線在牽引著他，雙親皆為莊稼家庭，文學的因子是何時埋下的？

教授說，高中時代喜愛文學詩詞，應該算是埋下一棵種子而已，到了讀研究所的時候，下定決心要做台灣文學研究，回過頭來想找研究論文題目時才發現，驀然回首的燈火闌珊處——他的出生地霧峰，原來就有這麼豐富的文化的、歷史的、文學的底蘊。霧峰跟整個台灣歷史、文學、政治、甚至農業多方面的豐富內涵，都深埋在故鄉的土壤裏頭，寫作論文時的爬梳挖掘，才被他挖出一條深刻的屬於他的台灣文學之路。

人與事的因緣說，注定有關聯的會相遇的，就必然會相遇。

教授舉出特展中的一張照片。

「妳看這張大概一九五三年的照片，我媽媽是第二排最左這一個，而前排這個穿著旗袍雍容華貴的婦女，就是林獻堂的媳婦曾珠如。」

遙遠的因緣際會如此巧妙，廖振富教授與林獻堂的時空相遇，就由上一代的照片合影裡完成。

會不會這也是他研究台灣文學領域的無形因緣呢？

「現在想起來，從小就跟霧峰林家靠的很近了。」

雖然教授跟林家都沒有任何關聯交集，他讀霧峰國中時，他的同學有人是跟林家有關係的，例如是林家的佃農等，而他的老家在很偏僻的地方，靠近烏溪，離霧峰街上其實還很遠的溪仔底。然而，童年對那種田園環境的薰陶，對農村之美的感受是：「哇！我的家鄉真的很美。」他描述站在庄頭望向霧峰街上省議會的方向，翠綠而遼闊的農田綿延到遠方橫亙的丘陵，這就是他小時候領略的村莊的美麗風景。

而霧峰林家就緊鄰著丘陵下，林家對霧峰的開墾與臺灣中部的發展很有關聯，更重要的是，霧峰林家的歷史牽涉到整個台灣政治與文學史。

「回想起來，童年對我最深的影響就是鄉土認同，我所認為的家鄉很美，那是一種朦朧的意識，是我小時候所不知道的文學深植。」

如此依稀的認同，在他跟霧峰林家的關聯還很朦朧的時候。

及長，隨著六〇年代的台灣經濟起飛，他的求學路也一直很順遂。

「老師很會讀書呢！您的父母對您有特別期望嗎？」

「我們那個年代的父母，就是簡單一個觀念：讀得來就你的，讀不來你就跟我們一樣勞作種田；你要是會讀書，我就盡量讓你讀書，你如果讀不來，父母也無法勉強，更無力栽培。當然這與家庭背景有關，父母本身如果是比較中上階層，經濟條件好社會地位高，或者說教育水平高，當然會有當醫生律師的機會。階級的世襲嘛！但是，我比較幸運的是，我們是可以靠教育翻身的。」

從台中一中畢業後，教授一路用功讀書，大學考取公費的台灣師大國文系，服完兵役後又回到母校攻讀碩士，碩士畢業後開始回台中任教，同時考上博士班，多年扎實的文史哲訓練，身心靈就在古典與現代文學的冊頁中蟄居。

一邊教書、一邊進修的生活忙碌而充實，「當老師」的志願，自然隨著他的認真上進而水到渠成。

然而教授話鋒一轉，他說：

「我當老師有一個自覺，我很怕變成一個教書匠，就是『餓不死，脹不肥』這樣的老師。」

「您是指沒有理念的教書人生嗎？」

「是的，那是我對自己的期許。」

從他的論文題目《櫟社三家詩研究：林癡仙、林幼春、林獻堂》，我們可以得知他的研究理念從中國古典文學傳統，漸漸轉向眼前的台灣歷史文化，他的關懷更在地、更深入了！

重返台灣文學之鄉

廖教授在他的著作《老派文青的文學浪漫》一書中寫道：

「大學時期特別著迷中國古典詩詞的美感世界：杜甫的感時憂國、李商隱的淒迷、

蘇軾的豁達，都讓我心馳不已。」（註1）

「那麼，是甚麼衝擊讓您從中國回到台灣？」

教授語重心長地說：

「台北城南的日子裡，我對中國古典文學有很多涉獵與興趣，默背我很喜歡的一大堆古典詩詞，但國文系的課程不只是文學，還有其他的文字學、生命學、訓詁學、思想經學等，涵蓋很廣，幾乎是中國文化系了！簡單說，對於文學系這些訓練當然很好、很重要，然而，在讀研究所時代，我開始有種感覺：身為台灣人，為什麼我無法從學校的課程中認識台灣？」

如果大家都對「汝為台灣人，不可不知台灣事」這句連橫說的話非常熟知，那麼，大家當真真切地認識台灣文學嗎？

教授真摯的詰問，直指問題的核心：

什麼是台灣文學？誰是賴和？聽過櫟社這個詩社嗎？知道中共前總理溫家寶引用的詩句：「情天再補雖無術，缺月重圓會有時」是誰寫的嗎？凡此種種，無法從學校教育吸收到充足的台灣文學知識，夾帶著心中疑惑的逐漸萌芽，教授的博士論文自行開啟台灣文學研究之路。

當他的台灣意識冒出頭時，政治局勢也在美麗島事件與林義雄血案的衝擊下，台灣社會開始重視台灣在地知識的意涵與價值。

「大中國教育是因為過去的政府要反攻大陸，台灣只是一個復興基地而已，有一天要打回去的，所以談歷史、談文化、談地理，全部都是大中國的架構，台灣小到幾乎看不到，也幾乎不談；我們的中學課程都在背誦中國長江黃河流域經過哪裡，從哪個城市到哪裡要坐過哪條鐵路，我們背了一大堆這些根本沒辦法去的地方。」

經過教授一提點，我們回頭省思民國五〇至七〇年代台灣的中小學教育體制對本土的漠視，課本不傳授屬於台灣本土的歷史地理知識，甚至連自己的國名都說不清楚，更何況台灣從南到北有幾條河流，家鄉口味的知名小吃有哪些都比東北三寶更不清楚，要從台北五股到嘉義大林要怎麼搭車，諸如此類的生活常識，台灣人民不自覺地當了好久的愚民。

於是，源自於生命母土的呼喚，同時亦受到同屆女同學施懿琳教授從事鹿港在地文學研究的影響，他開始鑽研霧峰林家的櫟社詩人。獲得博士學位之後，陸續在台中科大、東海大學、靜宜大學、臺灣師大、中興大學等校開設台灣文學的研究課程，同時期台灣文學開始變成顯學，他逐步且長期地推動台灣文學這門新興學科。

透過教學與寫作，廖振富教授開始疊台灣文學的磚。

文學的海峽中線

寫作與推動台灣文學，有沒有甚麼阻礙？

「沒有任何阻礙，剩下的阻礙就是自己下功夫去找資料，自己做的研究，不會有人阻礙你。」廖教授輕鬆一笑！

他講了一個被當笑話流傳的阻礙。話說早年有日本學者來台大留學，想要寫論文，當他跟系主任報告要寫台灣文學做研究題目時，系主任說：「做什麼台灣文學，台灣哪有什麼文學可以做的！」

（雖是笑話，我怎麼聽起來心裡微微酸楚！）

在歷史的長河裡，台灣由於地緣的關係，在文化與社會型態上，主要承續來自中原的漢文化傳統，葉石濤在《台灣文學史綱》中的序文開宗明義即如此論述：

「明末，沈光文來台灣開始播種舊文學，到了清代，台灣的舊文學才開始開花結果。……一九三〇年代日本統治，禁止台灣作家以漢文寫作……台灣作家的作品反映的是被壓迫的台灣民眾悲慘的生活現實。台灣作家共同背負了台灣人民的十字架，為抗日的歷史留下嚴肅的證言。……台灣經歷荷蘭、西班牙、日本的侵略統治，一向是漢番雜居的社會，發展出異於大陸社會的生活模式與民情。……在跟大陸隔離的狀態下吸收歐美與日本文學的精華，逐漸有鮮明的自主性格。」（註2）

由葉石濤的書中，我們可知台灣是我們生活的母土，中國文化是台灣文化的重要成分之一。

「那麼，台灣文學的內涵到底是甚麼？」

「你的問題有兩個點，一個是什麼是台灣文學的界定跟範圍；另一個點是跟中國文學的關係。台灣跟中國文學的關係，在語言、文字上的確不可能脫鉤，因此有一種比較極端的台灣文學的本土論，認為台語的寫作，才是真正的台灣文學，才得以徹底跟中國脫鉤。然而我覺得這種說法是講不通的，我們可以尊重這一派的想法，並且對此有一種『同其情』的理解。但如果這樣的說法成立，那麼我們將如何看待在台灣已經存在或者正在發生、正在書寫，以及過去已經大量被書寫的古典漢詩文，乃至現代白話文學用中文寫的作品？這些都一直存在於過去、現在與未來。」

廖教授鏗鏘有力的詰問，每個字彷彿磚塊掉到地上發出咚咚咚的聲音。

梅家玲在《文學的海峽中線》一書中，亦試圖闡述是什麼力量促成文學渡海之後的臺灣轉向？又產生了怎樣的轉化與創新？

「『海峽中線』向來是軍事與政治用語，又名『臺海中線』或『海峽中心線』。它是一條位於臺灣海峽中央，呈東北—西南走向的虛擬界限，雖然設定者與設定時間迄今並無定論，但一般被視為國共內戰的副產品，並在一九四九年國府播遷，兩岸分立之後，發揮了規範雙方活動界閾、避免軍事衝突的作用。『中線』在維護臺海和平的同時，卻也劃分壁壘，形成隔絕的藩籬。……對於臺灣文學而言，從反共懷鄉文學的頻頻回望大陸，到解嚴之後的在地創化，直面臺灣，半個多世紀的歷程之中，所隱含的，亦是與那想像中的『海峽中線』的不斷對話。」(註3)

他的說法和廖教授的觀點不謀而合。臺灣的文學發展，向來與中國大陸淵源深遠，早在數百年前，就形成了一條「從中國到臺灣」的文學渡海之路。在台灣主體意識日漸鮮明的現在，強化在地的認同與本土教育，必是時勢所趨。

「老師，那同情的理解如何解讀？」

廖教授微微點頭，說：

「我們要試著理解台灣文學本土論，為什麼有人會這麼堅決的主張，其實那背後有一個很大的因素，是要建立台灣文學的主體性，其假設前提，就是政治上的主體性。然而文學是加法不是減法，台灣文學不等於台語文學，但是台語文學應該被鼓勵，而且應該要有更好的發展。因為母語長期以來被打壓，被輕視，甚至被汙名化。而近年來台語文學與客語文學的創作風氣漸開，發展已逐漸成熟，題材更多元，內容也更深刻，最近有多位台語文學作家，如胡長松、王昭華等人，已取得主流文壇的獎項，獲得高度肯定。資深作家劉靜娟、廖玉蕙等人也開始從事台語文學寫作，而年輕創作者更是風起雲湧，形成一股不容忽視的創作隊伍。」

他的文學史觀，是包容，是同其情，是互相理解，是加法。

舊詞裝新酒

延伸上述的話題：台灣文學的複雜性、多元性和包容性。

他說，從歷史淵源來看，如果嚴格要談台灣文學的起源，一般會把原住民的神話傳說都納進來，這個是我們很陌生的，因為那不是文字書寫，是口語相傳，也是原住民族文化的源頭。荷蘭人帶來新港文書，鄭成功時代開始帶來古典漢文學，到了清代，也是古典漢字詩文為主，日本殖民時期開始更複雜了，這就是為什麼台灣文學不能被中國文學涵蓋，因為中國文學跟台灣文學近一、兩百年來的發展歷程都已經很不一樣了。

「很不一樣原因是？」

「台灣被日本殖民統治，這是歷史事實，殖民五十年帶來什麼？日本的政治、教育、文化各方面的體制，在文學上最直接的影響，就是台灣作家用日文書寫文學，然而很弔詭且一般人很陌生的是，來台灣的日本人也會用中文漢字寫漢詩文，日本漢文學與臺灣古典文學產生的交集，從此處可以看出台灣、中國、東亞的漢文歷史發展脈絡。」

「好特別，真的陌生。」

「這不是多數人所認知的台灣文學，以日治時期為例，有一個日本人中村櫻溪，用文言體漢字書寫的漢詩文寫得非常好。他在台北國語學校當教授，在台灣短暫停留不到九年，用日語教台灣人讀寫漢詩文。他喜歡登山，一邊玩一邊寫，寫臺北盆地，寫登七星山記、登觀音山記、竹子湖觀櫻花記，寫出很精采的描寫臺灣的漢詩文。」(註4)

老師說了一個文人相交的有趣故事。

「中村櫻溪的漢文造詣比很多台灣人還要好，來台中訪問時，他認識了彰化重要的傳統仕紳吳德功，兩個人言語不通無法交談，於是他們以文會友，書寫漢詩文分享給對方看，互相品評，連中村櫻溪回日本了，兩人還保持通信，變成很好的朋友。」

透過文字，文人相知相惜，這是多麼美好的事，更何況是異族異語這樣的交往，漢詩文成為相依的媒介，如同舊瓶裝新酒，甚麼形式都不影響友誼的香醇，隔著想像的距離，文言的漢詩，跨越語言的藩籬，也讓人際往來都美麗起來。

（舊瓶裝新酒，通常是形容日治時期古典詩文，也常書寫新觀念，新事物。）

霧中疊磚的浪漫

在教授的研究中，台灣新文學興起前（註5），在台中地區活躍的文化人，是仕紳階級的傳統詩人，尤其大多以櫟社詩人為代表，包括：林朝崧、林獻堂、林幼春、林子瑾、蔡惠如、吳子瑜等，當然除了櫟社，台中曾先後出現十多個古典詩社，日治時期是古典漢詩蓬勃的時代，這些長久接受漢文化薰陶的文人，面對異族的統治所感受的時代變遷的衝擊，只有藉由寫詩來抒發心中的喟嘆；也藉由寫詩來傳遞台灣意識的精神與理念。

其中最具代表性與最有影響力的，當屬霧峰林家的多位詩人。

霧峰林家的萊園與台中公園旁的瑞軒，是當時櫟社的重要聚會交流的空間，櫟社以櫟為名，其典故來自莊子，取其為不材之木，無用之木的意涵。這個特殊的文化社團，撐起中台灣文化的一片天空，他們一九一九年更發起全島性的文學組織台灣文社，出版刊物《台灣文藝叢誌》，以傳統漢詩文為載體，其內容卻跳脫傳統思維，鼓吹文明與傳播西方知識，可見其心緒與意志。（註6）

廖教授對於櫟社三詩人的研究深刻且深入，尤其是林獻堂。

「那些人、那些事，都是活生生的台灣歷史，我剛開始做研究的時候，感受到詩人創作時一股很強烈的感時憂國的精神！他所處的時代該如何自處，如何改善台灣人的命運，如何去爭取台灣人更大的權益，這是政治面向，也是詩人的自我定位。」

霧峰林家的代表人物林獻堂，一生的遭遇與台灣近代史息息相關，在日人殖民統治下的種種無奈與堅持，他在戰後一九四九年自我放逐於日本，直到一九五六年病逝異鄉，那種有家歸不得的悲涼，都寫在詩裡：

「歸台何日苦難禁，高論方知用意深。
底事弟兄相殺戮，可憐家國付浮沉。
解愁尚有金雞酒，欲和難追白雪吟。
民族自強曾努力，二十年風雨負初心。」(註7)

葉榮鐘曾追隨林獻堂多年，最能道出林獻堂心中抑鬱而終的幽微心境。林獻堂在〈壬辰五月下旬大仁別莊喜少奇過訪〉詩中寫：「相見扶桑豈偶然」，葉榮鐘解讀其心境：想歸歸不得的深層悲傷，是摧殘林獻堂生命根源的原因。(註8)

聆聽過廖教授即席吟唱葉榮鐘詩句，我方了解長期浸淫於林獻堂史料的廖教授，說唱起這些感慨，歷史的深層底蘊都顯現在他的容顏上，感覺有一種捨我其誰的浪漫。

他疊的文學磚，從阿罩霧出發，抵達於未知的遠方。

我生去住本悠悠，偏是逢春愛遠遊

廖教授疊的磚，又扎實又堅固地形成一面面的厚實的文學牆，讓他從學界一路疊上臺灣文學的殿堂——台灣文學館。

二〇一五年他中興大學退休，原有自己的生涯規劃，未料想意外接下一個重擔。

二〇一六年九月，廖教授擔起國立台灣文學館館長的要任，臺灣文學館的館舍是一座擁有百年歷史的國定古蹟，前身為日治時期台南州廳，落成於一九一六年。自一九九七年開始進行修復整建，至二〇〇三年修築完成，建築面貌煥然一新。二〇〇三年為遙念蔣渭水等先賢成立「臺灣文化協會」之精神，選定十月十七日正式開館營運。目前的「國立臺灣文學館」為中央的三級機構。

教授接任館務，他反覆思考如何讓台灣文學更廣為人知，文學並非高不可攀，文學也並非作家與文青的專利，反之，它是縫補記憶、連綴記憶重要的形式，「推動大眾容易親近的文學」便成為廖教授身為台灣文學館館長的重要任務。

轉任公職的生活，忙碌充實，他回憶當時他非常尊敬的前輩林莊生（中央書局發起人莊垂勝之長子）對他說：「文化的傳承有如接力棒，一棒傳一棒。」（註9）

他接的棒子又熱又燙，他兢兢業業、事必躬親，執筆親寫《台灣文學館館訊》的館長專欄，一期一期記錄他推廣的主題與活動，編纂各類台灣文學書籍與工具書的出版，參加各種論壇、演講、節慶、參訪、文學迴鄉、行動博物館、全國青少年編輯營隊等等，以及文學網路數位計畫「無牆博物館」的推動。

林林種種的工作，如海浪一波波向他湧來，一直到他終於快要淹沒……。長期的辛勞，他的身體先提出抗議，為了健康因素，教授於是向文化部長鄭麗君請辭獲准。

梁啟超在一九一一年訪台時，有感於人生如寄，猶如蜉蝣短暫寄居天地間，寫下：「我生去住本悠悠，偏是逢春愛遠遊」的詩句，廖教授用此詩以謙稱自己「出任公職，實屬偶然」，如今回歸文學山林，他的下一步計畫是甚麼？

詩詞舊的好，日子新的騷

「老師研究漢詩，對通俗文學的普遍性來說，漢詩畢竟是小眾冷門，那麼漢詩對一般大眾的意義與價值何在？」

「冷門的東西裡面其實涵蓋了非常多的很豐富的意涵，但是如果是在自說自話，自嗨自爽，的確沒有意義，我們要找到跟現代對話的空間與途徑。」

文學涉獵到歷史，史料裡有創作者的生命故事，故事裡牽繫到的就是文學的時空概念，空間則連動到城市的記憶，記憶之河途經許多時代的、家族的、公共的生活軌跡，文學要處理的就是將其情感與大眾對話。

以這個展場正在舉辦的「老派文青的文史時空旅行—廖振富教授特展」來說，很具體地將他的生命奮鬥過程以詩詞的載體展現，我們看到他以文學來理解世界，世界也以文學回應他對古典詩的熱情。

為了落實他所堅持的理念：「推動大眾容易親近的文學」，他透過走讀與演講，寫作與閱讀，各種多元的形式來實踐他身為老派文青的身分。

教授最常出沒的地方，以空間移動路線觀察，可以依他帶領走讀導覽的路線，畫出一個台中舊城區的文學現場。是的，近年來他可以說是一個移動式台中文學史博物館，如果您參加過一次他的走讀，您就會獲得一次與老台中浪漫邂逅的機會，滿滿文學味的一天，會讓你愛上台中，愛上台灣文學。

這是近年他領讀文學新的騷的方式。

「閱讀可以開啟心靈視窗，照亮生命，安頓自我。書寫則是人生探索，反芻與尋求對話的可能。」這是廖教授給自己的文學探求所下的註腳。

如果您是廖振富教授的臉書朋友，您就會在線上閱讀到他的動態。自台灣文學館館長卸職後，他除了在國立中興大學擔任兼職教授，持續指導研究生撰寫學位論文，剩下的時間，不是在寫作，就是在路上趴趴走；不是在路上趴趴走，就是拿著麥克風在演講。甚至最近還在表演舞台中現身，如二〇二二年「重返櫟社」音樂會，二〇二三年台北詩歌節開幕演出。

就在不久前，他在臉書上貼的一個訊息：

「斜槓人又一波：早鳥優惠到數！

台青管福爾摩沙留聲機計畫

戰後初期台語歌謠音樂會

延續傳承國家語言的精神，邀請研究權威——前台灣文學館館長廖振富教授導聆，透過管樂編配的戰後台語歌謠，形塑台灣五零年代的社會變遷 票價三百元，即日前購買可享優惠價」

請不要懷疑，如果日後您在臉書訊息發現廖教授要現身表演舞台的消息，請相信這會是真的，因為，他疊的文學磚，從阿罩霧出發，抵達於未知的遠方。

原載於國家圖書館季刊《台灣出版與閱讀》民國一百一十二年第四期

廖振富，臺中霧峰人。前台灣文學館館長。臺灣師範大學國文所博士。曾任臺中技術學院講師、副教授，臺灣師範大學臺文所副教授、教授、中興大學臺文所教授兼文學院副院長、中興大學臺灣文學與跨國文化研究所特聘教授兼所長。

著有《以文學發聲：走過時代轉折的臺灣前輩文人》玉山社出版、《追尋時代—領航者林獻堂》臺中市文化局出版、《時代見證與文化關照—莊垂勝、林莊生父子收藏書信選》國立台灣文學館出版、合著《臺中文學史》臺中市文化局出版）、《老派文青的文學浪漫》玉山社出版、《蔡惠如資料彙編與研究》臺大出版中心、《臺灣古典作家精選集：在臺日人漢詩文集》國立台灣文學館出版、《臺灣古典作家精選集：林癡仙集》國立台灣文學館出版、《臺灣古典作家精選集：林幼春集》國立台灣文學館出版、《新修霧峰鄉志・文化教育篇》霧峰鄉公所編印、《臺灣古典文學的時代刻痕—從晚清到二二八》國立編譯館出版、《櫟社研究新論》國立編譯館出版。

照片廖振富提供

註釋：

註1：《老派文青的文學浪漫》，廖振富著，玉山社，p38。

註2：《台灣文學史綱》，葉石濤著，文學界雜誌，p1-2。

註3：《文學的海峽中線：從世變到文變》，梅家玲著，時報文化，p3-4。

註4：《老派文青的文學浪漫》，廖振富著，玉山社，p113-114。

註5：台灣新文學，此處所指由於第一次世界大戰後，民族自決的論調高唱入雲，台灣又受到大陸五四運動的影響，因而採用新形式的抗日民族運動。一九二〇年在東京的台灣留學生，以蔡培火爲發行人，刊行了中日文並用的綜合雜誌《台灣青年》，旨在喚醒台灣民族意識，以建立新思想新文化。

註6：《台中歷史地圖散步》，賴萱珮主編，台灣東販發行，p94。

註7：《老派文青的文學浪漫》，廖振富著，玉山社，p88。

註8：《老派文青的文學浪漫》，廖振富著，玉山社，p91。

註9：《老派文青的文學浪漫》，廖振富著，玉山社，p162。

參考書目：

《老派文青的文學浪漫》，廖振富，玉山社

《台灣文學史綱》，葉石濤，文學界雜誌

《文學的海峽中線：從世變到文變》，梅家玲，時報文化

《台中歷史地圖散步》，賴萱珮主編，台灣東販發行

《台中文學地圖》，路寒袖主編，台中市政府文化局

景框之外的真實

——導演蔡銀娟的生命遊戲

假使你確定此刻你之所以飄搖零落正如
午時水世界的蜉蝣在漩渦中心短暫
取得一個位置，且開始思考
繁瑣的現象與本體之所以相對稱
復彼此抵消就可以架構為一永恆的
生命論述，或死亡——假使你可以
使用任何思辨的矛盾干戈

……

比雪餘的鐘聲更寥落
是此刻天地僅有的反響
不期然遭遇，當倚北
眾星正彼此虛位，尋求緩衝
對準那傾斜的河水發光，調整
角度，告別過去，未來，現在

楊牧《長短歌行》

詩人楊牧說，透過人間未啟的大幕，世人彷彿看得見或偶然窺見光影閃爍，那不屬於我們的想像與實際經驗世界，輒覺悟無論感覺或理智，原來早已經歷過巨大如海的變化，而台前台後曾經真正屬於我們的，或僅只是想像中屬於我們角色主從所曾象徵的心智與意念。

楊牧認為我們根據這種意念，以有限的知識與無窮的熱情，從事對社會人間的觀察、檢驗、反省、關懷，加以定位在時空的幅軸，凡間男女的血淚、兵刃、災難，都按照神的律法，在隱晦的故事細節中，各自扮演符合寓言般的角色。（註1）

然則，我們應當如何投入眼前這場即將展現與揭曉的生死契闊？

身為《火神的眼淚》的編劇兼導演蔡銀娟，對於詩人楊牧這個生死命題的大詰問，從她的幾本繪本著作與劇本、電影中，能反覆回答詮釋她對生命的體會。

失去甚麼，才能身而為人

著火了，他們從夢中驚醒，慌張地不知從何處逃命，暗夜火光烈焰散發著高溫熱氣，他們轉身手腳發著抖，叫醒還甜睡著的孩子，死亡的顏色竟如此瑰麗，命在旦夕之中，所幸消防人員驚險地揮展著重生的翅膀，帶著生命之源從天降臨，拯救眾生，是他們的使命。

《火神的眼淚》，正是一部這樣賺人熱淚的鉅著，影集在線上熱播並且進軍國際。

這是導演蔡銀娟近年編導的新作，相當特別而深具社會關懷的消防隊職人影集，劇情以消防局同安分隊為設定背景，故事拍攝中救火的場景逼真到讓人邊看邊捏把冷汗，除了驚險的打火現場，真正要探討的是人性、政治現實與社會百態。

火神，是消防員的意象，而眼淚是取自「觀音垂淚」，從神明慈悲的眼光看待天下眾生，在面對災難的來臨，在生命遭受可怕的威脅時，我們所賴以生存的身外之物，錢財、衣物、信仰、價值觀，都受到摧毀、吞噬，幾乎失去一切的時候，僅存的人性光輝，正是我們生而為人的基本價值。

人性的光輝，從消防員的職人精神出發，更能點滴體現。

蔡銀娟說：「我想呈現出消防員也是一般人，觀眾能透過他們的工作與日常，看見他們的辛苦，並對他們的悲歡離合與內心糾結產生共鳴。」

「他們先是一個人，然後才是消防員」，她想說的不只是打火英雄的故事。

普羅大眾所認知的消防員大抵是救火任務，然則消防員的業務範圍包山包海，舉凡救護、山難與水域搜救、水域駐點、瓦斯外洩、安檢宣導、捕蜂捉蛇、拯救貓狗等等，打火，只是龐雜勤務的一小部分。台灣大部分消防員採「勤二休一」或「勤一休一」（即連續工作二十四或四十八小時後可休息二十四小時），許多人還得利用休假處理文書業務或受訓，值勤時工作量大，又處於隨時待命的緊繃狀態，如此爆肝模式，讓消防員的職業生涯充滿艱辛，難以兼顧自己的生活或陪伴家人。

火神的眼淚，在溫暖的劇情下，探討嚴肅的社會體制與生命價值的終極命題，例如：是否該考慮調整簡化消防員的工作量？消防員的身心問題？消防員的安全問題？消防員的殉職問題？消防員的權益問題？

蔡銀娟期待《火神的眼淚》能喚起觀眾對消防員處境的關注，並對幾個主角身上的生命故事產生共鳴。畢竟，當他們在救別人的性命時，自己的性命可能也遭受威脅，在面臨生死交關的當頭，別忘了，他們先是一個人，然後才是消防員。

執導如此深刻的戲劇，在執導演筒與攝影機景框外，她是一個怎樣的劇作家？

開麥拉之前的生命遊戲

大學時期讀社工系的蔡銀娟，出國留學時念的是插畫，從她的第一本繪本著作：《夏綠蒂的愛情習題》到現在成名的導演之路，跨足的領域轉了一百八十度大彎，途中經歷多少現實的心路？從浪漫抒一己之懷，轉而關注人間溫情與社會現象與現實，甚且進行社會批判的作品，這些轉變在蔡銀娟眼裡，都是生命的遊戲。

她在一篇〈生命的遊戲〉（註2）中寫道：

「我記得在自己十歲時，很喜歡玩一種想像遊戲，我總想著二十歲的自己坐在椅子上，跟十歲的自己面對面坐著，那時候的我會講甚麼？我會喜歡二十歲的自己嗎？……這樣的遊戲樂此不疲，二十歲時就想像三十歲的自己，三十歲時就想像四十歲的自己，然而，我無論怎麼想像，當年的我從來沒有想像到自己會轉行來拍片……」

同樣的遊戲，她也轉用在另一本繪本著作上。

二〇一七年她出版繪本《2087年的時候》，這是一個母親掙扎卻動人的寫給養女的喃喃自語，像是叮嚀又像是安慰，像是自省又像是關懷。

文字以第一人稱的「我」發聲，一邊自我譴責坦承自私，一邊溫柔地向「你」訴說對她的關愛。

「你會喜歡畫畫還是喜歡唱歌？」

「你會是叛逆逃學的孩子，還是成為一個在美國教書的理化教授？」

「我知道我不該害怕，每當我看見你長得不像我而像你生母的時候，」

「我知道我不該擔憂，當你終於知道身世的時候，」

「你會愛我嗎？」

她在這些文字轉換之間，透過一幅幅插畫，展現心緒的流動，背景是青青綠草或無垠夜空，人物畫像是生命樣態裸露的初始，不甜美、不可愛，但它是一個母親毫無遮掩的告白。

「親愛的寶貝，你會平安長大嗎？」

「當你三十六歲的時候，會在做甚麼？當我三十六歲的時候，你走入我的生命。」

「我好想知道，孩子，你跟你所愛的人們日子過得幸福嗎？」

「二〇八七年的時候，世界是甚麼樣子？」

「如果一切順利的話，你已經老了，而我已經死了。」

繪者畫下無盡的黑暗、孤寂的港邊、階梯口……，「我」在對「你」反覆探問，沈鬱的畫色，代表的是內心積沈的擔憂，「我」表達著她渴望參與孩子未來的情感，以及對於與孩子間血緣連結安全感的缺乏。

然而，我們所見的表面上的「我」，如果是指涉導演的母親，那麼層層套疊的，是她身為養女所溫柔回推當年母親的心緒了。

於是這本《2087年的時候》，讓領養的議題隨底圖與文字浮現。同時身為養女與養母的蔡銀娟，在愛與勇氣之間釐清自己不安的情緒，她讓一個新的生命進入她的生活中，彼此成為對方生命中最重要的人，她說：「我相信組成家庭最重要的是愛，而不是血緣，只有愛才能帶來安全感。」

透過與相關領養的繪本，蔡銀娟陪伴女兒看繪本、講故事，告訴女兒關於沒有血緣也可以是一家人這樣的一個觀念，她已不同於當年她的爸媽採用隱瞞的方式，克服許多的涉及身世話題的恐懼。

「就是經過這麼多年，我們現在已經可以跟我爸媽和女兒很自然地聊這種身世的話題，我覺得這是一件我還滿珍惜的事情。」蔡銀娟溫柔地說。

探求自我靈魂的無聲囈語

念過哲學系、社工系、視覺媒體科系的她，初入社會對人生還很茫然，換過許多工作，不務正業多年，待過畫廊、國家劇院、美術館、廣告製片公司，甚至是靈骨塔的刊物編輯等，也做過馬戲團專案助理、配音員、國中資源班老師、社工員、高職夜間部導師等各式各樣的工作。

但堅持最久的卻是藝術創作。

從事插畫與繪本多年，她在自由時報、中國時報等報章雜誌發表許多插畫作品，參加亞太女畫家聯展，辦過幾場個人畫展，得過台北美展與台北國際書展的肯定。

繼《夏綠蒂的愛情習題》，她隨後出版《我的32個臉孔》圖文集。

這是一個述說自我的三十二個不為人知的臉孔，串成五十一則神秘如詩似謎的獨特囈語，一個自己面對自己、觀察自己、面對自己情緒的各種面向的旅程，這是包含作者與周遭許多人的心情縮影。

《我的32個臉孔》不論詩文與繪圖之中，蘊含憂鬱的氣息與自我對話，作者透過對現實世界的心境轉變道出社會的真實，她必須以這三十二個臉孔來面對，零碎的、一閃即逝的、變幻莫測的、陰暗詭譎的、開心樂觀的、夢幻浪漫的、矛盾疑慮的等等不同的自己，隨著心情變換的臉孔，三十二個臉孔，是三十二個不同的人，卻都是作者一個人完整的獨特的喧囂的靈魂。

「在人群裡我常掛著微笑，沒有人知道其實我好討厭自己。」

「我的身體好像裝了一個隱形的水龍頭，把心事都緊緊地鎖在胸口。」

「跟陌生人應酬的場合，我又會變得很彆扭，不知道甚麼時候該笑，甚麼時候該皺眉。」

「在跟先生冷戰時，我可以整天不說話，冰冷漠然，對他視若無睹，這時我便是一張假裝冷淡，沉默入睡的臉孔。」

依據她的先生導演兼作家李志薔的說法，當初那個放著台大社會研究所論文不寫，轉身收拾行囊飛紐約學畫的女孩，真是怪胎一個，但在讀過《我的32個臉孔》之後，就會明白她那些人生歷練與不斷的嚐試與追尋，都成就出更多的多個面向的蔡銀娟。

身為她人生的夥伴，李志薔說：「這個畫家，豈止有三十二個臉孔？」

冬候鳥來了，愛的方向

在一本一本繪本的創作過程中，蔡銀娟以為人生就這樣了，沒想到幾年後機運的浪潮，將她帶到完全不同的人生領域；又像是冬天的候鳥一般，她找到一片斑斕喧囂的大地足以織錦，此後再沒有回頭路。

某個因緣際會之下，她幫先生執寫劇本，從編劇做到製作人，從製作人做到導演，她說：「一直到走進這一行，我才認識另一個自己。」

或許是曾經擔任過社工及生命線實習志工，也曾在勵馨基金會協助未婚懷孕母親及被保護管束的未成年人的這些人生經驗，讓她的作品總是充滿人文關懷。

二〇一二年她編導電影《候鳥來的季節》，從籌備到上映，前後花了四、五年的時間，她回憶當初創作過程的艱辛：「辛苦創作的劇本被評審批評的一無是處的時候，我就努力修改，不想放棄；沒有資金拍片，我就寫企劃書寄給電影創投公司，當初一心一意地想，如果碰上釘子一百次，才會遇上願意挹注資金的公司，我也願意被拒絕一百次。」

就是這樣滿腔的熱情，讓她可以全力以赴，克服困難。

蔡銀娟十分擅長以細膩的情感敘事，述說親密又衝突的家庭關係，《候鳥來的季節》就是這樣一部講述生命的矛盾情結的電影。

在季節流轉之際，候鳥長途跋涉南遷尋找棲息地，鳥類生命隨季節的嬗遞，隱喻劇中主角的生命也面臨一場場難以預料的衝擊，正等待引爆。離家北上醉心於工作的鳥類研究員家民，因不孕症而使婚姻亮起紅燈，和他冷戰多年留在雲林老家當工人的弟弟也因為肝病所苦，面臨失業與婚變的雙重壓力。夫妻關係與親情矛盾的張力，透過劇情的開展，導演想要探討的不僅是生命與愛的矛盾，她透過濕地保育生態的議題，凸顯城鄉差距的手法，一一談論主角心中對自由翱翔的渴望，以及情感生命如候鳥來去一般，生命的存續、親情的修補、愛的責任與包袱等等，都在劇情中流轉對比，鋪陳出一部得獎作品。

此片獲伊朗茉莉花國際影展最佳劇本獎、台灣優良劇本獎佳作，並入選金馬獎、臺北電影節……等國內外影展。

然而蔡銀娟說：「如果沒有遇到許多幫助我的天使們，《候鳥來的季節》這部電影無法完成，這是我很珍貴的生命體驗。」

說不出再見的心靈時鐘

蔡導演對家人之間的愛、傷害、怨恨與原諒這些課題一直都很有興趣，繼《候鳥來的季節》之後，她又拍出心靈系列電影《心靈時鐘》。

十幾年前她還沒有走進影劇這一行，無意間看到一個日本的幾位自殺遺族合寫的文集《說不出是自殺》，她記得看完書的那個下午，心裡的震撼與難過無以言喻，沒想到這世界上還有這樣一群人，活在那樣的世界裡。當時她好希望以後有人可以把他們的故事拍出來，讓人理解他們的困難跟痛苦。

後來遇上先生的弟弟突然間的睡夢中過世，她眼見小姪子在經歷父親突然去世的衝擊，這些親身經歷的不捨心情，都變成《心靈時鐘》初始構思的原型。

《心靈時鐘》描繪當至親離世，留下來的人該如何面對傷痛，該如何療傷，該如何與愛告別。

九歲的小男孩與爸爸媽媽住在小漁港邊，日子過得平順幸福，某日他下課回家，家庭發生驟變，全家人深陷父親自殺的愁雲中，片中安排由媽媽、姊弟二人，分別收到來自爸爸生前寄出的禮物去釐清各自與父親的關係，以解謎的過程來逐漸釋放痛悔與告別以及彼此原諒。

片中主要象徵心靈時鐘的經線儀，象徵著孩子失去了父親就像是失去了方向的小船，在人生的茫茫大海中如何前進？

經線儀是以前沒有GPS的時代，所有在海上航行的船隻必須用來定位的一個很重要的工具，幾百年前的航海人已經知道如何算出緯度，但是經度這個問題一直沒有被發明解決，幾百年來因此發生過很嚴重的船難，後來終於有鐘錶匠設計出經線儀，並耗費近數十年心力改良，使其極為精準，透過格林威治時間的換算，可算出海上的經度。

經線儀的秒針，每半秒走一格，亦象徵時鐘如心跳的軌跡，遺族家庭的生命狀態隨著自殺者的過世而凍結，讓心跳重新啟動的，唯有各自在釋懷的過程中融冰，以愛道再見和溫暖接下來的生活。

導演以女性的溫柔視角，述說一個傷痛的故事，自殺遺族除了自責與互相指責的心緒之外，電影的觸角也延伸到孩子被歧視的校園霸凌的探討。

蔡銀娟透過創作，表達出對社會的人文關懷以及替弱勢的生命尋找堅強的出口。

景框內外的書寫

劇本書寫與影像這兩種的主要媒材，在蔡銀娟的創作生命裡，一直是「認識自我」與「理解社會」的哲學基底。

她的第一個劇本《百合盛開的國度》，就得到高雄的打狗文學獎，講述一九九〇年野百合學運時代的故事，故事從兩個男生與一個女生的大學生的愛情，來呈現在那個大規模的學生抗議政治事件，對台灣民主政治發生質變的一個時代的剪影。但因當時聲請輔導金不力，沒有籌到資金，於是便胎死腹中。

繼續發展的劇本，《17號出入口》，是老兵的故事。

一個在一九四九年十七歲時，從山東被捉兵來台的老兵，在二〇一〇年的時候遇到了一個十七歲的台北少年，故事的發展以兩個人的一天開始，來呈現老兵與少年的命運對比。

片中深刻地刻畫了老兵孤苦的晚年，一個人的孤單寂寞。影片主角，因為拋卻不下少年時的那段感情，終身未婚，養了一條狗，取了當年愛人的名字。老來終極思念的年輕時的愛情，是愛情嗎？亦或者懵懂少年的莫名情愫？

命運有時是殘酷的，一個決定便改變了一生。老兵此後幾十年孤守臺灣，回大陸探親的時候只剩下一抔黃土。

他的十七歲走岔了路口。

《17號出入口》被公共電視拍成戲劇，頗受好評。

說了好多精彩的故事，蔡銀娟不僅僅是在劇本上書寫，當她跨足影像時，縱身浸入原創鏡頭的虛構時空之中，挖掘屬於她自己的風格化註記，一如她自己所言：

「我不知道自己五十歲的時候會做甚麼，六十歲的時候又是甚麼樣子？但我總盼望無論未來如何發展，我都能夠面對十歲時候的自己，安然微笑地說，我是一個熱情勇敢堅持的女人，在生命關鍵的時刻，我常作出深刻的選擇。」

先是一個人然後才是一個導演

「我們每一個人其實都只能活一次，但是透過閱讀，我走進別人的生命裡，於是我等於是活了很多次，因為在那個閱讀的過程，我等於是用別人的身分活了那一次，不管是閱讀或者是看影片，所以我覺得這對於我的成長，對我的智慧是有很大的幫助。」

「透過別人的跌跌撞撞，別人的生命歷程，讓我去思考生命，思索人生，解鎖生命存在的價值。」

「閱讀與創作，對我而言是有很大的意義。」

蔡銀娟說，她作為一個導演，拍片是興趣所在，是熱情所在，所以她是先是做為一個人，然後才是一個導演。

就像是楊牧在詩中所寫：

生來不為超越而存在或因蹉跎猶豫
靦腆懷抱萬種空虛
於可憐憫的一顆心，並嘗試突破
降落在從未曾去過的陰陽分水嶺
以金鼓誇示，聲張冒進
或迷途，遂緣山陵線折返
……
這樣遠遠瞭望許久，確定
臨風獨立的是，不可能變化再生
如此完整，無可增減的原初
（註3）

她身為創作者，以心血交付的終極追求，不論是文字、畫筆或是影像，在開麥拉的景框之前，她都是一個懷抱溫暖而悲天憫人的溫柔媽媽，一個完整的人。

（原載於國家圖書館季刊《台灣出版與閱讀》民國一百一十一年第三期）

蔡銀娟，導演、編劇、繪本作家。

影集《火神的眼淚》導演、電影《候鳥來的季節》、《心靈時鐘》導演，繪本作品《我的23個臉孔》、《夏綠蒂的愛情習題》、《2087年的時候》，編劇《百合盛開的國度》、公視人生劇展《你現在在哪？》、公視單元劇《十七號出入口》、電影《候鳥來的季節》、電影《心靈時鐘》、《火神的眼淚》等。

照片蔡銀娟提供

註釋：

註一：《長短歌行》，楊牧著，洪範書局，p.135。

註二：《天涯芳蹤：五十位曉明人的生命故事》，曉明文教基金會曉明之星出版社，p.378。

註二：《長短歌行》，楊牧著，洪範書局，p.61。

參考書目：

《長短歌行》，楊牧，洪範書局出版。

《天涯芳蹤：五十位曉明人的生命故事》，曉明文教基金會曉明之星出版社。

《2087年的時候》，蔡銀娟，聯經出版公司。

《我的32個臉孔》，蔡銀娟，美麗殿文化。

《心靈時鐘》，蔡銀娟、梅洛琳，電影改編小說，木馬文化。

《火神的眼淚》職人影視原創劇本，蔡銀娟、李志薔、曾群芳、公共電視、台灣大哥大myVideo，晨星出版。

一件很小很美的事

——以新手書店為例，兼論獨立書店職人鄭宇庭的掙扎與期盼

〈The Road Not Taken〉
Two roads diverged in a yellow wood,
And sorry I could not travel both.
And be one traveler, long I stood
And looked down one as far as I could
To where it bent in the undergrowth;
Then took the other, as just as fair,
And having perhaps the better claim
……
I shall be telling this with a sigh
Somewhere ages and ages hence
Two roads diverged in a wood, and I
I took the one less traveled by,
And that has made all the difference.

〈未走之路〉
放山麓狂風暴雨
獨黃樹林裡岔開了兩條路，
可惜我無法同時涉足。
我孤獨地佇立良久，
向其中一徑極目望去，
看著路沒入在林蔭深處。

多年後的某時某地
我回憶此刻將輕聲喟嘆
樹林裡岔開的兩條路，而我
選擇了人煙稀少的那一條，
從此有了截然不同的人生。

— Robert Frost〈The Road Not Taken〉

知名的美國詩人佛羅斯特的這首詩〈未走之路〉，文字中我們看見詩人眼中的黃樹林裡有兩條岔路，每條路都一樣落葉繽紛、無人覆踏，一樣未知，也一樣美好。如詩中所寫，我們無法分身同時踏上兩條路，於是面對選擇，我們開始猶豫、質疑，該走哪一條路才是正確的呢？在於我們的自主決定？還是命運牽引著我們走向下一條岔路？

台中市區的道路悠長蜿蜒，當我們沿著國立台灣美術館旁的美村路一直向北走，走到公益路向右轉再向前走，會遇見一條蒼翠的綠園道帶狀都市空間，這條景觀設計藝文規劃，從台灣大道旁的國立自然科學博物館，往南延伸到勤美誠品綠園道、市民廣場，再回到國立臺灣美術館，這一條綠帶如行草般的行雲流水，如悟道般的樂活心靈，現代都市的藝文脈動悠遊於綠意之間，故有「草悟道」之稱。

草悟道市民廣場前一大片看似無邊際的陽光草坪，映著台中特有的藍天白雲，漫漫悠悠的閒散暖陽空氣，讓人很想帶著一杯咖啡和一本書，恣意地徜徉於柔軟的草皮上或是陪伴愛著的人漫步於其間。

說到書，眼前我們有兩條路得以選擇：

向左走，大企業集團現代空間裡面有台灣的書業龍頭連鎖書店，裡面的書籍包羅萬象、種類繁多。

向右走，大約兩個街區之遙，有一家小小的書店，店名「新手」。

這次，我們就依循佛羅斯特的腳步，選擇一條人煙稀少、黃葉覆落的路，走右邊這條路吧！

城市街角的閱讀風景

新手書店，是一間名符其實的小書店，坐落於寂寞的畸零地街角的路口，對街角邊有四個白髮斑駁的阿伯在下象棋，戰局正熱著，態勢慘烈的一方神情專注。站在路邊看著他們、笑意滿盈的，是新手書店老闆鄭宇庭，一個四歲半小孩的爸爸，相對於路口沉浸在楚河漢界的長者來說，他，的確是人生道路上的新手奶爸。

鐵皮屋頂搭建的新手書店，有大片落地窗的木構屋體，一推開書店入口的木框玻璃門，軌道發出嘩啦嘩啦的聲響，宣告有客來臨；簡單錯落著的書架平台上，顏色多彩而整齊的新書或站或臥，仔細看看書店內展示的與列架的書籍，比較偏向歷史、文學、哲學與小說類別的性質。

「的確，文學塑造了我，從以前現在甚至到未來，一直都沒有改變過。」

鄭宇庭老是對外界謙稱，他是一個高中沒畢業的書店老闆，啟蒙讀物是家裡的《讀者文摘》、台灣盜版的《機器貓小叮噹》，以及後來讀的《絕代雙驕》與倪匡的科幻推理小說，這些書都滋養了他的人生思想。

其實，台東大學兒童文學研究所畢業的他，深度研究文學、哲學、社會學、心理學，多種學科學院理論基礎內蘊，成為他的生命基調，在高中、大學兼課任教文學與小說課程的他常認為，文學不應該被綁死在某種場域裡，比如說：不該只是課堂上甚或是兩人之間的閒聊而已，文學應該是廣大人生的精華切片，這些切片才是真正的生活。

但是，學文學說文學，有甚麼用？能吃嗎？

人們對「用」的理解，總是停留在「換得錢與權、名與利」的層次，面對這類工具性思維，是實用主義功利社會的普遍現象，而常被攻擊為一無所用的文學，就安靜自願或被迫退居在舞台邊緣，殊不知文學或文學作品習慣被視為板著臉孔淨說一些愁眉苦臉的文字，事實上塑造文學的典型人物和環境，都取材自生活和社會具體存在的現實感悟，從而促使人們產生寫作的慾望，將生命的現實境況付諸於文字，將這些文字結集成一本書，這些書中所指涉的對社會的、政治的、歷史的、甚至是環境的終極關懷，往往具有最深層的意義。

「有些東西是你的家人親戚朋友沒辦法給你的，但是文學可以，某些文字所形成的概念或意涵，你把他揣在口袋裡，有一天也許這句話會救了你。」

他說的是信仰和愛的純粹，在心裡發酵等待發生作用的那一天。

古龍的名著《絕代雙驕》，絕對是他最愛的一本書，內容是描述一對孿生兄弟花無缺與小魚兒自小失去雙親，由不同的人收養，進而培養出不同性格，十餘年後孿生子長大成人，花無缺在移花宮中被邀月授予超卓武功，而小魚兒則在惡人谷中長大，學得詭計多端、性格奸巧。花無缺和小魚兒兩兄弟一莊一諧、一善一惡的性格交錯，加上曲折離奇的情節安排，以無情鋪寫真情，以背叛襯寫友情，以江湖險惡映照人間親情至愛，絕對堪稱武俠文學經典。

「我認為這些文字情節中深情至愛的純粹，可以滋養人的心靈，讓人從中獲得一些救贖。文學從某些角度看來無用，但它絕對有無用之用，人生就是需要一些無用的東西。」這也是他開書店的原因，為了某個城市中寂寞漂流的心靈或是在婚姻關係中錯失和諧的人。

失婚的男人，竟然是新手書店的店名的奧義！

美國短篇小說家與詩人雷蒙德．卡佛，擅長寫對世界冷感的失敗者，一時貪歡導致家庭分崩離析而孤獨終老的男子、因懷疑丈夫結謀殺人而開始處處疑心丈夫的女人、擁有美滿婚姻卻因心血來潮向陌生女孩搭訕犯下大錯的男人……，幽微的他們都被生活的重擔壓垮，失敗的他們只有平庸而細小得近乎卑微的欲望，他們在這些很小、很唯美的渴望中徘徊，多數都是極為普通平凡的小事。

在卡佛的一本小說《當我們談論愛情時我們在談論甚麼》中，他寫道：「**哪裡知道甚麼是真正的愛情，我們都是愛情裡的新手。**」

雷蒙德．卡佛的信仰者，於是乎將書店命名為「新手」。

一間很小很美的書店。

有一天，書店裡來了一個讀者，他問老闆有沒有甚麼書可以介紹他用來打發時間？他是某個知名大飯店的門房。

老闆看著他身著潔白整齊的制服，年輕而茫然的眼神，非常適合看看赫曼赫塞的書，於是老闆拿了《徬徨少年時》以及《鄉愁》給他。未料過了短短的幾天，年輕門房已經看完這兩本書，又來帶走了《流浪者之歌》、《車輪下》，如此陸陸續續，年輕門房甚至把赫曼赫塞的作品裡堪稱艱深的《玻璃球遊戲》也啃完了！

「然後呢？」

「大飯店後來倒閉了，不知道他去了哪裡，之後再也沒見過他，但是，我確信這間街角的書店曾經帶給他某些心靈的改變，我一直相信生命中的共時性，它讓人與人相遇，這些緣分都不會是偶然的。」

為了等待和某個迷失的未知的靈魂相遇，他堅信新手書店或任何一家小書店都不應該消失在街角，不論有多麼艱辛。

與鯨相鬥的小書店末日生存法則

說到書店的經營，得說說一部一九九八年美國的經典浪漫喜劇電影《電子情書》，劇情描述男主角喬來自於經營法克斯書店的法克斯家族，那是間超大型連鎖書店；而女主角凱薩琳則是經營一間由母親傳承給她的「街角書坊」的獨立書店，那是充滿輕鬆友善溫馨的小地方。獨立小書店的女老闆對上連鎖大書店的勁敵，卻在網路世界愛上其經營者，劇情以事業上的衝突為背景，浪漫的故事當然有好萊塢式美好的結局，但當我們沉浸在愛情美麗的當下，電影中卻提出一個相當讓人揪心的事實：

小蝦米遇上大鯨魚，如何存活？

回頭觀察小蝦米新手書店，開業至今邁入第七年，二〇一三年誕生的新手一・〇版從一百本書就開張的勇氣，一路上一直蛻變升級，新手二・〇版長出更多書櫃，放入更多書籍，新手三・〇版在空間上也有了更大的進步，木作櫃檯和得以粉筆寫滿整面牆的講座活動綠色背板，讓整個書店的氛圍更為溫馨。

「書店當然是賣書，不然要賣甚麼？」這個問句，讓鄭宇庭反覆思量純粹的定義。但他最愛最堅持的文學，卻常常讓新手的銀行簿子覺得有點沮喪。「文學是不能吃，」說這句話的時候，他的臉總又是堆滿了笑意地話鋒一轉接著說：「但書店可以賣吃的！」

於是，新手書店走在很實在、很接地氣的生存方式上，書店要存活得下去，才能再站在街角推廣文學，不是嗎？

於是二〇一六年新手書店四・〇和小緹大作單品咖啡合作，書店特別讓出一面精緻的窗台，窗台對面就可以看見新手書店的鎮店之樹，生氣昂然的綠意，背陽的樹影映照在店裡的書本上，疏疏淡淡的，微風輕拂過，剛煮好的咖啡，將一縷咖啡因飄得滿室馨香。

新手書店有書、有咖啡，它成為一間有溫暖飲品的小書店。如果你覺得這樣就能帶動人潮錢潮、帶動閱讀風氣？不！別忘了草悟道向左轉的那間大型連鎖書店，喔！忘了介紹，這中間還有一間規模不小的二手書店。

近年來獨立書店的發展模式與營運生存方式，皆大同小異，除了實體店面要面對大型連鎖書店複合式的空間分布的優勢（通常都位在交通便捷的大型購物商圈內，其商品的種類複雜且易結合所在地環境特色宣傳之多角化的經營方式，吸引各種族群的消費欲望），還得面對虛擬網路書店崛起，書籍文具周邊商品打折打到流血流汗的低價格煙硝戰，對於虛實兩條大鯨魚的競爭，獨立書店在狹縫中求生，成了充分且必要的生存法則。

另外除了面對大鯨魚，小書店在波濤洶湧的洋流中掙扎漂流，還得練就一身密技，才不會飄著飄著就不見了！

所謂洋流的洶湧之一，是指書市大環境的改變，電子書的崛起相對於紙本書市的萎縮，閱讀紙本的人到哪裡去了？樣樣強調輕薄短小的網路電子時代，小小的玻璃螢幕，已經攻占全世界人類的眼球，這是一個人際關係淺薄的指標象徵，而獨立小書店如新手者凡幾，能夠在洋流求生的密技之一，就是留住閱讀者的心，新手書店的鄭老闆隨時都在店裡等待與讀者閒聊，談書、談天、談地，甚或是談心皆可，只要讀者願意進來書店，逛一逛繞一繞這個空間，摸一摸書本，感受紙張所帶給你的美好，甚至進來只為了喝一杯咖啡，他都能把他的溫暖傳遞給願意交心的讀者。

洋流的洶湧之二，是獨立小書店作為書市通路最末端的弱勢，在文化部祭出圖書免徵營業稅方案，意外挑起經銷商與書店的紛爭。一般而言，圖書經銷商出貨時，常透過「稅外加」的方式，向下游書店收取百分之五的營業稅，然而免稅政策上路後，部分經銷商希望維持向書店收取的金額，因此決定提高出貨折數，例如原先合約以書籍定價七折出貨，就會再增加百分之五，改為七‧三五折。如此一來，對獨立書店而言無疑是變相漲價，這是一種惡性循環。

在弱肉強食的圖書產業鏈裡，小書店被迫承接上游業者的成本，更糟的是，訂書量也比不過大型通路，導致小書店拿不到書，訂購書籍的讀者買不到書，自然就轉移至他處買書。因此，小書店的求生密技之二，就是彼此團結合作。曾經擔任「友善書業供給合作社」理事的新手書店老闆，加入由全台數家獨立書店合資成立的友善書業，致力於結集小書店的訂書量，由合作社統一進書，再配送到各個獨立書店，解決了訂不到書的窘境。

書的通路沒有問題了，小書店在洋流裡飄泊，存活仍須要找得到能靠的岸，幫新書作者辦新書發表會、巡迴議題講座、專題書展、電影紀錄片映前導讀、映後座談、雜誌季刊的宣傳、開朗讀會、開讀書會……，這樣的十八般武藝，只是很一般的基本開店術，這些功夫就像是在家裡練習的表演，總有一天要公開粉墨登場的，厚重的紅色絨布幕簾一開啟：

「各位聽眾大家好，這裡是教育電台中部調頻網彰化分台，現在是燦爛時光節目，我是黃恩。今天的夢想學堂要來跟大家上課的是，新手書店的店長鄭宇庭……」耳邊傳來廣播電台主持人清朗的聲音。

「呃，大家好，我是奶爸店長鄭宇庭，有一天我去接兒子下課，我告訴他陪我去散步好嗎？兒子說，我想去書店吃冰。對，我開書店，我有賣枝仔冰。」我們可以想見他的臉堆滿了笑意。

「聽說還有賣醃文蛤是嗎？」

「啊是，可以來書店吃粥配醃文蛤。」我們可以想見他的臉堆滿了更大的笑意。

夢想跟現實的距離有多遠？

如果我們願意盡全力想方設法去完成夢想，現實的問題就不會是問題；如果書店可以賣咖啡，為什麼不能賣冰棒、賣醃文蛤？於是我們看見新手書店進駐扭蛋機的時候，也勿需太驚訝，這是可以完成夢想的現實。

放下人設，人生別急著找答案

當所有人都在各自的位置上忙碌著，日復一日如常的工作與休閒是生活的日常，沒想到無常狂暴地席捲而來。

就當全世界陷於 COVID-19 的風暴一年後，台灣也逃不掉世紀大瘟疫的侵襲，恐怖的疾病挑戰的不只是人的生命，它改變的是種種的人類文明與體制，以及人與人的關係，使得網路世代原本就岌岌可危的人際關係更雪上加霜。

政府防疫三級的禁令一下，「Stay Home」、「不群聚」成為解救台灣的唯一處方，大眾運輸、醫療院所、政府機關、餐館、商店……等場域都落實戴口罩、量體溫，人與人保持社交距離，當全國的日常生活都遠距溝通，網路購物成為常態時，被改變的除了消費者的行為模式，經營者的產業鏈也被影響，大小企業的經營模式被病毒逼迫得必須轉型，包括原本就門可羅雀的獨立書店。

當每個人都成為一座孤島，寂寞的人更寂寞了；而獨立書店就得更獨立自救了！

在疫情蔓延的時刻，新手書店配合政府措施自我封閉與隔離，也趁這段時間修改書店內裝，重新檢視選書，以及徹底清理與消毒書店空間。

書店還是一切如常地進行書籍三部曲：賣書、賣書、賣書。小書店要勇敢地捍衛自己的生存，落地生根地堅守在街角的這個位置，也只有更努力地賣書了，如果閱讀社群與小書店因為沒有人潮就從生活環境裡離開了，該怎麼繼續這些街角的美好閱讀風景？

於是，他騎著摩托車到處送書給訂購書籍的讀者，有人送他 Foodpanda 的袋子來裝書，他笑稱自己是 Bookpanda。

「每天都在煩惱新手書店的人流歸零，但我願意更樂觀的期待實體書店是有未來的。」看著冷凍庫裡的枝仔冰一支都沒賣出去。

但在未來還沒來之前，他加緊腳步學習更多數位線上經營的模式，開 Clubhouse，開直播線上說書，繼續以流動式的轉型進行一切有關書和人之間的交流，因為，書店的存在價值是永恆的，只是轉換空間與閱讀的方式不同罷了。

他很推薦最近出版的《放下人設，人生別急著找答案》這本書，書中描述一個中年轉折的人生故事，一個在四十二歲那年突然決定放下事業，買了生平第一張單程機票，啟程前往紐約，開啟人生的另一段驚奇之旅。王爾德說：「我們都活在溝渠裡，但仍有人仰望星空。」於是新手書店不甘於只活在一般人對書店的設定裡，堅信關於書店的想像一定不會只有一種，作為一個獨立書店職人，他也不急著定義自己，人生還有各種可能。他期盼在大環境不友善的溝渠中，仍然能夠仰望滿天星星閃耀著光芒，即便在黑夜的街角，我們都能看見新手書店的招牌還溫暖地亮著。

瑞蒙．卡佛在小說《一件很小很美的事》中，描述一位陌生的麵包師用麵包安撫了遭受喪子之痛的夫妻的心，看似不起眼的麵包卻扮演了決定性的角色：撫慰人心。麵包溫暖了因死亡而內心空缺的親人，一件小事卻具有大意義。

同樣的，一家很小很美的街角書店，它是卡佛小說中溫暖的麵包，書籍飽足人們的心靈，於是它說：因為熱愛閱讀，我們樂當新手。

當暴雨傾落在新手書店的鐵皮屋頂上，劈哩啪啦的雨聲，在鐵皮上演奏一曲貝多芬的C小調第五號交響曲，命運在新手書店敲門，潮濕的雨勢潑灑進書店的屋頂隙縫，涓涓細流沿著書架弄濕了一本又一本的書，奶爸店長的心是泡在水裡的書，黏貼在一起翻不開的心，是一頁又一頁的傷，夢想和現實這兩條路，都是佛羅斯特的未走之路。

（原載於國家圖書館季刊《台灣出版與閱讀》民國一百一十年第三期）

鄭宇庭，前台中草悟道知名獨立文青書店「新手書店」老闆，二〇二一年十月三十一日新手書店停止營業。

照片鄭宇庭提供

參考書目：

《大教堂》，瑞蒙·卡佛著，余國芳譯，寶瓶文化。
《放下人設，人生別急著找答案：迎接人生下半場的50道練習》，黃俊隆著，早安財經出版社。

關於開書店和跑步，我說的其實是……

——專訪高雄三餘書店負責人謝一麟

沿著古老的市郊，那兒的破房
都拉下了暗藏春色的百葉窗
當毒辣的太陽用一支火箭
射向城市和郊野、屋頂和麥田
我獨自去練習我奇異的劍術
向四面八方嗅尋偶然的韻律
絆在字眼上，像絆在石子路上
有時碰上了長久夢想的詩行

「波特萊爾的詩集《惡之華》中〈太陽〉這首詩開頭的一段，隱喻自己寫詩就像是劍術的練習，類似是一種體力活兒。……他告訴我們這些體驗的真正底蘊是，誰不曾在某個時刻雄心勃勃地夢想一種詩意的奇蹟？沒有節奏和韻律，像音樂一樣流暢，時斷時續，正適於靈魂奔放不羈的騷動、夢的起伏和思想的突然跳躍，這種令人著魔的理想首先是大城市體驗的結果，是他的無數關係相交錯的結果。」

班雅明《發達資本主義時代的抒情詩人：論波特萊爾》

班雅明是波特萊爾和普魯斯特的德文譯者，他獨特強烈的詩人氣質和散文式寫作城市觀察與文化表述方式，造就他「城市漫遊者」之稱號，他和他筆下的波特萊爾一樣，把生活的體驗作為語言的內蘊，把資本主義將他們的過去現在輾壓粉碎的時代作為思考的主題，使他成為一個奇特的現代主義者文人氣息的形象。

謝一麟，總是讓人想起班雅明。

上網 Google 謝一麟，一長串資料顯示在螢幕上，像是人生清單：

關於高雄，

關於打狗再興文史會社，

關於三餘書店，

關於高雄大舞台戲院，

關於獨立書店經營，

關於閱讀與推廣閱讀，

關於理想與價值，

關於人生，

關於跑步，

關於文策院，

關於台北？

……

他不是在高雄開書店嗎？怎麼人在台北？

螢幕上的小老鼠一閃一閃，藍光冰冷順暢，好奇的下意識將小老鼠游移到高鐵訂票系統，訂一張往台北的單程票，結帳，小七取票。

是的，去台北了解一個高雄人，你需要的是面對面的對話。

很難只靠虛空的文字顯示資料完整認識一個人，猶如想要體驗一個堅實具體的花都巴黎，古城諸多的歷史、建築、文化、隱喻、變換、角落、隨想、閃熠，它的真實存在，你必須親臨與它相遇，才能真正懂得。

來白哈瑪星的海風

閱讀王聰威的小說《濱線女兒》，有一段描寫高雄的老角落：「牆在右邊的盡頭向前轉彎繼續延伸下去，與對側的橄欖林形成一條石砌階梯的寧靜巷道，沐浴在帶點海洋藍色的透明陽光之中，看不清巷道底有甚麼，曾經聽來往的鐵道員說，高雄港濱線鐵路支線上有一棟美麗的兩棧樓空厝……，二樓有扇白色的百葉窗，一群貓盤踞在窗台上，用石頭丟也丟不走……，窗下有張長型的藍板凳，板凳邊總是擺了個矮矮的黑土陶壺，四月時裡面都會釀泡桑葚做酒。」(註1)

橄欖林、石砌階梯、藍色的透明陽光、濱海鐵路、美麗的樓厝、白色百葉窗、街貓、藍板凳、黑土陶罐、桑葚酒，一幅夏日寧靜的意象，彷如宮崎駿的美麗動畫停格，大東亞戰爭終戰後的高雄港，繁華褪盡的時代，老高雄兒女情長的傾訴，蜿蜒的悲喜細細吟唱，「那的確是真實的高雄故事寫照」，謝一麟說。

台北夜晚的某處咖啡館，空氣微冷天色墨黑，燈光喧囂，咖啡館橘黃具安靜的基調，和看起來斯文的謝一麟對談，瞬間被打開話匣子的言語，有魔性地熱切圍繞著，高雄的溫暖海風逐語漾開在他微笑時的嘴角，身周漸漸暖和起來了，眼前這位來自打狗原鄉的人，正侃侃而談打狗文史再興會社的緣起。

「那時候有一個事件，哈瑪星（註2）那邊有一個老街廓裡面的茶館，一個滿令人喜歡的文史空間，某天當時的市政府貼公告要拆除它，沒有辦任何的說明會或是來跟居民溝通，就真的只是貼一紙公告，約期工務局要丈量、拆遷、補助云云。」

粗魯的行政者為所欲為，令人傻眼，老空間總是有留不住的故事。

「對，於是我和幾個朋友們就開始積極的串連，熱心喜歡想保留歷史建築的人，先把丈量拆除的這事延緩下來，那變成一段需要時間的抗爭運作，當時高雄有滿多重要的文化歷史建築尚未有文資身分，瀕臨消失的危機，我們幾人隨即成立一個保護即將消失的文史建築議題的社團法人——打狗文史再興會社，就這麼生生火火地成立了。」

我們都明白，搶救文資這會是一條滿是粗石礫的道路，必須對抗的不僅是擁有公權力的執政者、擁有私有歷史建築而不願保留的所有權人等，暫且不管那些複雜的文資審議過程與行政程序，文史團體真正要對抗的，其實是文化資產保存概念付之闕如的經濟價值掛帥的世界本身。

如果二維平面文字可以切換成四度空間，我們開啟外掛視窗，你會看見，二〇一二年，高雄市府計畫「廣三用地」所圈出新濱老街廓，包括現在鼓山區捷興二街、鼓山一路、鼓岩街及臨海一路的範圍，這些建築物恐將夷平變為停車場。當地居民接到三個月內老屋將被拆除的公文，老人家為此無以安身立命而哭泣無援。謝一麟與「打狗文史再興會社」的成員們，在毒辣的南台灣烈陽下，穿著黑色 T 恤揮汗到處奔走，不厭其詳地敘說疾呼保留歷史建築的重要性，在這樣與怪手拚時間的壓力下，展開搶救日據時期打狗地區最早現代化街廓的保存行動，讓新濱老街區域為主的特色老屋得以保存。

再開啟另一個視窗，時間來到二〇一九年，同樣是新濱老街廓開闢案，這次已經不僅是打狗文史再興會社來發聲，甚且是居民不分男女老少、不分年紀都站上街頭抗爭，為了安身立命的土地，喊出心聲，鼓山區的區長更是發下動員令，決心讓歷史街區的老屋續命。

不起眼的老屋、將被夷為平地的歷史街廓，得到應有的價值認定，做為高雄最早現代化發展的哈瑪星，即使歲月滄桑，仍展現深刻的時光底蘊。

試想，當時如果沒有謝一麟與其同伴的熱血努力，高雄將喪失她最早的根，失去她在時間軸線的刻度。

我們再開啟第三個視窗，這次去到二〇二二年聖誕節，二〇二二台灣燈會在高雄，除了在愛河灣高雄流行音樂中心推出聖誕主燈外，十二月二十四日的平安夜，位於駁二蓬萊區旁哈瑪星百年歷史意義的鐵道主燈——「哈瑪星光任務」將正式點亮，繽紛色彩搭配聖誕音樂洋溢濃濃過節氣氛。

歡慶的時刻，哈瑪星港邊有夜風吹拂，在深藍的海面上揚起一陣陣漣漪，這一圈又一圈的漣漪是歷史從過去吹向未來的迴響。

三餘，它是一本讀不完翻不盡的大書

嘉義有個被稱為「文化柑仔店」的獨立書店，店主開書店不是為了賺錢，而是基於理念，聚集一群有相同想法和關懷的人，搶救嘉義地區的文化資產、古蹟，在網路募股協力修築老屋，將阿里山鐵道旁的「玉山旅社」改成背包客棧，催生集結有機小農，揪團租地種有機水稻等。

這樣關注社會議題投入文史社運，結合社區藝文等特色的書店，讓謝一麟刷新書店經營的想像。

從二〇一〇年文化部調查全臺灣獨立書店數量的地圖，他發現每個縣市都有一個個獨立書店的據點，連花蓮、臺東都有，唯獨高雄付之闕如。

謝一麟說，也許剛好是發起參與打狗文史再興會社的關係，他們在一段時間的運作交流下來，高雄人對於這個城市的文化認知與歷史價值的追求，開始慢慢有了轉變。

「那個轉變，可能只有真正投注心力在想要為高雄做點甚麼的人，才會有切身的感受。」會社成員努力的結果，點滴可見在高雄人逐漸正視過往歷史的改變，這件事促使會社成員更有信心的開展各類社會議題運動，讓高雄城市的各種風貌讓更多人了解，推廣閱讀——會是一個最基本紮實的做法。

況且高雄竟然沒有獨立書店這件事，讓謝一麟耿耿於懷。

某個朋友提出開書店這個想法，引起會社成員的許多認同，加上各種機緣，有想回鄉發展落地生根的出版人，有詩人作家，有做平面設計的藝術家，有專精電影建築的創作者，這幾個朋友的網絡資源兜轉在一塊兒，五個創辦人合夥成立了以閱讀為軸心的「三餘書店」。

「如果沒有會社，現在說不定也沒這個書店。」偶然或是錯覺，他說這句話的時候，端坐隻手撐住下巴的姿態，像是羅丹雕塑，內裡有沉思的使命感與起伏的熱情，那一剎那的靜態凝聚在他堅定的眼神裡。

「書店的名稱三餘，有沒有甚麼典故？」

「三餘的特色一定是要跟高雄在地的文化有關係，所以英文的名稱就是TaKaoBooks，如果你有注意看的話，其實我們是有英文店名TaKaoBooks的。」他露出雪白的齒微微一笑。

「打狗書店。」

他點點頭接著說：「至於書店的中文名稱，來自於三國志的典故（註3），東漢末年，漢獻帝的侍講官董遇很有學問，被稱為『儒宗』，很多書生想拜董遇為師，跟他研究學問，董遇不肯收徒，認為書本是最好的老師。『讀書百遍，其義自現』，書生說沒有時間，董遇教他們利用冬天、夜晚及陰雨天這三餘時間讀書。」

冬天、夜晚及陰天，天天都是讀書天。

三餘書店，成為高雄第一家以人文閱讀、地方創生、生活藝術與在地導覽、社會運動等議題為主題的獨立書店。店內一、二樓是書店，三樓是講座與展演空間，地下室為藝文展場，書籍以與高雄在地相關的地方風土誌或詩集以及獨立出版的刊物為主軸，社會運動、土地與生活正義的相關書籍也是三餘的重點書目，對於遊客或外地移居高雄的人而言，三餘書店是遊歷高雄與認識高雄的導覽窗口，書店甚至自製發行日語版的刊物《時行》，讓日本讀者也能跨海認識高雄的多元面貌。

經過幾年的經營，三餘書店逐漸變成高雄的文化之窗，常常舉辦活動，用各種方式詮釋閱讀，開講座、辦音樂會和藝術展覽，以走讀爬梳高雄在地歷史脈絡，挖掘深埋角落不為人知的故事，以科學解謎的方式拆解文字，為讀者尋找小說中的彩蛋，以行動閱讀車前往偏鄉推廣閱讀，社區田野調查、Podcast 節目，甚至辦過演唱會。這些種種無非是想將創作者、城市與讀者之間織就一張網，任何走進來三餘書店的人都能在這個網絡裡找到自己的歸屬。

「書店以一個社群經營的概念來說，實體空間的好處是能與讀者互動，或者是說我們對於這個空間到現在還會想要繼續往下走的原因，最可貴的還是在那個互動上面！」

數位時代，很多東西可以在網路上消費，虛擬平台透過演算法幫你計算你的喜好，出現在螢幕前的是你曾經造訪過的網站或者是你點閱過的內容、你喜歡的書本類型，或是服飾、生活用品等等，然而，實體空間的有趣就是在於，你會跨出同溫層與異己不期而遇。

實體書店展示放在櫃台前的書，或是剛好某個演講的海報，題材或許不在你涉略的範圍內，然而，當你今天帶著緣分走進書店，書的浪漫詩句巧遇了你的眼球，和店員的對談讓你的想法產生了一些碰撞的火花；你感興趣，你拿起來看，你喜歡，你帶回去，你接觸了你不曾關注的議題，你被開啟了另一扇窗、看見不同的風景。

「我常說，這是美麗的意外。」謝一麟說。

知性豐麗的三餘書店，是一本你讀不完也翻不盡的大書，它的經緯線從實體空間出發，穿梭在高雄，甚至南台灣各城鎮的山海線上，文字從紙本書裡跳躍出來，延伸求知若渴的觸角，帶領讀者徜徉在大自然裡邂逅各種美麗的意外。

白天會懂夜的黑

印度聖雄甘地，在火車上閱讀友人送他的一本《給未來者言》，之後深受啟發，從此他知道自己的人生將會不同。當然未必人人都能成為甘地，但可以確定的是，閱讀使人提升，三餘書店這本大書，提供你除了白紙黑字紙本之外的數位閱讀，聊到這裡，出現了一個很根本而現實的謬論迴圈：

當數位的浪花拍打上岸，傳統的紙本市場如何生存？

一四五五年，德國古騰堡發明的活字印刷術被視為現代文明史上的重大改革，其節省了大量時間與人力，影響歐洲文藝復興、宗教改革、科學革命等等，扮演極其重要的角色，並為現代知識經濟的快速傳播奠定基礎。

於是閱讀書本，可以透過文字翱翔全世界，可以談一場轟轟烈烈的戀愛，可以知天文地理，甚至可以體驗別人濃縮的快樂痛苦人生。但是電腦發明，數位時代的浪潮襲來，資訊交流迅速，加上網路社群的結合，開創性的多媒體演進打開讀者的感官，以往紙本閱讀文字的眼球活動，已經不足以填滿聽覺與觸覺的需求，人們想要更多面向的去感受新知。

那麼傳統書店要如何是好？

「要與時俱進，也就是說我們要一直更新、一直更新，整體的團隊狀況跟核心的價值得不斷進步，譬如現在 FACEBOOK 在講的元宇宙，是一個集體虛擬共享空間，打破了虛擬世界、真實世界與網際網路的藩籬，透過科技裝置就可以虛擬的身分進入元宇宙的虛擬世界。」

「意思是虛擬的三餘書店？」

「對，以後可能大家會進入到那個虛擬的空間裡面，以後的三餘書店不止實體與線上，我們在虛擬的雲端空間也要蓋出一個三餘書店，大家用虛擬的角色在書店裡面互動。」

試著想像在虛擬的三餘書店裡，有虛擬的店員、虛擬的顧客，用虛擬的貨幣買書？大瘟疫的推波助瀾，加乘虛擬數位時代的腳步，謝一麟給出的創新做法，著實讓人有無限的想像，那麼，實體空間還存在嗎？

「虛擬社群分眾是一個概念，它不限於只是實體空間，然而實體空間最終不會消失，會改變的其實是商業模式，不管線上或虛擬，經營者與消費者之間的互動模式是會改變的，回到最初的核心，書店如何經營才能生存？現實上來說，任何形式的書店都需要想辦法變現產生金流，畢竟書店要能活下去，才能繼續服務大眾理談論理想與價值。」

很實際地說法。

的確，如同經營著出版社的郝明義在一場演講裡說：「數位閱讀就像是白天，鮮活動態並且具體；相反的，紙本書就像是黑夜，需要一個人安靜孤獨的反覆品味，而兩者的關係會是輪替與互補，不會是全然的取代。」

白天會懂夜的黑，閱讀的媒介改變了，閱讀的核心精神卻沒有改變，畢竟陽光普照之後，襯有黑夜才看得見燦爛的煙火。

海埔十七番地背後的故事

佛陀的凝視角度，是將視線低垂到面前一．八三公尺距離的位置，這種凝視距離，減弱視線的聚焦力，使人可沉思冥想，不受外在視覺暴力的侵害，這是內省與外觀的最佳距離。

剛開始以這樣的客觀姿態，謝一麟接下高雄市文化局委託的電影書計畫案，撰寫高雄大舞台戲院的故事。位於鹽埕區海埔十七番地的高雄大舞台戲院，一九五〇至七〇年代是她的黃金時期，謝一麟從歷史、建築、經營等面向深究老戲院的過往，戲院相關的檔案文件、照片、票券、本事、剪報等，書中史料搜羅齊全，期間也採訪許多市民關於當年的共同回憶及趣事；然而越是靠近投入，就很難保持一．八三公尺的距離，戲院美麗的山牆圖騰和風光的常民娛樂網絡歷史，撼動他的熱血。這裡所蘊藏的是城市的發展流變，過去、現在、未來，是一步一腳印的綿延，是許多高雄人的青春記憶。於是他很難保持理智地再次投身戲院文資的保存運動。

公權力面對抗議拆除的聲浪，政府召開文資會議將大舞台「暫定古蹟」一年，依法限制所有權人的賣產行動。然而，老建築總是有留不住的時候，所有權人提出「不願保留」的意願，舞台的戲落幕告別高雄人。

「拆戲院當天，記得是十月初吧，我就站在建築面前，看到怪手砍向山牆的那一剎那……，之後有很大一段時間的難過，心情低落、說不出話來，甚至懷疑做這件事情到底有沒有意義……」

想起去年年初剛消逝的天外天劇場（註4），我們有同樣的感傷。

觀看改編自吳明益小說的戲劇《天橋上的魔術師》談論時間的意義，劇中以魔幻的手法刻寫時間會帶走人們現在的煩惱，將最燦爛的片段留在記憶裡，最終集主角小不點向魔術師許下前往九十九樓的願望，沒想到小不點就這樣掉進電影《戀戀風塵》之中，成為銀幕上的一分子；思念孩子的點爸的眼淚落在《戀戀風塵》的放映膠捲，使電影世界終於下了雨，連帶啟動了小不點手上的「超時空手錶」，成功讓小不點回到真實世界，畫面回到第一集小不點以原子筆在手腕上畫下超時空手錶的那一刻，定義了主題：消失才是代表真正的存在。

大舞台戲院消失了，新的緣分卻存在著。

有一天他在臉書上收到一個陌生的訊息，一名女子思念過世的父親，突發奇想把爸爸的名字放 Google 上，搜尋到的是高雄大舞台戲院的口訪資料，她循線找到謝一麟，從書中重新認識那個她從未了解過的父親，謝一麟帶她造訪消失的戲院附近，女子回想起曾經在戲院旁吃的碗糕，濃濃的懷念在人事全非之後仍舊齒頰留香。

跑步吧，腳是最好的筆

經歷過理想的幻滅，在塵土飛揚的歷史碎片裡，我們心中對於價值的堅持還剩下幾個%？

謝一麟從生物系逃離，跨越藩籬到文史界，從打狗文史再生會社、三餘書店的理想實踐，到高雄大舞台戲院的拆除，這些過程是反覆追尋、實踐、幻滅，與再次追尋、實踐、幻滅。

「某一天心情非常低潮，陸生出門跑一跑的念頭，抓起家門鑰匙，帶個水瓶，穿上球鞋，就這樣輕裝推門出發去。」

原本只是想讓身體疲累一點以求夜能安眠，沒想到沿途走過的是和以往不一樣的城市風景，隨著身體的移動，雙腳一步一步向前邁進的聲音，心底糾結的煩惱似乎也跟著一點一滴逐漸豁然。

「我是喜歡聽跑步聲的人，跑步聲是一個很安定美妙的聲音，你耳邊聽到的『趴趴趴』，它就像一個節拍器的節奏。」有這樣能讓內心安定的支撐，他從剛開始的跑三公里、五公里，之後發現自己還可以再挑戰更多，跑得更遠，走過更多的風景，甚至現在已經可以跑全馬。

好勵志。

「跑界有一句名言：『沒有奇蹟，只有累積』，人生很少有一件事會跟努力成正比，但是只有跑步這件事情，絕對是和累積投入是成正比的。」

「以前看電視會覺得跑『全馬』這件事跟我好遙遠，那是不同世界，可是後來發現，我原來已經在這個路上了！」

跑步，是他人生的一個轉折，他悟到松蒲彌太郎《只要我能跑，沒有什麼不能解決的》書中的道理：「能坦率地反省、放棄以前累積的一切，重新開始，有這種勇氣的人，一定可以更上一層樓。因為再度重新開始的勇氣，會讓自己的氣度變得更寬廣。」(註5)

是的，路上偶有挫折，最好不要絕望，因為人生短短一瞬，你只能撐住身命，再堅持與再出發。

他喜歡沿著水路跑，從水路可以很快理解城市的歷史發展脈絡。於是他用雙腳跑過不同的城市，印證過謝海盟的《舒蘭河上》與舒國治的《水城臺北》，足踏台中綠、柳川兩岸的風華，閱讀過磺港溪關渡平原的大景，遇見離島的清涼的海風，享受遺世獨立的清晨與黃昏，他一邊跑、一邊替《微笑台灣》寫專欄——《風景走過我》，謝一麟的腳，是最好的筆，帶著他向前出發到更遠的方向，也帶著讀者領略腳讀台灣的文史紀錄。

近來他更是超前時代的軌跡，跑進了文策院，參與數位科技推展台灣在地文化的工作，就像是港口的引水人一般：

「引水人總要把船舶引領至港內港外，停在該停的地方，不論船舶大小，每種船舶都有不同的困難和樂趣……在進退灣泊與錯船之間進港或出港……引水人要了解港內的水線航道，哪兒有暗礁、哪兒能走哪兒能退，哪兒是目的、方向、終點……」(註6)

台灣城市的在地文化，有賴溫度夠、視野寬的引水人的引領，跨平台領域的協力合作，整合文化、科技及經濟的能量，催生臺灣文化內容產業，帶動產業投資與創新的動能，在地文化才有辦法在世界文化的汪洋中找到對的港船。

謝一麟開書店推廣閱讀，寫書拯救古蹟，用跑步漫遊城市，以文字詩意城市觀察，他是台灣的班雅明，對於文明城市歷史的偏愛，讓他在某個時刻雄心勃勃地期待歷史建築有能保留的奇蹟，在人生路上偶有石子騷動的時刻，他以勇氣隨之夢想起伏，在跳躍奔跑的軌跡之間，是無數文字與閱讀相交錯落的結果。

（原載於國家圖書館季刊《台灣出版與閱讀》民國一百一十一年第一期）

謝一麟，高雄三餘書店負責人，文化工作者，特約記者，打狗文史再興會社成員。合著有《海埔十七番地：高雄大舞台戲院》。

註釋：

註1：《濱線女兒—哈瑪星思戀起》，王聰威著，聯合文學，p.42。

註2：從前原住民以竹子的名稱爲高雄命名，日本人以讀音相似的「Takao」命名，而現在我們稱她爲「高雄」。哈瑪星地區原本是海域，日治時期日本當局在高雄建立港口，爲了疏濬航道，於是利用淤泥填海造陸而形成。「哈瑪星」此名稱的由來，是因爲當地有兩條濱海鐵路通往商港、漁港和漁市場，日語稱爲「濱線」（日語：はません，Hamasen），當地居民以臺灣話稱之爲「哈瑪星」（Há-má-seng）。

註3：《三國志・魏志・王肅傳》裴松之註引《魏略》：「從學者雲：『苦渴無日。』遇言：『當以三餘。』或問三餘之意，遇言：『冬者歲之餘，夜者日之餘，陰雨者時之餘也。』」

註4：天外天劇場是一座曾位於臺中市東區的電影院和劇場，日治時期一九三六年三月啓用，至二〇二一年二月被拆除。該劇院建築之建造是由臺中仕紳吳子瑜出資，原臺灣總督府技師齋藤辰次郎負責設計建造。

註5：《只要我能跑，沒什麼不能解決的》，松蒲彌太郎著，時報出版，p.77。

註6：《濱線女兒—哈瑪星思戀起》，王聰威著，聯合文學，p.247。

參考書目：

《發達資本主義時代的抒情詩人：論波特萊爾》，班雅明，臉譜出版。

《濱線女兒—哈瑪星思戀起》，王聰威著，聯合文學。

《三國志》，陳壽。

《只要我能跑，沒什麼不能解決的》，松蒲彌太郎，時報出版。

重現泰雅織心

——尤瑪・達陸的織夢之旅

受平地教育、大學中文系畢業，
一半泰雅、一半漢人血統的尤瑪，
在因緣際會下回到部落，
展開漫長的尋根之旅，
進而生出對泰雅染織文化的濃厚孺慕情……

塵封的織布機

在泰雅族部落傳說中，一個女孩長大了，家人就會為她準備一台織布機，好學習織布；當女孩學會了織布，才算真正的成年。成年的泰雅女子須具備織布技巧及堅守貞操，才能在臉上紋面，死後才能通過彩虹橋，進入祖靈應許的安息地。

泰雅族女子的傳統織布手藝，代表個人巧手慧思，也是泰雅婦女社會地位的指標。泰雅族織物的形制、材質、顏色、圖紋位置，大體相似，但在細節部份保留個人創意。因為只傳女、不外傳，作品多具有強烈的家族性和地方性。各家自擁獨創圖紋技術的微妙競爭方式，讓傳統的泰雅編織技術呈現多樣的風貌。

大安溪流域的泰雅族北勢群八個聚落，織物各有不同的圖騰特徵，極具特色，但隨著社會變遷，傳統泰雅織物技術已經不再是泰雅婦女社會地位的指標，不輕易傳給外人的泰雅織物技藝更是迅速凋零。

黃亞莉，是一個湖南籍的泰雅人，從小就在母親的教誨下，一路由曉明女中、中興大學中文系畢業，畢業後考進了台中縣立文化中心的編織館擔任公務員，她一直照著父母的規劃在走，是父母親最引以為傲的長女。民國七十九年，台中縣立文化中心編織工藝館正要開幕，負責「編織技藝重現」的黃亞莉，在遍尋老藝師不著的尷尬時刻，媽媽提醒她可以找擅長織布的外婆上場。就這樣，以前在她心目中屬於「遙遠古代」的織布機忽然間活了起來，立刻和她的生命起了某種神秘連結，她一頭栽進了迷人的泰雅編織，生命從此轉彎。

「二十九歲前，我做到了母親所期望的人生；二十九歲後，我希望能追求自己的生命價值。」

黃亞莉說，促使她改變的關鍵因素，既有外在的、也有內在的。內在源自於部落的呼喚——一直潛伏在她的生命底層，從未淡去，在當公務人員的那些日子裡，她常常不安不滿於現狀：「這就是我要的生活嗎？難道一輩子就等退休？」在思索生命意義的時候，「平順從來不是我要的答案，」她說：「我要找到我之所以為我的那個價值。」

意外發現原來外婆保有幾乎失傳的泰雅傳統編織技藝，於是黃亞莉離開穩定優渥的公職，搬回部落，白天在田裡栽種敏豆，晚上向外婆學習織布，也把漢名黃亞莉改為原住民的本名：尤瑪．達陸。

塵封近半世紀的傳統織布機上場演出，這位從來沒有用過織布機的泰雅女子，雖然只織了一小段布，卻開啟了泰雅織布研究與推廣的志業。

然而，泰雅織布技術有「母女相傳，不傳外人」的傳統，就算可透過「向老師買技術」的方式學習，又礙於尤瑪的家族是日治時代才遷入，屬於後生晚輩的她，拜師之路一波三折。

大學唸中文系的尤瑪．達陸本來就是部落裡的高學歷者，但這樣還不夠，她很清楚自己必須再進修，透過專業訓練來幫助自己，將蒐集整理泰雅的編織文化傳統做成織譜，傳承下去。民國八十三年，尤瑪考上輔仁大學織品服飾研究所，八十六年以《泰雅族傳統織物研究——Taminum na Atayal》為題，完成碩士論文，展現尤瑪從傳統知識建構出發，恢復傳統織藝的決心。

經過多年的學習、紀錄，尤瑪不得不承認，現在要找出純粹的泰雅傳統，已經太晚、太難了。「若非日治時代兩次的理蕃政策特別針對泰雅族，經歷了二百多場大小戰役，泰雅的文化或許不會這樣真空。」尤瑪感嘆，部落長時間顛沛流離，不僅使得許多文化技藝佚失，生活也因陋就簡，填進部落的日常用品又非常混雜，生活美學無所攀附，所謂「純粹」何在？因此在找回傳統的同時，必須重新建構已然瓦解的泰雅生活、儀式制度，讓族人進入那樣的生活秩序當中。

從零開始傳承泰雅薪火

尤瑪深入泰雅族的兩百多個部落從事田野調查，有一次她和丈夫到南投深山拜訪部落老人，時間已晚，部落老人問他們吃飯了沒有，他們客氣的推說吃過了，但老人不但為他們添了飯，並且還打開了僅存的罐頭，老人家把自己捨不得吃的東西，拿來招待這兩個陌生人。「老人不知道我是誰，只知道我是泰雅族的小孩，想要學習泰雅族的傳統文化。」尤瑪說，直到現在自己還能有力氣付出傳承，就是因為老人們留給自己的熊熊薪火尚未燃盡，讓自己能夠持續傳承下去，為的不是賺錢，而是把文化繼續留傳給下一代。

傳統泰雅編織必須從種植苧麻開始，才算是真正的織布。在尋找苧麻的過程中，發生一個令她難忘的故事。「當初在找尋苧麻的過程中，發現一個八十幾歲的阿嬤還在繼續種苧麻，老人家跟我說，她願意把種植的苧麻全部都給我，只要我答應繼續種下去，直到有人願意種它為止。」尤瑪說，苧麻在過去是常見的作物，但如今卻很難看見蹤影，當其他人都認為苧麻已經沒有經濟價值，改種高經濟作物，老阿嬤還堅持地種下去，讓她更堅定薪傳的信念。

而她在部落做編織查訪時遇到了兩大困難，一是因為日本人和國民黨政府的禁止，讓泰雅編織傳統中斷了幾十年，包括她自己的外婆在內，很多老人家的記憶已經不全，所以尤瑪除了訪問老人，把他們的一身絕活和知識學下來之外，還拜訪各大博物館、私人收藏館、學校，遍讀早期的圖像，想辦法把能蒐集到有關泰雅織物的形制、色彩再製出來，免得時日久遠，又從人們的記憶裡消失。尤瑪說，泰雅人出生時以織布包著，過世時也同樣被織物包裹著，「織物引領著泰雅人由生到死的過程。」正因為織物是如此重要，泰雅不同氏族的編織技藝是不外流的，在尤瑪費盡心力唇舌、透過牧師神父幫忙，取得族人信任，一一學習下，以紮實的學術研究加上遵循古法，才完成了泰雅八個系統的編織研究與再製，以實物做成泰雅編織聖經。

回到部落的第一個十年，她要做的是「回復傳統」的工作。從小沒有碰過針線的她，回到部落後卻成為老人眼中不可思議的巧手，一個月學會平織。不管部落老人教的織法再怎麼困難，第二天再見面教學時，尤瑪總能上手，她認為部分理由是因為她已將編織技法和知識內化於心，「知道織紋的原理，一經一緯的交織動作就從腦袋到了手上。」當然，不可缺少的還有實作精神，學到了一樣東西，尤瑪總會拚了命的練到嫻熟。

相較於排灣、魯凱等傳統制度保存較好的族群，他們可以循著原有的系統來復興工藝，百年來也陸續都有一群人在做木雕、琉璃珠、服裝等，根基還存留著，因此他們形成工藝圈的速度和水準都優於其他族群。相形之下，泰雅族做起來辛苦許多，但若是不從重建文化做起，工藝也將流於空洞。因此尤瑪遂帶著織布工具，回到大安溪沿線開班授課，免費教各部落婦女織布。

雖然有些長輩質疑尤瑪所教的不是「傳統泰雅」技藝，尤瑪卻認為，與其用傳統的「地織機」，難學又辛苦而嚇走學員，不如以現代的「高織機」和教法為起點，但保留傳統的形制、圖紋，讓更多有心學習泰雅編織的年輕人可以用現代機器做出古老的質地，回歸傳統，將技藝延續下去。

當然，保存傳統織布的整套技藝是絕不能偏廢的。尤瑪認為，在製作傳統服飾時，就必須從麻線到染色、織作，完全遵循古法。她在象鼻部落種植苧麻做為線材，及薯榔等植物做染料，一步步重新營造一個「泰雅的」織布環境。「必須長期與土地生活在一起，傳統的東西才會流回我們的生命，」她說，如果用現成的紗線、布料，就會缺少「從土地裡長出的知識」。

第二個十年要實現的的夢想是——「成立泰雅編織學校」。座落在石礫滿佈的大安溪河畔，與陡峭山壁遙遙相望的苗栗縣泰安鄉象鼻部落，原本是個寧靜的山村，近年來河邊的「泰雅染織文化園區」常傳出陣陣機杼聲。白天裡，染織工坊裏五、六台現代化的高織機不停輪轉，婦女們各據一方，負責「配色」的女孩專注地在完稿紙上畫出一格格色彩；有的則站在牆邊「整經」——將數百條紗線按配色順序排列；負責「穿綜」的婦女，則將整經過後的一條條紗線穿在不同「綜片」上；最後有人操作高織機完成織布程序。緊鄰織布教室的是間染房，挑高屋頂下垂掛著一束束紅黃藍綠的美麗麻線，與地上冷冽的不鏽鋼染缸相映成趣；另外一個房間則是後製作中心，裁布聲和縫紉機的躂躂聲不絕於耳。這裡是尤瑪已實現的夢想。

尤瑪於民國八十四年成立野桐工坊，進行文化研究工作，九一年在泰安鄉象鼻部落成立泰雅織物研究中心、泰雅染織工坊，培訓部落婦女傳統織布技藝，再透過原住民工藝協會向勞委會爭取多元就業方案補助，讓學員無後顧之憂，全心學習。尤瑪說，比起其他編織品，泰雅編織有許多工序，首先泰雅染織素材全採用苧麻，栽種苧麻大概需要四個月才能收成，苧麻必須經過剝麻、刮麻、積麻、清洗、晾曬、捻線、上框架、漂白及染色，以薑黃、藍草等染料植物染成色線，最後才是整經、編織，工序十分繁瑣。

雖然耗時耗力，但是野桐工坊其實並不是為了追求產品製造及市場發展，而是透過族人的手找回過去的文化斷層，以原住民技術研發及傳承為主要目的。近年來，工坊除了提供部落織女們一份工作外，同時也讓她們重拾身為泰雅女性的自覺與自信。她表示自己不是在生產商品，而是希望透過工坊保留泰雅編織的元素及特色，以自己做為翻譯、儲存傳統智慧的泰雅織品資料庫，繼而讓設計師未來可以在這個資料庫裡找到需要的色彩及材料，做出不同的設計。

部落編織教室始終維持著二十至三十名學員的規模，從傳統織物的教學與複製，再延伸到現代領域，學員分成傳統織品研究、現代創意設計、傢飾設計、纖維藝術等組別，培育各項專長。

從傳統中求創新

過去，織物研究中心專注於傳統織物的傳承與複製，但這個部份的訂單，大多來自於博物館的典藏訂購，一般市場不容易接受。為了從傳統中求創新，野桐工坊民國九十五年向國立台灣工藝研究所提出「升起虹橋——大安溪流域泰雅染織工藝發展計畫」，提供學員更多實質的創新訓練課程。工藝扶植計畫主要重點包括：建置泰雅傳統織品服飾織紋結構及圖紋分析技藝庫、開發傳統創新民族特色工藝產品兩大類。尤瑪解釋，泰雅族織物結構包括造型、色彩、材質、圖紋，造型以泰雅族常見方衣為主，不走曲線設計；色彩則以北勢群的主要色彩黑、白、咖啡色系為主；材料則用麻、羊毛；圖紋則涵蓋平紋、菱紋嵷挑花圖案。

開發傳統創新民族特色工藝產品部份，學員經過傳統泰雅織物元素的基礎養成訓練，再接受歐美現代藝術的多媒材與創意表現手法，嘗試從泰雅織物傳統元素中，尋求各種可能的創新。

創新訓練的課程結束之後，學員將分成餐廳、寢室、客廳、燈具組，每組自行設計創作，開發六件飾布的織物作品，完成的二十四件作品將在國立台灣工藝研究所、台中縣與苗栗縣文化局展出，爭取外界訂單。尤瑪說，這樣的課程設計，除了讓學員充分認識自己的傳統文化元素，更有助於學員日後在創作領域善用這些元素，讓作品保留族群的文化特色；另一方面，也透過國外織物表現手法的刺激，將傳統厚植於現代，積極創新，結合家具、裝飾陶瓷、金工的特色產業，找到進軍國際市場的新道路。

尤瑪表示，建構大安溪泰雅部落成為染織村是她最大的理想，未來的目標設定為將織物昇華到「藝術」境界，配合認證制度，達到永續經營的理想。然而，人才養成至少要一、二十年才能達成，現階段要先讓學員解決經濟上的難題，唯有先掌握了麵包，才能繼續追求風格與藝境，希望政府持續提供必要的協助，不要讓泰雅編織薪火燒了一半就熄滅。儘管尤瑪・達陸和夫婿在原住民藝術圈已擁有崇高地位，但工坊始終在生存邊緣掙扎，然而尤瑪表示，他們一定會撐下去，因為：「既然我已經跟泰雅編織相遇了，就絕不能讓它從我眼前消失。」尤瑪說。

展開夢想的翅膀

二〇〇七年，由行政院文建會舉辦第一屆公共藝術獎入圍作品揭曉的頒獎典禮上，尤瑪・達陸的作品「展開夢想的翅膀」由當時的呂副總統親自公布為第一屆「公共藝術卓越獎」及「最佳民眾參與獎」得主。

尤瑪・達陸的這件作品「展開夢想的翅膀」，傳達了泰雅族染織文化的困境與發展。作品採用當地部落婦女親自栽植、取纖處理後的苧麻纖維，以傳統的染織色彩構思，以微觀的角度，將織品的苧麻纖維質感與配色，作極致的放大與定格。微細纖維與幽微變化的色彩所積聚而成的大面積作品，產生一種頗富張力的視覺魅力。在現代藝術中未有顯著突破的傳統織品中，「展開夢想的翅膀」從僵化的異國圖紋感官軌道逸出。

這件作品的完成，紀錄了部落婦女真實的處境，它不僅僅是集體創作，也是部落婦女對生命的意志，以及她們如彩虹般的創意，為生存與文化傳承擺開的戰鬥姿態。尤瑪・達陸期望透過觀者對苧麻纖維的好奇，進一步了解這個由三千六百多把、總重五百多公斤、親手栽植了五年的苧麻、瓊麻所完成的作品，撰寫的是許多部落婦女用雙手為生活努力的生命故事。

部落文化產業的經營是一條漫漫長路，然而，在野桐工坊身上，我們卻看到了部落文化永續的希望！尤瑪希望在部落文化的經營上展現永續發展的理念，從原住民生活美學的「造形、色彩、紋飾、材質」出發，再加上現代設計觀點與意義轉換，深化原住民的文化符號，進而引領原住民文化符號的流行風潮。

美感、創意、愛與關懷是台灣未來的競爭力，尤瑪的勇於嘗試、勇於創新，改寫了她人生的一小步，卻成為培養台灣土地藝術基因面貌的一大步。

（文中部分文字內容整理自野桐工坊提供資料。）

（原載於《天涯芳蹤：五十位曉明人的生命故事》）

尤瑪・達陸，漢名黃亞莉，紡織藝術家，野桐工坊負責人，輔仁大學織品研究所畢業。二〇一一年設計與製作電影《賽德克・巴萊》戲服，二〇一六年文化部授予「重要傳統藝術保存者」殊榮。

照片尤瑪・達陸提供

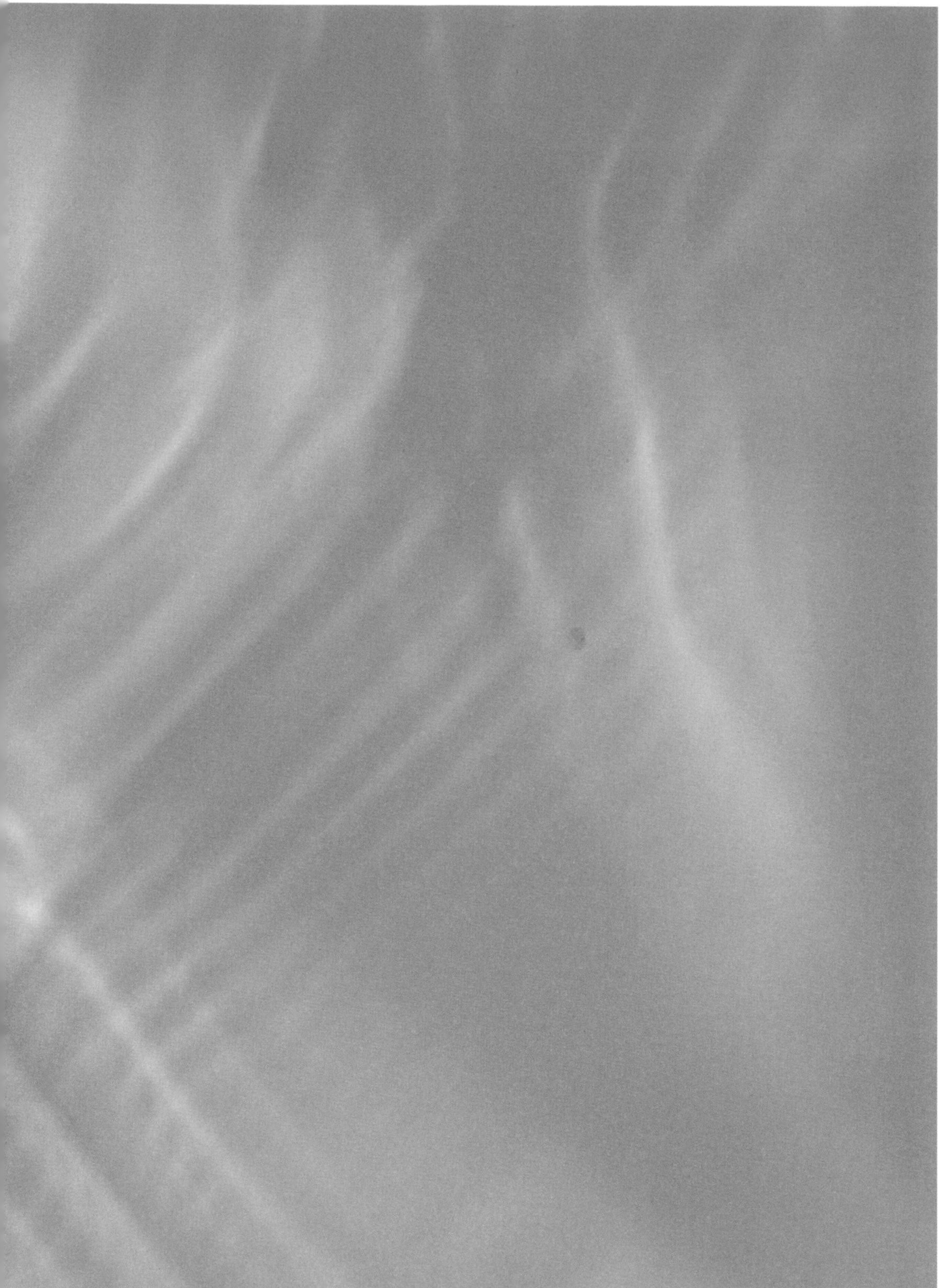

Chapter3

更深的屬於

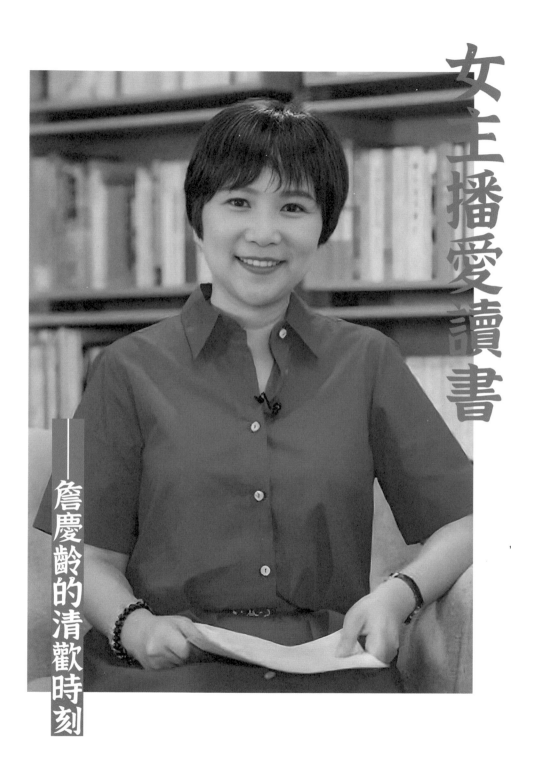

女主播愛讀書

——詹慶齡的清歡時刻

一邊結束，另一邊就開始
上面，一整片藍；下面
是鎏金快綠，綠與玫瑰暗紅
約翰站在地平線上
他兩邊都要，同時要
他想同時得到一切
極端的兩邊還單純
中間地帶卻混亂。仲夏時期
一切都有無限可能

……

而夏日的火焰
這時確實也留下來
花園周遭
一群燃燒的楓樹
團團包圍著它

——露伊絲．葛綠珂《野鳶尾》，〈天與地〉

二〇二〇年的諾貝爾文學獎得主美國詩人露伊絲．葛綠珂，擅長以生命、情愛、存滅等命題為詩眼，理性靜觀時間的變換、四季日升月落賦於生命的意義，詩人的文字不論是與誰對話，都化為永恆的質疑本身，將創作的細膩心思置入一座花園中，她，就是園丁，看顧花草時與造物者進行辯證式的內省，在她的園中紅玫瑰、雪花蓮、野芝麻……各色植物蔓生的美，讓她不僅僅去愛，更懂得去回報愛，無條件像神一樣地去愛萬物眾生；詩人在花園中記錄時光的陰影、聆聽風雨星辰的永恆，從清晨至更深，從年少至白頭，她的詩感知繁華易逝的春夏，靜靜到來的秋冬，你走進她的花園，如她在上述《野鳶尾》〈天與地〉這個篇章所寫：

花園周遭／一群燃燒的楓樹／團團包圍著它

你看見了黃金燦盛的楓紅，燃燒在秋天，於是，你聯想到知名主播詹慶齡的書：《秋葉落下之前：活在燦盛熟齡時》，這就是線索了！

一如預言般的，露伊絲．葛綠珂的詩，正巧描寫了詹主播的燦爛人生：

一邊結束，另一邊就開始
上面，一整片藍；下面／
是鎏金快綠，綠與玫瑰暗紅

步下坐了二十餘年的主播台，現在的詹慶齡變身《名人書房》的主持人，坐擁書城；然而不管在哪一邊，玫瑰都自帶紅艷的色澤與美麗，詩人說：

生物不全需要等量的
光照。有些人
自己製造光（註1）

坐上主播台之前

某些時刻你會天真地以為，身旁的所有人、事、物都會恆常的存在著，就像是每天準時六點鐘打開TVBS電視新聞台，就會看見主播詹慶齡笑著臉，字正腔圓地以甜美的嗓音道：「晚安，各位觀眾！」她彷彿就住在那個魔幻的空間時刻裡，每天分毫不差地坐在主播台前，告知大眾即時的國內外新聞大小事。

新聞主播的英文「anchor」，字意是用來固定船身，免被大浪沖走的「錨」。在美國，「anchor」這詞常用於描述一群人當中的最突出的一位成員。一九五二年美國哥倫比亞廣播公司首先使用「anchor」一詞來稱呼主播崗位上報導新聞的人，其後新聞界普遍地紛紛把在幕前報導新聞的新聞工作者，冠以「anchor」的名銜。（註2）

然而在成為一個知名anchor之前，必須先成為一名稱職的記者。

她是怎樣開展她的記者生涯？

「其實新聞工作算是我意外的人生，當時我很難說我自己對於什麼有興趣，我剛從淡江德文系畢業，對於前途也是懵懵懂懂的，但是我知道一件事情是，我好像不太適合坐辦公室。」

「這意外人生的展開其實是因為棒球。」

（棒球？很難把她跟棒球聯想到一塊兒！）

「當時我有個求職機會，《兄弟》雜誌的主編在徵求一個採訪編輯的職缺，於是主編打電話給我，在與我深聊之後，連見面都沒有，履歷也沒有寄，對方就決定了：『好吧，妳什麼時候可以來報到？』」

她就這樣找到她人生第一份夢幻的工作！

第一個採訪編輯的生涯，也等於是進入新聞業的敲門磚。

屬於球團的雜誌，一刊一期，有固定的嚴格要求每月出刊的截稿壓力，會看棒球、會寫點雜感，並不等於會寫專訪報導的雜誌內容。

「剛開始要學習怎麼接觸球員，怎麼跟他們聊天做採訪，如何跳脫一個球迷的身分，展現專業度，我覺得我是從零開始學習的。」

進電視台，是她職涯的第二個意外。

「後來在我離開《兄弟》雜誌之後，有一小段時間在《中國時報》報社上班，其後來因為身體出現一點小狀況，我休息養病了一段時間。某日從職棒雜誌的總編輯口中得知，TVBS新聞台草創一個歡樂無線台頻道，LIVE現場轉播職棒賽事，這是當時台灣新聞界破天荒的決定，而我很幸運地敲開記者生涯的第二塊磚。」

一九九二年，TVBS歡樂無限台開始夜間播報體育時間，她也成功地成為一名體育直播記者。後來TVBS成立了新聞台，需要專職的主播，她的舞台也從體育棒球場，變成了各式各樣突發性的新聞現場，包括了政治選舉、重大意外事件、大型活動，任何需要連線的場合，都可以看見她拿著麥克風，迎風破浪、刻苦地進行採訪工作的身影。

（於是你開始在記憶裡搜尋，能想到的就是詹主播甜美亮麗的樣子，總是在電視裡穩健地伴著你與歲月一同增長，沒離開過這個位置。）

「於是這樣一待，二十餘年。」她笑著說，在那些幸運的或艱難的跑新聞養成過程當中，就跟著TVBS開台這樣一路跑出自己的黃金歲月。

她成為一個資深主播、新聞製作人，之後一路攀升到比「anchor」還要anchor的職位，當她時任中時媒體新媒體事業群的執行總監，她敏銳地將新聞觸角遠遠地延伸做深度調查報導，因此而奪得重要的新聞界獎項。

撫動船帆的陣陣吹風

獎項是對職涯的肯定，然而在這些歲月中有著甚麼深刻的人生體悟？

她點點頭說：

「能親身見證台灣發生的每件大事，都讓我很激動與感動！」

「一九九九年九月二十一日凌晨發生很大的地震，是我二十年記者生涯當中遇到最震撼的災難。九二一發生的第二天，我立刻就被派到台中東勢去做採訪，全部都是現場連線，採訪之後立刻播報，不論你怎麼不忍卒睹路斷人亡，你都得強忍悲痛捏著心臟，理性地緊抓麥克風做實況報導。災情一直在變化，在鏡頭以外的時間，要緊急去災害應變中心觀看傷亡數字，要去報導災民家破人毀的悲傷故事，在如此混亂的情境下，對我自己情緒的管理也是一個非常大的衝擊。當時我自己家裡也是亂得東倒西歪的啊，只是面對台灣發生的巨變，你就必須把小我擺在一旁。當時的我還沒結婚，爸媽也會擔心我一人到中部災區的人身安危。在餘震不斷的混亂場面，生離死別讓人非常的感同身受，我學習到對生命的尊重與對大自然的敬畏，啊，那簡直是一個戰後現場！」

「一九九六年的台海危機，海峽兩岸關係自一九八〇年代中華人民共和國改革開放後本已日趨緩和，因東歐與蘇聯的情勢劇變，以及六四事件造成中華人民共和國與美國關係惡化，雙方政治關係日趨緊張，

當時總統李登輝又訪問美國，引發中國不滿，為了阻止李登輝在中華民國總統選舉中連任，中國於是進行以武力威懾台灣的軍事演習，引發台海危機。在新聞播報的現場，可以感受到當時政治緊張、國家安全危機的肅殺氛圍，當時我深深地替台灣捏了一把冷汗。」

「二〇〇〇年的政黨輪替，也是不可能想像到的事情，台灣怎麼可能會有政黨輪替的一天？我還記得李登輝先生將總統一職交接給陳水扁先生的總統交接大典那個現場，就是我去播報的！對，在那一刻我真正覺得自己正在見證國家歷史發展的一個重要時刻。」

（採訪當下你可以感受她那如同見證巨大奇蹟的強烈情緒，依颱風級數的話，約莫十級風！）

「甚至到後來縣市長選舉，或者二〇〇八年我遇到第二次的政黨輪替，我都覺得那是很珍貴的體驗，這一路二十餘年的主播生涯當中，剛好就是見證了近代台灣民主文化的發展歷程。」

於是你見證了她所見證的魔幻時刻。

新聞記者，無庸置疑是歷史事件的文本作者，她組合人、事、時、地、物以及事件脈絡，將事件的各種元素呈現於眾人面前。請試圖想像——歷史是一艘大船，那些變動的過往歷史其重要時刻與思想傳達，猶如撫動歷史船帆的陣陣吹風，大船正隨著時代的浪潮緩緩移動，而記錄與傳達的文本，張起船帆來捕捉風力，大船移動軌跡的即時報導，正是對過往的某種見證或確認。

詹慶齡的記者人生，扮演這樣一個很重要的錨定。

重返文字之鄉，尋找更深的屬於

二十餘年來主播台的訓練，對詹慶齡來說是個人新聞素養、整體思維的全面性精進，長久的歷史也是經過一個又一個事件所連結的，新聞記者的專業就是在連接現在與過去、甚至未來，這些功夫需要非常專業的展現，卓越的新聞主播要具備「台上十分鐘，台下十年功」專業實力。

「我不敢講專業，但是我覺得可能我比較愛面子吧！我會有點在意『自己被公眾罵』這件事。被罵，假如說是不可抗拒的因素，或者是我自己不夠好我就認了，可是如果是因為自己不夠用功，那就不可原諒了。」

「有被觀眾投訴過？」

「每個主播都有啊！」

的確，螢光幕前，兼具專業與美麗形象的主播，成為許多人欽羨的對象，甚至是許多人從小到大嚮往的職業。可是主播台前光鮮亮麗背後的哀愁，才是眾所不知的。

如同韓劇《愛上女主播》裡，劇中主播表示：「如果去當模特兒，就太浪費我的智慧了；去當教授，又太浪費我的美貌。」虛構戲劇的台詞，卻反映了部分真實的人生。

當主播變成是一種明星式的虛榮，雖似乎是商業市場必然的趨勢，電視台為了追求收視率而產生的用人策略：只要外型好、口齒清晰，播報收視不錯，就能擔任專任主播。

然而詹慶齡對此事不禁搖頭嘆息。她認為，主播明星化以外，也要兼具內涵，「不進步不用功的主播，觀眾自然會流失。」

除了職場台前的各種壓力，詹慶齡話鋒一轉：

「何況我們也不再年輕了，再加上我是會在意輿論的人，身心方面對自己來講都產生壓力。目前新聞環境也不斷面臨各式各樣的考驗與變化，尤其科技數位化之後，大家獲取資訊的管道越來越多，新聞台還是不是一個被社會所需要的存在？」她簡直一語中的地指出現實的境況。

二〇一四年，在她新聞播報的收視率非常好的時候，她毅然選擇逐漸離開征戰二十餘年的新聞工作。

「很光榮啊，我總覺得下台身影要漂亮。」她露出播報台前甜美親切的微笑。

「我曾經以為自己會一路做到退休，但我覺得上帝對我很好，很厚待我，過了五十歲之後，我覺得人生不一樣了。」爽朗的笑聲中，透露的是她樂觀慧黠的性格。

人生在中途華麗翻篇，她成為一個書寫與閱讀的人，在文字之鄉裡泅泳優游自在，現在的她，寫專欄、寫書，不時與文字作伴。去年出版的新書《秋葉落下之前：活在燦盛熟齡時》的書腰上寫著：「努力，但不再過度用力。」她給我輩中人下了一個美妙的定義——我們要做的永遠都是要蛻化變美，而非退化變老。

（中年的你趕緊筆記起來，成為座右銘！）

如果你認為這本書會是一本刻板的勵志書？那你就錯了！

翻開扉頁，她的清新幽默在字裡行間，不吝分享自己跨入中年大嬸的脆弱心境：

「眼角殘淚還能隱身黑暗悄悄拭去，豈料影城換場如此高效，兩行未乾的淚痕瞬間無所遁形，腦中一個糗字才剛形成，轉頭立即瞥見鄰座友伴雙眼浮腫……不過是看場電影，幹嘛搞得這般梨花帶淚的？」（註3）

如此自嘲中年婦女的初老現象：感同身受的情感使淚腺發達如水龍頭般，一發不可收拾。

在〈便利超商依賴症〉的篇章裡，她閒適地寫生活小事：

「便利商店彷彿是街景與生俱來的一部分……超商店員建構出一種現代新型態的鄰里關係……他們會記住常客的消費習慣，機靈地提醒：這陣子洗衣粉第二件半價喔……博客來嘛，就知道是你的，很常買書喔！」（註4）

（咦，這不是你昨天與超商店員的對話嗎？）

如此輕鬆的日常，在她的妙筆中都親切的生出花朵來，成為生活中小確幸似的可愛花邊。

她站在生命的中線，將累積半輩子能量，以圓熟的智慧之筆，寫下屬於她的人生甜蜜編年記事，一如在她的友人同事新聞主播詹怡宜在推薦序裡所寫：

「慶齡明明是夏花，不是秋葉……中年是下午茶，是攪一杯往事、切一塊鄉愁、榨

幾滴希望的下午茶。」（註5）

如果書寫是她目前的任務，那麼閱讀，成為她人生中更深刻的屬於。

接手《名人書房》的主持人，展開她在書海中其來有自的豐富閱讀量。

當初冠德建設集團成立了冠德玉山教育基金會，宗旨便是為了推廣閱讀，當時就中天電視台、天下雜誌跟冠德基金會合力做了一個名人分享閱讀經驗的節目，以床頭書的概念模式，請名人來談談他們曾經被影響、被啟蒙的那幾本書。二〇一六年隨著她離開中天之後，這個節目當然就嘎然而止。之後，冠德延攬她去擔任董事，重啟名人床頭書的節目，名人書房二・〇版開張，不設限於新聞台，在網路上直播的獨立錄製閱讀節目，由她主持邀訪跨界名人，侃談閱讀經驗與追夢的過程。

離開主播台的她，在名人書房的節目裡，依舊有著主播的姿態與歷練，帶領觀眾博覽群書，直闖名人的書房，與其進行深刻的對談與討論，閱讀作家本人在文章字句底下的另一個剖面。

「當我必須要去採訪某一個人的時候，他的書就會成為我在那個階段的閱讀重心，我必須很專注的閱讀他的著作與資料。比如我採訪白先勇老師，我去重看他的經典《台北人》、《孽子》、《八千里路雲和月》，在重新溫故的過程中，其實最有收穫的是自己，你回憶起很多已經忘掉的事，重讀這些經典書，你發現年紀不同了，你會得到完全不同的深度感悟，你不再只是一個看故事的人，歲月帶領你更深刻了解這個作者他文章背後所要鋪陳的是怎樣的精神核心。」

「細看《台北人》，白先勇以一個三十幾歲的年輕人去寫一個五、六十歲經過戰亂流離輾轉來到台灣的那些人，那種內心的寂寥落寞心緒，不論是描寫交際花金大班，還是貴太太尹雪艷，他們對過往懷抱的依戀所形成的悲劇，時空跳脫的文學筆韻的深厚，還有他對女人的洞察力的精準描寫等等，真令人讚嘆經典的作品永遠經典。」

在近期的名人書房節目訪談內容中，出現一個年輕的新銳作家陳思宏，得過金鼎獎、台灣文學獎、林榮三文學獎等重要獎項，他的新書《鬼地方》獲得英、美、德等國翻譯成外文書。

「鏡文學來推薦陳思宏，我發現了這是一個不錯的作家，於是我去看他得獎的作品《鬼地方》、《樓上的好人》，以及《佛羅里達變形記》，了解這個新作家的生命過程、他在柏林的所見所聞，雖是虛構小說，但裡面融入很多他個人的真實成長的經驗，再去對照他的散文，熟悉這個你本來不熟悉的作家他一路以來的思考跟生命改變。」

名人書房節目，讓她對閱讀的範圍變得更加的寬廣。比如吳晟老師的《他還年輕》紀錄片，從他輕快的鄉土詩，去看到田園，去看到農村，去看農人們真正流下來的汗水，如此啟發她身為一個都市人不同的感動。

她特別提到正在替《故事借閱所》導讀的新書《血色大地》。

「很厚，七百多頁講述東歐血淚史的一本書，從二次世界大戰之前的一九三三年到二次大戰結束的一九四五年，希特勒跟史達林這兩大強權之間的東歐，描述極權主義用各式各樣不同殘忍的方式對待農民、猶太人以及當時的東歐人的斑斑血淚。」

「我幹嘛導讀一本書讓自己這麼痛苦而且看了會很糾心很難過的書？」她不禁笑了出來！

「這就是閱讀的興味了！透過瞭解那些不同的族群的歷史，你能夠更同理心貼近他們的生存脈絡，也因此更能感受目前的烏克蘭戰事的艱辛及堅持。」

詹慶齡就在各類型知名作家與新銳作家的書海中，孜孜不倦地搜尋、咀嚼、沉浸、領會，找尋躲藏在文字背後美麗的核心價值；透過與作家面對面的訪談，進入他潛伏於生命裡的文字熱流；透過領讀新書，自己的閱讀類型也從中獲得更多的觸及。

人間有味是清歡

做閱讀節目，她藉此品味了許多綿密濃醇的人生韻味。這一切，來自於閱讀。

她說：「比起播報新聞傳達事件資訊，近幾年，我更喜歡這類介紹『人』的主持工作，藉由資料研讀與訪問深談，去閱讀一個活生生的人，品味他的思考深度，汲取他的經驗價值，讀人如讀書，是種快速有效吸收他人內在精華的方便之門。」（註6）

（這不就是個人撰寫這個〈讀人〉專欄的精神嗎？）

閱讀，在她目前的生活中佔著非常重要的比例，閱讀幾乎是她的工作，除了《名人書房》節目之外，她也跟讀書共和國出版集團以及誠品書店合作導讀書本，名為《故事借閱所》，意即借來閱讀，透過她的領讀，借閱他人的人生故事，理解世界，療癒自己。每兩個星期做一次新書的導讀，也讓「讀書」這件事是生活也是工作，是工作也是休息，因為讀書對她而言已經變成習慣，成為生活中充分必要的存在。

「我喜歡白紙黑字印在紙本上面的感覺，我喜歡把它隨身帶在身邊，或者放在床頭，書讓我的生活有倚靠的重心，是隨意親切的陪伴；就算一整天都不出門，或是沒有什麼事情可以做，光是讀一本新的書抑或是重溫一本舊的書，你都不會覺得光陰虛度；很忙的時候，找時間來讀了一點書的話，你會抽離忙碌的煩雜的瞬間，它會讓你在某一小段時間靜心下來，因此，不管是閒餘或是忙碌，有書相伴這件事，都是非常重要的。」

你問，閱讀對她來說是甚麼？

「閱讀是向自己的靈魂招手。」

人生是甚麼味？

相信愛上書本的女主播身上，滿滿是書的清新味道。

詩人露伊絲．葛綠珂以詩文成就一座花園，她嚮往青春，嚮往不朽，當然她也明白「現世的一切／原不為永存不朽」（註7），於是寫作是她與生命對抗的利器，以文字封存情感於璀璨時刻，發自內心底層的聲音：

自我生命中央噴出
一柱泉湧，鬱鬱的深藍
投影在碧藍海藍（註8）

經典的生命之泉，讓詩人永恆不朽。而正值人生最好的時光的主播詹慶齡，以閱讀一本又一本的書，在她多彩豐盛的書之林園中，種下屬於她的夏花玫瑰園，並且，自帶光。

（原載於國家圖書館季刊《台灣出版與閱讀》民國一百一十一年第四期）

詹慶齡，知名主播、節目主持人，曾擔任TVBS新聞台《晚間67點新聞》主播、中天電視新聞部總監。現任網路媒體《名人書房》主持人。

照片詹慶齡提供

註釋：

註1：露伊絲·葛綠珂，《野鳶尾》，〈野芝麻〉，寶瓶文化，p.25。

註2：維基百科新聞記者解釋。

註3：詹慶齡，《秋葉落下之前：活在燦盛熟齡時》，方舟文化，p.208。

註4：詹慶齡，《秋葉落下之前：活在燦盛熟齡時》，方舟文化，p.60。

註5：詹慶齡，《秋葉落下之前：活在燦盛熟齡時》，方舟文化，p.31。

註6：詹慶齡，《秋葉落下之前：活在燦盛熟齡時》，方舟文化，p.186。

註7：露伊絲·葛綠珂，《野鳶尾》，〈巫草〉，寶瓶文化，p.65。

註8：露伊絲·葛綠珂，《野鳶尾》，〈野鳶尾〉，寶瓶文化，p.15。

參考書目：

露伊絲·葛綠珂，《野鳶尾》，寶瓶文化。

詹慶齡，《秋葉落下之前：活在燦盛熟齡時》，方舟文化。

翻譯所未知的重量

——東美出版社社長李靜宜

可貼切名之為「轉化」的心性轉變有諸端神秘未解之謎，其一即是，在某人帶著獨特影響力碰觸我們的心靈，讓我們心悅誠服之前，天地之間的真相無從在我們大多數人眼前燦然昭現。

——喬治・艾略特《丹尼爾・德隆達》（註1）

這一段文字是來自於莎莉・魯尼《正常人》的開卷詞引言，這本乍看結構符合社交小說戀情事與社會準則的文本，在某種程度上其實是體現一世紀前王爾德霸氣的「文學不臣屬、而是先於人生」的宣言。（註2）

這本翻譯作品，藉由一段從日常對話開始表面正常的戀愛關係，探討瘟疫時代所引發人際非正常的關係變革，以千禧世代的語彙帶出一本經典的看似寫戀情，實則為思辨文學與人生的作品。當你閱讀這本譯作時，總是非常輕鬆的流暢地順著文字一行一行讀下去，在掩卷時，喟嘆自己讀了一本好作品，此時你仍然無知覺所謂「轉化」過程的重要性，轉化成另一種語言的擺渡者，有時等於作者本人，因此，一本外文的書籍，通常會有兩個寫作者，作者與翻譯之間，存在著碰觸讀者心靈的影響力。

李靜宜，東美出版的總編輯兼社長，就是神秘力量的擺渡者，她轉化作品的翻譯功力，有著一個字句都不能遺漏的精準。

她的每一本譯作，都代表著寫作者生命的重量。

這本《正常人》，就是出自她的譯作。而她翻譯的作品，實在太多。（註3）

如果，你看過《追風箏的孩子》這本風靡全世界的書或是電影，你曾經為了阿米爾與哈山的情誼而落淚，而譯者本人就坐在你面前，她看上去是一個溫柔堅定的「正常人」，這時你會不會在內心吶喊兼尖叫，你會不會就像是看到偶像一樣？

如果，你知道她的另一個神秘的身分是前總統李登輝任內的文膽，你會不會訝異地瞪大了雙眼，情不自禁扶住下巴，那個不能為外人道的「不正常」的神祕工作，你會不會更想要了解她和總統的相處之道？

她的人生，有多少旁人無緣得見的際遇！命運的應驗，有時像完滿，有時像放逐，更可能像是光譜的漸層之間，你怎麼逐漸形塑自己，命運就怎麼默默找上你。

總統府奇遇記

機會或命運找上門的時候，你要已經準備好了。

就像李靜宜的總統府奇遇記。

「一九九一年我考上外交特考，在總統府第一局負責外交的業務，之後有一個受訓的過程是派駐英國進修，當時護照、簽證都辦好了，說時遲那時快，當時總統府副秘書長邱進益想找一個外交事務背景的人到總統府辦公室——一紙人事命令隨即發布我調總統辦公室！結果我英國也沒去了，進入總統辦公室以為就是做一般的行政秘書工作。」李靜宜說。

「有沒有想到跟前總統李登輝有那麼深刻的因緣？」

「完全沒想到，當初覺得總統府辦公室是很難進去的地方，如果錯過，以後不會再有這樣的機會，不然就試試看。總統辦公室基本上人非常少，我們辦公室就三個人，一個主任，兩個秘書，就這樣。日後會替總統寫講稿寫文告，全在意料之外。」

政大外交系博士，求學路上笑稱自己很愛讀書，不知道自己除了會讀書還會甚麼的李靜宜，一開始是替牛頓雜誌做翻譯，一年之後，因考上特考赴外交部任職而離開雜誌社，在某個因緣際會下她替中研院院士吳健雄寫了一篇序言，這篇文章被李前總統看見了，他說：

「原來辦公室也坐了一個還會寫字的人。」

文章寫得好被賞識，李靜宜開啟她跟在李前總統身邊的十多年文膽生涯。

李登輝在十二年的總統任期內進行了一連串的政治改革，被認為是落實臺灣民主化之重要推手。而他任內的重要談話講稿，多數由李靜宜寫稿潤稿。

「李先生可能一開始認為，很多的政策要對民眾說明，要以民眾可以理解的方式去公告，過去的總統文告都是政治資歷深厚、國學素養很好的前輩在寫，文句非常的工整漂亮，然而跟人民之間會產生一點點距離感，因此推展民主化的李總統想要以直接的庶民語言的方式，與民眾對話。」

最為眾所周知的就是李登輝在康乃爾大學的演講稿中的名言：「民之所欲，常在我心。」這篇講稿，也是出自李靜宜的潤稿。

李總統的李秘書，在府內屢有重大政策宣示慶典文告之時，各部會首長眾人你一言我一語，很難集合成文氣通暢的講稿。他們開完會，最後文稿的事還是落在她身上。要有這樣的本事，來自於李靜宜對文字的掌控能力以及對李總統所處環境的瞭解。

她說：「在我過往的經驗中，花最多力氣的倒不是動手去寫這件事，而是在構思的過程中，對於總統所處的環境的理解，要表達的其實是他的政治意志，不管是他對政策的理念闡述，或是對那些特定政治環境的情感投射。」

進行具體思考文稿的內容，首先你必須先了解「重點是那些」、「要講給誰聽」、「想要如何表達」，從這些問題反推阿輝伯會想要說的語彙與口氣，才能完成符合他意志的文稿。

幫總統寫稿，傳達總統意志，其實就跟翻譯作品沒什麼兩樣，都是要對其有深刻的了解與認識，長時間近距離的觀察浸淫，才有辦法重新建構他們的原意，幫助閱聽兩端的人彼此溝通。

無怪乎李登輝後來曾對她說：「我心裡想什麼，你是最瞭解的。」

他說這句話的時候，是她陪伴他在紅樹林大樓的落地窗前，遠觀觀音山淡水河、閒話家常時，李總統突然有感而言。（註4）

她的總統府奇遇記，隨著李登輝的病逝，在二〇二〇年劃下終止符。

我將如何記憶你

身為總統文膽這件事情，總是神隱在巨人身後，一直到李登輝卸任，李靜宜出版《近寫李登輝——紅樹林生活筆記》之後，才終於在書中揭露身分。

登輝先生親自出席了《近寫李登輝——紅樹林生活筆記》新書發表會。序文裡，李登輝這樣寫：

「最初是借重她的外交專業和語文能力，協助處理涉外事務與文書工作。但經過一段時間的磨練後，靜宜憑著認真肯學的精神和全力以赴的工作態度，很快就突破祕書角色的限制，參與許多政策協調與制定的過程。」(註5)

「這一年來，在辦公室人力精減的情況下，靜宜更擔負起大部分的工作，為內人和我的生活，提供很大的協助。」(註6)

李靜宜與登輝先生夫婦的關係親如女兒，她說：「希望這是一個起點，而不是句點。」

「這個起點，是我跟登輝先生學習最多的地方，那就是——閱讀。登輝先生的興趣與心之所向，更靠近台灣政界極其罕見的『哲學家』屬性，他這一生不斷苦思他自己的思想體系。」

「哲學家屬性？人稱台灣民主先生的哲學思想是甚麼？」

靜宜沉思了一會兒，說：

「我還記得一九九五年，我懷孕即將臨盆，而登輝先生交辦我的事情實在有點難。他喜歡日本近代哲學『京都學派』代表人物西田幾多郎，西田的理論思想觸及人的精神、本質，是一種關乎自我的『生存』，而非只是知識的堆疊，『自覺』與『生存方式』，才是實際發生於我們面前的事情。西田的哲學非常切合登輝先生的思想，於是他要編譯組翻譯西田的文章，準備讓政府各首長讀。後來我查遍資料，不停地爬梳，閱讀過他講過的所有言論，才生下一篇大家看得懂的東西出來。」

這時靜宜看懂你滿眼的狐疑，她聰慧地接著說：

「認同，是認同。西田的哲學理論很重要的一部分叫『場所邏輯』，『場所』，不只是地理空間，場所更是結合了許多理智、情感及歷史交織的複雜場域。對於台灣認同的問題，他認為台灣人必須獨立，意思並不是台獨，而是台灣人應具備獨立思考的能力。他希望領著台灣人成為具有自我統治能力的現代公民，讓台灣人成為『新時代的台灣人』。」

「認同」，應該是他政治生命和思想中對台灣最有意義的歷史哲學思惟。也由於跟著登輝先生的腳步，她無形中閱讀了許多西田幾多郎的東西方哲學、卡萊爾的《衣裳哲學》、新渡戶稻造的《武士道》等哲學思想。

凡事有起就有落。她和登輝先生緣分的句點終於落在二〇二〇年。

談及這麼多年她在登輝先生夫婦身邊的相處，她的眼角含著淺淺閃光，輕聲說：

「我的確是有比較多的機會可以看到他們鎂光燈照不到的那一面，其實在我眼裡，他們就是一對很恩愛的夫妻，跟平凡人沒有什麼兩樣。大家都知道登輝先生很愛看書，可是夫人也非常愛看書，記得夫人跟我講過說，他們剛訂婚時，才開始寫情書，登輝先生的情書是寫讀書報告，兩個人都在寫讀書心得報告。」淚裡帶笑。

「我不曉得到底要怎麼講耶！其實我有一些東西就寫在書上……」你突然見到她情緒的起伏。

靜宜該如何記憶與登輝先生的緣分？她眼角淺淺的閃光說明了一切。

淚還不夠承載思念重量的時候，只有寫。

於是她將自己的哀思紀事寫就一本《漫長的告別：記登輝先生，以及其他》出版。

「在總統府四樓度過的漫長歲月，我從沒意識到自己的年輕，儘管事隔多年之後我常喟嘆自己的純真。……不時有人問我，當時是如何度過那些被形容為驚滔駭浪的二十世紀的最後十年，我總是無言以對……在我腦海裡，從來沒有驚滔駭浪的場景……我們始終相信自己是走在一條正確的道路上，既不驚，也不懼……而這一切或許都該感謝有位心胸開闊的老闆，讓我們在保守的體制裡，長成自己喜歡的樣子。」(註7)

帶著白頭宮女（其實靜宜還好年輕，而且她是武功高強的大內高手）話從前的感觸，她在書裡回憶總統府「日」字型的宏偉洋樓，有古樸的木框窗玻璃，長廊的紅地毯，有一路迤邐的光影隧道，她深陷在那隧道盡頭的多年時光，再回首都是讓她念念不忘的老闆的身影。

「因著那樣的青春，才有著今天的我，我知道。」(註8)漫長的往事翻騰在這本書裡，每一個字句都是記憶的藤蔓攀爬，緊緊地攀住她的腦海的，是你所不知道的、真情流露的登輝先生夫婦。

「當時書寫的心情是什麼？妳有一邊哭，一邊寫嗎？」你直視她眼角的淚光殘忍地問著。

「有啊，那段日子情緒起伏很大，因為一個時代就過去了，一個人妳就永遠再也看不到了，寫的過程就會翻起了很多過去的回憶，有一些事情其實我已經忘記了，在不停的回想的過程裡面，它又跑出來。所以有一天我一個人在台北殯儀館靈堂那邊坐著坐著，想起很多紛紛雜雜的小事，突然就開始哭，哭到那個旁邊安全人員都有點擔心。雖然那些回憶是很私密的角落回憶，可是我所記得、我所看見的一些事情，也許是很多人沒有機會看見的，於是在那當下我就決定要寫出來。每天回家一直寫一直寫，趕在登輝先生安葬那天出版。」

訪談在靜宜安靜無塵的書房裡，但在她說這段回憶的時候，你看見風的線條不知何時從何方在她身邊流竄著。

她拿起手邊這本粉紅色的《漫長的告別》說：

「在美術編輯決定以粉紅色的櫻花當成書封之後，我和舊友約好恭送老闆移靈啟程，我又回去翠山莊，一樓的入口草皮上種有一棵櫻花樹，迎面而來吹起一陣秋意的風，櫻花細小粉白的花瓣紛紛飄落下來在我掌心，而當時是九月份。」

聽說櫻花飄落的速度是秒數五釐米，靜宜在翠山莊和不合時宜的櫻花奇遇，在花瓣飄落的那一秒，一定是她永遠也無法忘懷的剎那。

而粉紅色《漫長的告別》的書封設計，是無數個五釐米的奇妙巧合。

在翻譯的路上

靜宜不僅長成自己喜歡的樣子，她還成為一個在翻譯界非常具重量級的人物。

她在《漫長的告別》裡定義自己在登輝先生身邊工作的意義：

「並不在於那些年裡寫過多少載入歷史紀錄的文稿，而在於讓我在猶未被世故遮蔽雙眼的年紀，就有機會從雲端俯瞰世界……理解了所謂歷史機遇的諸多偶然與必然……」（註9）

那段在雲端的日子，對她人生際遇的影響非常大，當她近距離地看到一個國家領導人在面對很多難題或壓力的時候，是如何去處理事情，如何待人接物，似乎只要夠堅定，所有的困難都是可以解決的那種無畏的信念與勇氣。

「開出版社也是得自那種不畏困難精神的影響？」

「對，我雖然已經到了不應該天真的年齡，但是就會總是有一種天真的勇氣，覺得我真正想做的事情應該沒有什麼事情是做不到的。」她溫柔的笑聲真是夠堅定。

靜宜不是離開總統府才做翻譯，她一直在翻譯的路上。

從事翻譯的起點，要從一個誤入歧途的秋天說起。當她人生的第一份工作，就是從牛頓出版接下的翻譯工作，從此一直陸續在進行著，並沒有因她進入總統府工作而停止。

有一次，出版社寄了一本她翻譯的科普書《諾貝爾獎女性科學家》送給總統，當她看到書擺在總統桌上，心裡忐忑萬分，不知道長官們會不會覺得她沒有認真上班，但是老闆從不曾因她「不務正業」指責過她。

對她而言，翻譯是一種逃脫。

她笑稱：「翻譯時需要進入深度的閱讀狀態，相當花腦力，根本沒辦法想其他事，有時反而可以讓我擺脫日間煩人事務的糾纏。」

因為翻譯，她的人生開啟了另一種可能；因為翻譯，她瞭解文學世界的另一重面貌；因為翻譯，她找到逃避現實世界的避風港，因為翻譯，她走過幽暗的人生低谷。（註10）

你問，翻譯的樂趣甚麼？

她說，翻譯是一種深度的閱讀，是入戲。讀一本小說，可能一個禮拜兩個禮拜或者一天就讀完了，但是翻譯就不一樣，一個好的譯者可能要花好幾個月的時間、半年的時間，去跟一本書相處，那種相處很重要的一點是入戲，要走到那個故事裡面去，認識書中人物，你好像可以過上別人的人生一樣，走進另外一個時空裡，沉浸在其中，這樣的體驗的方式，她覺得那是翻譯最有趣的地方。

在某種程度上而言，翻譯就是透過文字讓讀者身歷其境，親眼目睹情節的發展，因為譯者必須將作者的理念，透過自己的理解，用本國文字加以闡釋，的確近乎是一種創作過程。（註11）

然而，翻譯還是有它的困難在吧？譯者的甘苦誰人知呢？

「翻譯詮釋的過程，不可避免的一定要有一些取捨，也就是翻譯要盡量信達雅，然而是否要百分之百忠於原著？畢竟讀者是中文的閱讀者，中文與英文之間一定有某些的文化落差，這時就面臨取捨問題，要用什麼樣的方式去詮釋語意。譯者畢竟是譯者，能夠忠實的地方，還是要盡量忠實，每一個作者文風不同，寫作的藝術表現的形式也不一樣，要盡量以貼近原著的方式、類似的風格去詮釋出來。」

這對譯者來講，應該不容易。

「基本上翻譯必須是流暢的中文，必須讓讀者感覺不到閱讀上的障礙，因此在選擇某一個字或詞的時候，你便會有一些不同的衡量；再者，原作者若追求某一種文學上的技藝，故事性不是那麼的強烈的時候，可能要花很多的力氣去讀懂他，這樣子的書就比較不容易翻譯，要找到能夠去完整揣摩他意思的譯者，我覺得就更困難。第三，有地方文化色彩的書籍，要寫到能夠讓大眾都很容易接受，其實也不是那麼簡單的事情，一個專業的翻譯家，在翻譯這類書之前，要深入的去了解當地的文化。」

舉例來說？

靜宜指著《追風箏的孩子》這本書，她表示這本書暢銷的程度簡直到了教她吃驚的程度。

你想起自己也曾手捧《追風箏的孩子》，一邊閱讀一擦眼淚。

她說，當初從木馬的編輯手中拿到《追風箏的孩子》，她原本以為是一本簡單的書，然而，這又是譯者要面對的另一個難題——它太過於簡單。難就難在如何在平鋪直敘的內容裡，掌握故事的節奏，找出感動人心的力量。(註12)

「我的難題，就在於故事如何先感動自己，才能感動讀者。」

於是她很努力地爬梳阿富汗的地方文化傳統，當地男尊女卑、族群衝突、門戶之見等問題，當時也花了很多的力氣去了解阿富汗的歷史，特別是中間幾次革命的戰火離亂政權更迭，她先梳理這以前不熟悉的區塊，接著伊斯蘭教又是一個比較陌生的宗教語彙領域，幸好當時她遇上一個信伊斯蘭教的朋友可做諮詢。

她發現《追風箏的孩子》要講述的故事藉由文化宗教為載體，實則探討更廣泛的情感問題，刻骨銘心的愛情或失落背叛的友誼，在看似平淡無奇的字句之間，喚醒共同失落的回憶，藉以得到療癒與救贖。（註13）

這本譯筆作品，一直掛在網路書店的暢銷榜上，歷久不退。

追緝文字的女人

翻譯的工作並不只是將文句從外文翻成本國文這麼簡單。

靜宜點點頭笑著說：「對，翻譯時有很多字彙的選擇，你要能夠呈現出文化的特色，至少不能讓讀者覺得你是外行人，你要花功夫去理解小說裡面的時代背景，你就必須熟讀歷史脈絡懂地理區域。小說的人物的角色的特殊職業，例如他是一個醫生，情節可能就會出現一些醫療的場景，譯者就要對醫療的過程、專業的術語有所了解。我以前買過很多各式各樣的辭典，烹飪的、醫學的、插花的、工程的……。」

為了翻譯一本書，要讀三十本書，這樣的概念！

你不意外她侃侃而談的內涵氣質，會是閱讀書海與頻頻追著文字跑所練就而來的。

除了《追風箏的孩子》，有沒有遇到更難譯的作品呢？

「有的，小說翻譯其實有各種不同的難度，《追風箏的孩子》是一種難，約翰．勒卡雷是另外一種難。勒卡雷的難，是難在他的文字本身就很艱澀，他英式古典文學的背景，加上他受到德國文學哲學的影響，復以曾經身為間諜的身分親歷『冷戰』，讓他的文字有千迴百轉的氣韻，一層包著一層地描繪故事發展，需要花很多力氣去解析文句，有時一句五六行或佔據半頁的篇幅，究竟哪一個字才是他真正的動詞？你要不停地去拆解句子。」

勒卡雷在冷戰時期出版《冷戰諜魂》的間諜小說，繁複的文字迷宮，永遠帶著一絲蒼涼色彩的主角，在愛恨情仇、爾虞我詐、純真世故、強權利益糾葛之間拉扯出人性的真實，他在《此生如鴿》一書中回憶，間諜行動並未帶他走進什麼秘密領域，因為逃避與欺騙一直是他童年時期不可或缺的武器，他已經是經驗豐富的間諜老兵。勒卡雷在自序寫著：「間諜這個工作，可以說是從出生以來就對我有莫大的吸引力，一如大海之於福里斯特，或印度之於保羅．史考特。我以一度自己熟知的祕密世界為藍本，試著為我們所棲身的這個更為廣闊的世界創造一個大劇場。最初源自想像，接著尋找實境。然後再回到想像，最後來到我此刻俯首疾書的書桌。」(註14)

翻譯勒卡雷，雖然有難度，但他成為靜宜一生鍾愛的作家。

她說：「閱讀譯寫勒卡雷二十年，不免時生相逢恨晚的感慨，但其實是最好的安排，要是年紀再輕一點，對人世再天真一點，或許我就不會懂得那文字迷宮後千轉百折的深意，也不會理解愛與背叛其實是一體兩面的矛盾困境。」(註15)

她一旦墜入愛上推理的情網，也就萬劫不復的回不了頭。約翰．哈威的《芮尼克探案》系列，成為她的心頭好。查理．芮尼克是英國的諾丁漢刑事督察，酷愛爵士樂，養四隻貓，愛吃三明治，是一個日日與罪犯為伍，看盡人世荒涼的溫柔單身漢。

為了這個單身漢，靜宜跟好友閒談時總是放話戲稱：「那我們來開一家哈威作家出版社，把他一系列的書都出齊了！」

這個夢想悄悄地在靜宜的腦裡生根萌芽，她在離開公務之後的一年，決定投入出版工作。在丈夫的支持下，東美出版成立了。

她笑著說：「約翰．哈威肯定是難辭其咎的罪魁禍首。」

你問她為什麼這麼熱愛推理小說？

她在《為你，千千萬萬遍》一書中，交出她的答案：「警察作為執法的化身，往往讓人忘了在其職業與工作之前，他們得先是一個人，一個如你我般有愛恨有沮喪會衝動的平凡人。……閱讀警探推理小說的樂趣也在於此，並不是在於解開某個謎團的興奮刺激，而在隨著警探那雙見識過人滄桑的眼睛，探索複雜悠微的人心。」（註16）

生命中不可承受之輕

當我們在信與不信之間做選擇，我們也許會錯失日常對話中命運的本質，我們談論人生的方法，會影響我們的未來。人生的自我滿足與實現，取決於勇敢的參與，以及大膽地投身於不同的世界。

對平凡正常如你而言，是如此；對人生際遇如此不同於你的靜宜而言，更是如此。當命運挾機會迎面而來，你要能充分發揮天賦，你要認知自己的深度並鍛鍊挖掘自我的廣度，這些，靜宜都做到了，也都準備好了！

當總統的文膽，是「轉化」傳達總統的意念，帶領民眾理解總統的理念；當作品的譯筆，是「擺渡」作者的創作，帶領讀者碰觸作者的心靈；對今日成為出版人的李靜宜而言，文字中的真實與虛構，似乎都在我們大多數人眼前燦然昭現。

當她透過翻譯與閱讀，理解愈多人世種種，就越能堅定地相信，在黑暗的背後還有溫暖的光。（還有爵士樂、貓以及三明治）

閱讀以及書本，是她生命中不可承受之輕。

「就像是正常呼吸一樣的存在，沒有他就活不下去。」她說。

李靜宜，東美出版社執行長兼總編輯，曾任職中華民國外交部新聞司、中華民國總統府辦公室，為前總統李登輝文膽。

知名譯作有保羅．奧斯特的《紐約三部曲》、卡勒德．胡賽尼的《追風箏的孩子》等六十八本。

著作：《近寫李登輝──紅樹林生活筆記》遠流出版。《橋：走近王金平》河景書房。《漫長的告別：記登輝先生，及其他》東美出版。《為你，千千萬萬遍：靜靜讀一本書的翻譯筆記》東美出版。《夢の祕境》方言文化。《心の奇想》方言文化等六本。

註釋：

註1：《正常人》，莎莉·魯尼，時報出版，開卷頁。

照片李靜宜提供

註2：《正常人》，莎莉·魯尼，時報出版，p.336～p.337。
註3：李靜宜的譯作，自1993年至今，已有68本之多，尚不包括她自己的著作6本。
註4：《漫長的告別：記登輝先生，及其他》，李靜宜，東美出版，p.48。
註5：《近寫李登輝——紅樹林生活筆記》，李靜宜，遠流出版社p.2～p.4。
註6：《近寫李登輝——紅樹林生活筆記》，李靜宜，遠流出版社p.2～p.4。
註7：《漫長的告別：記登輝先生，及其他》，李靜宜，東美出版，p.143。
註8：《漫長的告別：記登輝先生，及其他》，李靜宜，東美出版，p.147。
註9：《漫長的告別：記登輝先生，及其他》，李靜宜，東美出版，p.17。
註10：《爲你，千千萬萬遍：靜靜讀一本書的翻譯筆記》，李靜宜，東美出版，p.10。
註11：《爲你，千千萬萬遍：靜靜讀一本書的翻譯筆記》，李靜宜，東美出版，p.83。
註12：《爲你，千千萬萬遍：靜靜讀一本書的翻譯筆記》，李靜宜，東美出版，p.82。
註13：《爲你，千千萬萬遍：靜靜讀一本書的翻譯筆記》，李靜宜，東美出版，p.87。
註14：《此生如鴿：間諜小說大師勒卡雷的40個人生片羽》，
約翰·勒卡雷，譯者李靜宜，木馬文化。
註15：《爲你，千千萬萬遍：靜靜讀一本書的翻譯筆記》，李靜宜，東美出版，p.197。
註16：《爲你，千千萬萬遍：靜靜讀一本書的翻譯筆記》，李靜宜，東美出版，p.224。

參考書目：

《正常人》，莎莉·魯尼，譯者李靜宜，時報出版。
《漫長的告別：記登輝先生，及其他》，李靜宜，東美出版。
《近寫李登輝——紅樹林生活筆記》，李靜宜，遠流出版社。
《追風箏的孩子》，卡勒德·胡賽尼，譯者李靜宜，木馬出版。
《爲你，千千萬萬遍：靜靜讀一本書的翻譯筆記》，李靜宜，東美出版。
《此生如鴿：間諜小說大師勒卡雷的40個人生片羽》，約翰·勒卡雷，譯者李靜宜，木馬文化。

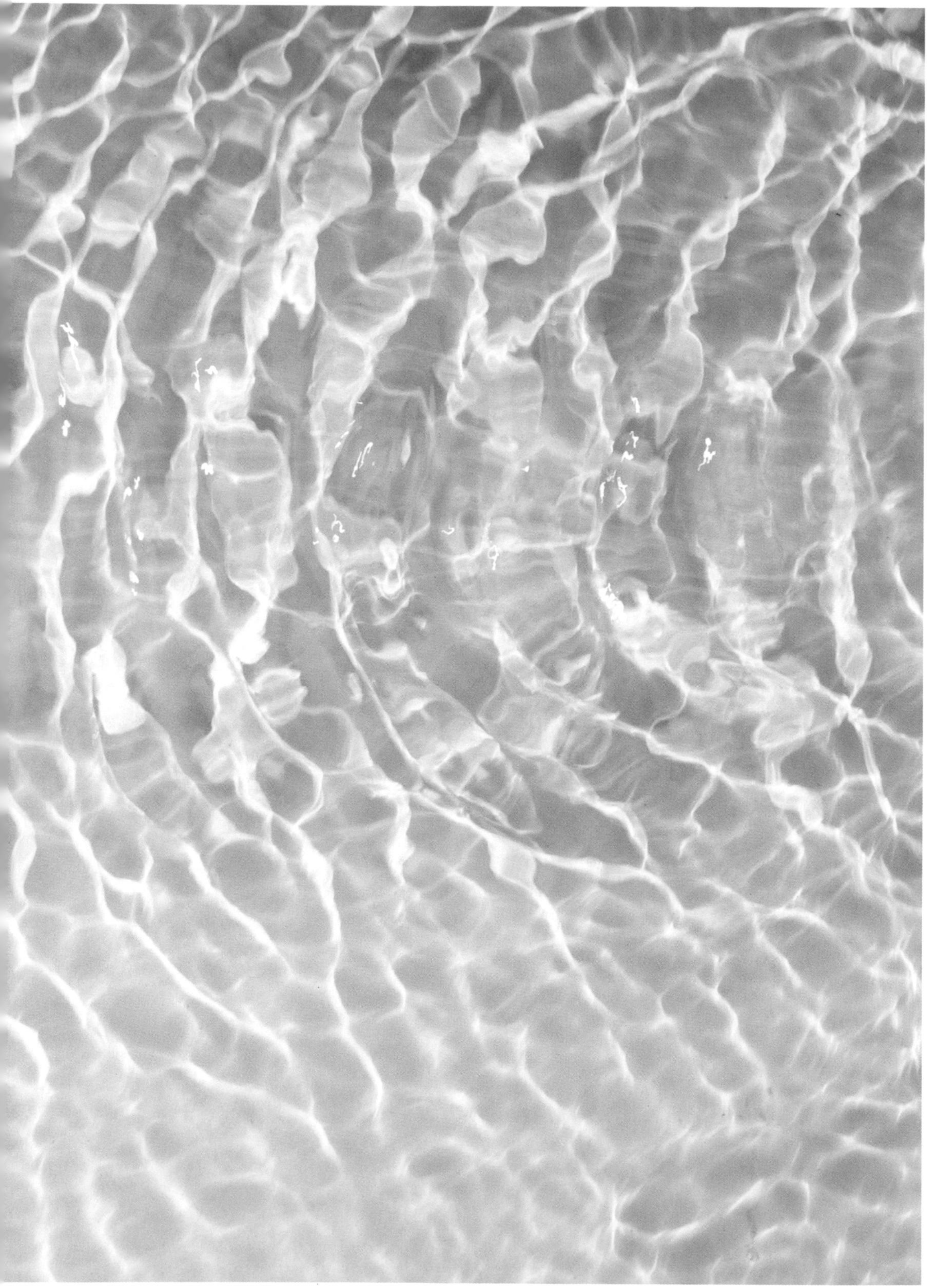

吉光

Chapter4

片羽

慈悲喜捨的實踐科學家

——特寫靜宜大學理學院院長蔡素珍教授

現職靜宜大學理學院院長的蔡素珍教授，
學有專精，她的研究成就，令人肅然起敬，
除了在學期間功課名列前茅，
在學術領域更是勇於接受挑戰，
才能在科學界出類拔萃，
但她則將這些榮耀歸功於天主與佛菩薩的庇佑……。

勇於接受挑戰

晚冬麗日，靜宜大學的山坡小路滿是一層又一層的階梯，和淡江大學的好漢坡一樣挑戰著意志，來不及喘息的瞬間，那個好心帶路的長髮女大生悄悄隱沒在花叢小徑，還在自忖忘了跟她道聲謝，「靜安樓」就在眼前，依約來到理學院院長室，院長助理淑惠小姐親切的招呼，在窗明几淨的院長室裏靜候的幾分鐘裏，我看著手中準備的資料，院長蔡素珍的簡歷：

蔡素珍教授
靜宜大學理學院院長應用化學系教授
行政院國科會自然處貴重儀器召集人
高等教育評鑑中心九十九學年度評鑑委員
美國俄亥俄州立大學化學博士
研究領域：微量分析方法開發研究、雷射誘導破裂光譜研究、材料分析與儀器分析。

蔡素珍教授所研究的領域對我而言，彷如天文般遙遠陌生，艱深難懂。正想著這位院長級的學姊是否與她的研究一般嚴肅難以近人？長髮披肩、身著灰色毛呢針織套裝的蔡院長，滿面春風的走進院長室，堅定明朗的臉部線條，在在顯示她是位術有專精的學者。

「我的研究領域是分析化學，所謂分析化學就是儀器分析，現有的化學都要靠儀器來做分析，儀器分析裏注重材料分析和生物檢驗分析，儀器分析和材料分析在國際科學研究上是非常重要……」

甫見面坐定，蔡院長就條理分明的侃侃而談，將她研究的領域言簡意賅地說得一清二楚，我像個學生般聽得入神。

「我喜歡挑戰性的研究，發展新的研究方法，利用雷射設備做材料分析與生物檢驗分析，雷射分析的論文發表在《分析化學期刊》——全球世界儀器分析期刊裏；除了研究雷射分析、儀器分析，還研究光譜與層析技術。」

還在科技名詞裏迷路的我，已經開始佩服這位學姊，而她接著說，她是行政院國科會自然處貴重儀器的召集人，負責國科會貴重儀器總經費的分配與人力監督。

「對我而言，這是很大的榮耀與肯定。」她露出很大的微笑。

她的微笑令我想起，電影《Spider man 蜘蛛人》片中的一句話：「能力越大，責任就越大。」想必這微笑的背後，必定伴隨更大的責任與之前無數努力研究的辛苦。

「我喜歡挑戰，並且勇於接受挑戰，這是個很重要的態度，而其完全來自曉明女中六年的訓練。」她堅毅的眼光望向遠方，回憶起曉明女中的修煉歲月……。

「是的，我很懷念曉明女中那六年，那是一個品格養成的階段，而我很幸運可以在喜歡的環境裡受教育，那時修女的要求嚴格，老師教學認真，重視待人處世態度，在在都對我影響很大……。」

我們一起回憶曉明種種，修女夏白冬黑的裙襬隨風飄飄；校園運動場邊那二排木棉道春季棉絮飛落如白雪；教室前那一片供人徜徉其上的陽光草坪永遠青翠；每個班級的打蠟磨石子地板光瑩潔亮，都是曉明人的小小驕傲……。透過穿越時光對於曉明的共同記憶，我悄悄地發現，這位院長學姊科技人的外表底下藏著一顆柔軟溫潤的心。

慈悲為懷的人道主義者

除了曉明女中六年的教育薰陶，給予她在品格養成教育階段有正確的方向，而母親的庭訓與身教更是影響深遠。她說，修女的嚴格要求讓成長過程就像一棵小樹，若不將其框正，就長得歪斜，若框得正，就又直又漂亮。而她的母親也是嚴格之人，要求她要有獨立自主的觀念，即便是嫁做人婦，也不可依賴夫家，要有獨立的態度，「做任何事情態度很重要！」她說，就是這樣認真負責的正向態度，她才能一路以優秀的成就在人才濟濟的理工環境中脫穎而出。

「菩薩總是保佑我可以順利完成我心中想做的事！」蔡院長話鋒一轉，將自己的成就歸功於觀世音菩薩的庇祐。「我在傳統佛道教的家庭成長，懂事時，母親給我的就是觀世音的護身符，佛菩薩的象徵意義對我來說非常重要，那是我內心安定的力量，信念和依靠。」

那麼在曉明六年，有沒有在宗教上產生衝突呢？

「不，一點也不衝突，我在曉明聽聖誕節的歌，我也望彌撒，我也好喜歡修女，基本上人性本善，任何宗教都勸人為善，佛菩薩與聖母瑪利亞的教化都一樣……」話說至此，蔡院長像是忽然想起什麼事來著，拉著我往她的研究室走去，好一個性情中人哪！

進入她的研究室才發現，電腦桌前、窗台下、牆壁上，一個一個層層疊疊的大大小小佛像與聖母瑪利亞，或站、或坐，相親相愛，像好鄰居。院長如數家珍般一個一個介紹佛像聖像的來歷，這個是西藏旅遊時先生帶回來的、那個是以前的學生送的……。看著滿室神佛聖母光輝，原來任何宗教來到院長心中，都變成一家人，沒有分別心。

聊到宗教，院長說：「我特別喜歡看耶穌受難記！」

耶穌受難記是敘述耶穌基督一生中最後的十二個小時，祂在耶路撒冷受難的那一天，也是祂化身人類所遭受的最殘酷、最痛苦的折磨，耶穌為人類做的最後的犧牲，人類的罪才能被饒恕。

「我每看必哭，看到耶穌被釘在十字架上的過程，聖母瑪利亞流下了淚水，那是一個母親眼見兒子受苦不捨的眼淚……」蔡院長的聲調突然靜默下來，眼底浮起一片薄霧。「所以呀，」她很快地恢復清朗的聲音說：「我沒選擇唸醫學的原因，就是我怕做動物實驗，刻意避免做生物體的研究，因故我做材料分析研究。」

是怎樣慈悲柔軟的心腸，能被一部啟示錄所感動？

誠如東坡名言：「不忍使眾生受無量恐怖」與西方哲人叔本華最心愛的禱詞：「願一

切有生命的，皆免於受苦」，都以人道思維見到人性的覺醒。

在蔡院長的言談中，可以了解她原來是一位有著大愛的人道主義者。

玉米田裏的先知

本著菩薩與天主的愛，蔡院長對教育學生很有自己的方法，她說學生就是自己的小孩，必須讓他自己學會長大。譬如常有學分被當掉的學生，來祈求院長再給一次機會，但通常未果，因為如果這樣讓學生通過拿到學分，他不會學習到負責，若是在意功課，就會下功夫讀，若不在意，就不必來求老師了，所以，她教導學生的方式，第一是「從錯誤中學習」。

第二要有好奇心，給學生問題，要他自己去找答案，再適時給予鼓勵，然後接著告訴他何處深度不夠、如何可以做的更好，這就是「back and forward」。

第三要盡本分盡力做好，考進靜宜大學的學生並非不聰明，多數是必須 push 一點，比較不主動學習，但 push 以後，也表現得很好，不輸台大畢業的學生，佛家說：「言語佈施」，幫人重建信心，每個人都有自己的角色，即便是螺絲釘也很重要，身為老師就是要讓學生認知自己的價值。

「曾經有位學生不愛讀書，行為失當，我一路帶他在身邊學習十年，學生最後成家結婚，家屬非常感動，曾來函致謝。」蔡院長欣慰的說。

在靜宜大學教學，她戲稱是在淘金與潛能開發，她笑笑的說：「不小心就會淘到金！」由於她對學生的照顧與教導，像媽媽一般無微不至，什麼都管，某年有個學生打趣說，畢業之後賺了錢要回學校蓋一棟「珍愛館」，諧音「真愛管」。

她認為教育是良心事業，被教到的學生就是有緣，該當好好的啟發潛能。就像《玉米田裏的先知》一書所述，遺傳學家芭芭拉．麥克林托克，在當時科技的傳統觀念裏認為：基因在染色體中有固定的排序位置，而她卻提出有些基因可以從一處跳至另一處的轉位因子概念，最重要的就是訓練自己發展出一種心靈直覺的能力，能看出那一粒與眾不同的玉米粒，然後追根究底。在那個性別不平等的年代裏，她的研究卻招來同行的質疑與毀謗，一直到三十年後才得到諾貝爾生理學學獎。蔡院長以此為例，鼓勵學生，不要害怕性別學科的刻版印象，侷限女性的發展空間，抑制與生俱來的能力，期待更多女學生發揮才能，進入科學的領域，接受挑戰尋找自己的舞台。

Born to Confident

在職場生涯中，蔡院長就和我們大多數職場婦女一樣兼顧家庭與工作。

問到如何同時扮演多重角色？

她認為，要破除舊有的傳統思維，認知男女本來就有別，男女是有別於體能上的不同，而不是「該」與「不該」的問題。譬如做家事，都是要不分男女從小做起。

她舉例了一件夫妻之間的趣事，她說：「過年時要打掃，女生體力有限，不可能一天就把所有房間全掃好，有一天，我打掃廚房，該掃的都掃好了，我就叫先生來看看，有何處未清理，他說沒有，我說：『還好，你解救了你自己，』因為如果他說有，我會說：『剩下的你去掃！』」

院長以隨興幽默的方式解決了做家事的問題。

至於女科學家的角色，小學四年級就立志得諾貝爾獎的她，則是依照自己的志趣與夢想，持續在科學的領域發光發熱，一路走來，始終如一，勇敢地面對真實的自我，實踐自己的夢想。回歸佛教的隨緣惜福的觀念，蔡院長說，她珍惜自己所擁有的一切，願將所知、所能，回饋給社會、學校；因此，她在女化學家聯誼會裏當召集人時，積極舉辦不定期聚會，提供女科學家後進支持的力量，透過對談方式，互相扶持與提攜。

有一本書，是一位業餘跑者，在多年從事跑步運動後對自己做出的結論，書名就叫《Born to run 天生就會跑》。採訪至尾聲的時刻，大肚山已近黃昏，襯著黃澄澄的落日餘暉，面對著這麼一位擁有堅定信仰與自我定位明確不移的曉明前輩，我腦中不禁跳出：「Born to Confident」的字眼，是的！在這充滿游移困惑、價值混淆的年代裏，我遇見一位以行動創造意義，天生堅定自信的奇女子。

有幸在一個麗日午後，與她親切交談，紀錄她思想的吉光片羽，內在堅定的信仰和慈悲喜捨的愛與幸福。

（原載於《天涯芳蹤：五十位曉明人的生命故事》）

蔡素珍，前靜宜大學理學院院長

Do Right Things Right

做好對的事

http://www.pu.edu.tw

教育部教學卓越大學獎勵（連續6年） 靜宜大學

校長，
我要感謝蔡素珍教授。

那年，我在大肚山麓的靜宜校園輸入了一個信心磨損殆盡，人生失去方向的兒子；而今輸出的是一位充滿自信，積極參與社會分工的科技工程師，身為一個母親，我是何等的欣慰，何等的感激。

母親對孩子，關懷備至～以愛。
老師對學生，因材施教～用智。
學術對論著，一絲不苟～持敬。

目前擔任貴校理學院院長的蔡素珍教授，就是這樣以母親的情懷、老師的智慧、學術的嚴謹來調教我的兒子。

記得的是：

△對兒子索力無爭的我，曾經給兒子一串佛珠，可是貪愛打球的兒子摔碎了佛珠。不久兒子手上又戴著一串質正量圓的佛珠～蔡教授給的。

△一次蔡教授發現兒子走路怪怪的，追問之下，知道是大腿長了一個大膿瘡，馬上介紹台中榮總的醫師為兒子開刀治療。

△時常對著兒子念：長得不難看，卻把牙齒搞得又黃又蛀的。硬是逼兒子到她自己的牙醫那兒洗牙補牙，唯恐兒子要進入職場，面試受挫。

△為所指導的研究生團隊，建立很好的學長姊帶領學弟妹的制度。兒子常常大學姊……，詩場學長……，掛嘴邊，就像一家人。

△時機比較成熟時，蔡教授要求兒子提出研究報告，出國參加國外相關領域的重要研討會。

兒子說的是：

△蔡教授好龜毛，所有看不慣的事，不合理的地方，如實驗室的整潔、實驗數據的解釋、做實驗的態度、討論的提問……她都會不厭其煩的要求改進、再改進……直至完美。
最根本的要求是：每個學生都得在早上7:30以前到達研究室，一分鐘也不能遲到。

△每一～二週定期meeting，meeting的主要內容為(一)追蹤每位學生的研究進度。(二)輪流報告所指定閱讀或自行閱讀的文獻資料。(三)相互提問討論。

△帶領學生參加重要研討會時，要求學生一定要發問。

△國內要舉辦研討會時，她會邀請國外知名的學者參加，並招待會後的參訪活動。此時蔡教授就會帶著他們會前、會中、會後全程參與（包含餐敘）。讓學生們和這些國內外的教授有更多正式或非正式的互動請教的機會，以增廣他們的見聞，擴大他們的視野。

我想應該是因為蔡教授對學術研究的專精和熱忱，所以總有好的研究成果發表，也因此她的研究計畫能順利申請到國科會的補助，加上學校的支持，進而有足夠的經費購置精良的實驗儀器，如此良性循環造福不少熱衷研究的學子們。兒子就是其中之一，至今他對陪伴自己多年的雷射系統，還念念不忘呢！

曾經我問兒子，他是如何由一個厭倦讀書的學生，變成一個熱衷探究學問的研究生。兒子說：蔡教授總是給你做很難的、沒有什麼研究結果的題目，而且對研究過程要求確確實實，一點都不能馬虎。這非常具有挑戰性。為了解決其中層出不窮的問題，就必須不斷的研讀相關的書籍文獻並做實驗找答案。慢慢的問題一個一個解決，有了成就感，也建立了信心，書也就愈讀愈有興趣了。我就是這樣被磨出來的。

稱之為"磨練"，稱之為"因材施教"，這是最貼切不過了。誠如兒子在博士論文的謝誌中所言：蔡教授要求完美的做事態度和對研究之熱忱，深深影響我的人生觀和價值觀，雖然她常常會毫不留情的糾正我一些錯誤的觀念和不夠積極的做事態度，但是我知道她是希望她的學生畢業後都具備有極佳的社會競爭力。因此在與她相處的研究生涯中，我不僅得到許多研究上的知識，同時也具備了積極的人生態度。

誠哉斯言，為母者夫復何求？除了感激，還是感激！
感激蔡素珍教授，感激靜宜的師長們！

一位畢業校友的母親 林月蕊 敬上
100年3月18日

照片蔡素珍提供

照片蔡素珍提供

流浪動物的天使巴萊

——倪娟娟與狗狗貓貓的真情邂逅

本是國中英文老師的倪娟娟，
搖身一變成為流浪動物的守護天使，
為流浪貓狗們奉獻她一生的愛，
到底是什麼因緣讓她甘願扛起重擔而執迷不悔……

遇見小黑與艾瑪

雙十國中的英文老師倪娟娟，某天在課堂上有學生告訴她：「老師，外面有一隻流浪狗好可憐喔！」天生愛心滿滿的她一聽自揣：「這一出手相助就是個責任了！」眼見渾身嚴重的毛髮掉落，滿是皮膚病的流浪狗，想必是冷餓交加可憐地渾身發抖，當下義不容辭的趕緊將這隻可憐兮兮的小動物送到獸醫處救治，花費不少心血將牠照顧妥當，成為人見人愛的校犬小黑。

此後，倪娟娟每天到校餵食小黑，她立志要為流浪動物盡一份心力，她替小黑成立台灣第一個狗狗專屬部落格，網站中搭配有趣故事與照片，其中有許多人在部落格裏分享與愛犬的溫馨感人的故事，獲得狗迷的熱烈迴響，倪娟娟成功的傳達動物保護的教育理念，讓雙十國中的學生從生活中落實生命教育的意義，激發孩子善待動物、保護動物、尊重生命的核心價值。她深信，一個愛護動物的人，同樣也能尊重善待身邊的人，甚至尊重善待天地萬物，她引述聖雄甘地的話：「一個國家的道德進步與文明先進程度，端看這個國家的人民對待動物的方式來衡量。」意即動物生命教育對於一個文明國家的必要性。

倪娟娟就這樣懷抱著尊重生命意識的堅持，一天又一天，一個又一個的發現流浪街頭的狗狗貓貓。直到某天，艾瑪闖進她的生命中，展開人狗溫馨一世情。艾瑪渾身皮膚病，正在路邊餵食六隻幼犬奶水，牠一見到陌生人靠近，就害怕得漏尿，可憐的模樣讓倪娟娟十分動容，當下決定將這窩狗狗全部送往獸醫院救治，六隻幼犬接往動物之家供人認養。很順利地，六隻小小狗都找到了新主人，而狗媽媽艾瑪，卻因膀胱發炎、血尿，和腸胃系統不良，經常腹瀉，並感染心絲蟲病，動保人員認為牠可能得安樂死。倪娟娟望著艾瑪那雙渴望得到關愛的無辜眼神，決定不顧丈夫反對，認養艾瑪。

從絕望走向希望，如今艾瑪在她無微不至的照料下，已恢復健康模樣，而成為她的愛犬。重生的艾瑪活潑敏銳，雖然見到陌生人還是會露出警戒神態，但只要倪娟娟在一旁安撫，彷彿就有了依靠般溫柔乖順。拯救一隻狗，不會改變世界，但她的世界卻因這隻狗而改變，倪娟娟的生活因家中多了艾瑪而更加忙碌，而她卻甘之如飴。自從遇見艾瑪的那刻起，生命中最深情的緣分已悄然降臨。牠，是她的生命中不可承受之輕的責任，而她，是牠的幸福歸宿，人狗共譜奇妙的生命藍圖。

永不放棄的守護天使

雖說狗是人類最忠實的朋友，但是在街頭角落，仍常見到被虐待或棄養的流浪狗，然而可貴的是，台灣還有一群救援流浪動物的志工團體，默默地行善，終止流浪狗貓的受難生活，並替牠們尋找溫暖舒適的家。倪娟娟的哥哥倪兆成是「台灣動物緊急救援小組」的創始人，台灣動物緊急救援小組是國內第一個完全由私人力量組成的非營利民間專業動物救難組織，自一九九五年成立於高雄，迄今已十八個年頭。成員包括大隊長倪兆成，志工倪娟娟等若干人，分別負責救援、治療、認養工作，另有數名志工負責網站管理、救援管理、宣導等工作，這些工作是耗費心力而且沒有結束的艱巨任務，志工們除了出錢出力，更有堅定不移愛惜動物的心和百折不撓的精神，他們的終極目標是讓所有的狗狗貓貓們都能早日脫離苦海，過著自由自在幸福快樂的日子。

搶救人類的好朋友，著實是項危險困難的工作，倪娟娟說，在救援行動中受傷是常有的事，為了拯救受難的流浪犬，經常會奮不顧身而導致自己傷痕疊疊。有一次倪娟娟在台中太平山區，發現患皮膚病的母犬及剛出生的一窩幼犬，母犬及幼犬都感染嚴重，她心生不忍，多次想徒手營救，但母狗異常兇猛，具攻擊性，對峙許久未果；她只好請住高雄的哥哥倪兆成大隊長攜帶器具前往參與救援。倪大隊長裝起有鎮定劑的吹箭，見機瞄準射擊，狗兒中箭後即往山路旁逃竄，倪娟娟為追蹤狗兒，不慎失足跌落山溝，雙膝擦傷出血，被緊急送醫，經消毒包紮，傷口仍腫脹嚴重，醫師懷疑已感染蜂窩性組織炎，乃施打破傷風及消炎針，但倪娟娟不顧自己傷勢，直說順利救到狗兒，受傷不算甚麼。

聖經瑪竇福音第二十五章第四十節中所寫：「你們為我兄弟中最小的一個做的，就是為我做的。」她實踐耶穌基督慈悲的心腸，以對生命的堅持，用實際行動表達體貼動物的心意，讓更多動物因此而得到幸福，她為人類實踐對生命該有的慷慨溫暖，珍惜尊重。倪娟娟和台灣動物救援小組的志工們堪稱流浪動物的守護天使！

下一站，幸福

拯救到流浪狗兒之後呢，才是愛心接力賽的開始，流浪狗會被送到有相同理念的動物醫院進行治療，等疾病都好了，完成結紮手術之後，就連絡認養管道，替流浪動物找一個新家。因此，倪娟娟與她的志工伙伴們對流浪動物的處理以「救援、結紮、認養」（TNR，Trap、Neuter、Return）為主，期望藉此改善流浪動物的悲慘命運。她們堅信，要徹底解決台灣流浪犬的問題，唯一途經是立法重罰惡意棄養的飼主，並教育民眾以認養代替購買，致力於流浪犬的結紮工作。如此才能控制流浪狗數量，倪娟娟說，直接撲殺並不符合人道精神，惟有透過 TNR 才能終結流浪犬悲歌。

為什麼不讓政府來做呢？

倪娟娟表示，有鑑於目前台灣的流浪犬數目繁多，政府教育民眾愛護生命的工作不力，民眾尚未完全建立深層尊重生命的觀念，任意棄養狗兒的情況普遍存在，因故在認養工作上推行實有挫折，但倪娟娟和志工伙伴仍不畏艱難，自二〇〇四年起透過網路，積極與國外動保團體合作，全力推展跨海認養作業；因此，倪娟娟經常在狗兒完成醫治之後，將狗兒打扮漂亮，然後把牠的故事跟照片，PO 到國外網站，幫牠寫推薦信尋找國外的認養人。

「就像嫁女兒一樣，將狗狗送出國，我們會不捨地在分離時刻流下真摯的淚水。」

愛心無國界，被送出國的狗狗們，在國外找到幸福快樂的新家。去年十一月，台灣動物救援小組在高雄一處垃圾堆中，營救一隻全身毛髮糾結、遭棄的墨色梗犬「Roy」，經過一個多月的治療後，逐恢復健康；後來 Roy 在加拿大溫哥華找到好心的認養人，展開美好的生活。當認養家庭將 Roy 參加當地狗狗聖誕嘉年華的照片寄回台灣，看到 Roy 一臉幸福的模樣坐在聖誕老人的腿上與其他狗朋友的合影，志工們紛紛感動不已。

亞持拉斯的重擔，一肩扛下宇宙

在古希臘神話中，亞特拉斯領導泰坦神族反抗入侵的奧林匹亞神祇戰役，因而招惹眾神之怒，獲勝的奧林匹亞神祇，懲罰亞特拉斯用肩膀扛起宇宙柯斯摩斯，其上的天空和地下的世界都得由他擔下。勇敢扛下龐然巨荷的亞特拉斯，渴望無限。

倪娟娟的志工工作，也同樣毫無止境，眼前只有更多的艱鉅任務，她猶如亞特拉斯一般，扛下的是為數眾多的流浪狗救援重擔，這般辛苦忙碌，忍不住讓人想問，值得嗎？

「只要見到狗兒有幸福的歸宿，不再流浪，再多的辛苦都值得。」

倪娟娟說：「我很喜歡電影《風中奇緣》凡妮莎・威廉絲演唱的主題曲《Colors of the wind（風的顏色）》：

〈風的顏色〉
你以為自己擁有任何一塊踏足的土地
並宣稱大地都是死的
但每一塊岩石、每一棵樹木、每一個生靈
它們都有生命、都有靈魂、都有名字
你認為真正高等的人類
是外表、想法和你一樣的人
但若你願意跟隨陌生人的步伐
你將發現並學到過去從不知道的事

你可曾聽過夜裡對著滿月嗥叫的狼嚎？
或曾問過山貓為何而笑？
（或聽老鷹訴說牠去過的哪些地方？）
你能否隨著群山的聲音歌唱？
你能否畫出所有風的顏色？
你能否畫出所有風的顏色？

來森林中藏身松樹間的小徑奔馳
品嚐陽光下甜美的野莓
徜徉在豐饒的大自然之中
你絕不會懷疑它們存在的價值
暴雨和河流是我的兄長
蒼鷺和水獺是我的朋友
我們彼此心手相連
連成一個無盡的圓

楓樹能長到多高
如果你將它砍倒，就永遠無法知道答案
也將永遠無法再聽到夜裡對著滿月嗥叫的狼嚎
不論我們的膚色是白色或古銅色
都應跟隨著群山的聲音歌唱
我們應畫出所有風的色彩
你仍可以擁有大地
但你所擁有的就只是土地
直到你能畫出所有風的顏色

〈Colors of the wind〉

You think you own whatever land you land on
The earth is just a dead thing you can claim
But I know every rock and tree and creature
Has a life, has a spirit, has a name
You think the only people who are people
Are the people who look and think like you
But if you walk the footsteps of a stranger
You'll learn things you never knew you never knew

Have you ever heard the wolf cry to the blue corn moon
Or asked the grinning bobcat why he grinned ?
(Or let the eagle tell you where he's been)
Can you sing with all the voices of the mountain ?
Can you paint with all the colors of the wind ?
Can you paint with all the colors of the wind ?

Come run the hidden pine trails of the forest
Come taste the sun - sweet berries of the earth
Come roll in all the riches all around you
And for once, never wonder what they're worth
The rainstorm and the river are my brothers
The heron and the otter are my friends
And we are all connected to each other
In a circle, in a hoop that never ends

How high does the sycamore grow ?
If you cut it down, then you'll never know

And you'll never hear the wolf cry to the blue corn moon
For whether we are white or copper skinned
We need to sing with all the voices of the mountain
We need to paint with all the colors of the wind
You can own the earth and still
All you'll own is earth until

從這首歌詞中終於了解倪娟娟的信念，歌詞中的畫面，是個永恆的烏托邦，而倪娟娟和狗狗貓貓真情流露的深刻情誼，被一條看不見的絲線連接著，連成一個無盡的圓。

（原載於《天涯芳蹤：五十位曉明人的生命故事》）

倪娟娟，國中英文老師，流浪動物救援協會會員。

照片倪娟娟提供

在逆光的世界裏自在飛翔

——陳南廷的生命故事

狐狸對小王子說：

「用心才能看見真實，真正重要的事，用眼睛是看不見的。」

南廷對抗命運的殘酷，用堅強的心與樂觀的微笑，

面對生命中的每一天，在愛中逆光飛翔……。

聖．修伯里《小王子》

和陳南廷約在人聲雜沓、車水馬龍的台北車站愛盲文教基金會裏碰面，走入新光三越旁那棟灰藍色高聳入雲的大樓裏，電梯緩緩地、靜靜地上到二十七樓，甫入眼簾的是一張「人生瞎半場」的海報，文句中「從茫然到釋懷，換個角度，苦難可能是化過妝的祝福」，那麼觸動人心的勵志格言，是人在低潮時都該具有的勇敢及樂觀態度。

在等待陳南廷出現的時間裏，我在腦中的資料庫不停地快速搜索、回憶，翻找二十多年前還是慘綠青春的我們，在高中時代的靜好時光。剎那間，種種不曾在歲月中崩解風化的往事，紛紛雜沓而來……。

你的眼睛，有小小的宇宙，

一顆星球轉動，消失在黑色漩渦……

（以莉高露《迷人的眼睛》部分歌詞）

剛開學，曉園旁的音樂班教室在長廊的底端，遠遠地走來二個白衣紫裙的女孩。戴墨鏡的女孩由一旁瘦高的女孩陪伴著。

「陳南廷，妳這台機器是何作用？」瘦高女孩問。

「這台是點字打字機，」戴墨鏡女孩，聲音清脆爽朗。

「如何使用？」瘦高女孩很好奇，又問。

「我們視障者要學習閱讀點字，並且要會把聽到的文字轉化成點字，利用點字打字機打出點字，每一點字寬為兩個點，高為三個點，這許多不同位置的點的組合，代表不同意義的字……」戴鏡女孩詳細地解釋著。

「那麼妳手裏這些書本就是點字書囉？」

瘦高女孩看著戴墨鏡女孩手裏和書包裏那好幾大本厚厚的書本和紙張，和那台大約有三公斤重的點字打字機，心生惻隱之情。

「是啊！這些只是國文和數學筆記本而已，其他的帶不了，放在家呢！」戴鏡女孩輕鬆回答。

「那妳上課時怎麼做筆記？」

「先打出幾個重點字，其他的上課內容就先記在腦海中，回家再回想之後打成筆記，否則課堂上只聽到我的點字機吵雜的達達聲，肯定讓你們無法上課的啦！」墨鏡女孩銀鈴般爽朗的笑聲再度響起。

「好體貼別人的女孩喔！」瘦高女孩心想著。

兩個女孩剛開學就成了好朋友，每天，瘦高女孩陪伴著戴墨鏡女孩一起上下學，一直到分了班……。

「嗨！是妳嗎？」二十多年沒變如銀鈴般的好聲音自身後冒出，一回頭，墨鏡女孩沒戴墨鏡了，瘦高女孩終於看到沒戴墨鏡的清秀的臉龐，和她的眼睛，那是一扇睫和心同時開啟的窗口，窗裏有一個小小的宇宙，那裡住著有美麗靈魂，叫「樂觀的勇者」。

「怎麼沒帶眼鏡了？」仍舊好奇的問。

「忠於自我囉！」陳南廷依舊一派輕鬆自信的爽朗。

妳的眼睛 是細長的河流
從山谷流過 波光閃閃
黑夜月亮依舊清晰 給趕路人指點迷津

（以莉高露《迷人的眼睛》部分歌詞）

這世界上沒有完美，但我們都可以從人世間種種缺憾中看到各種可能，失明者誠如南廷，受到自身視力障礙的限制，她是如何獨立生活在繁華而處處充滿危機的大台北呢？

「我自己坐公車和捷運來上班哪！」

什麼！她自己坐大眾運輸沒人陪伴就能獨自來上班？不怕一個閃失而發生危險嗎？看著連手杖與導盲犬都沒有的南廷，我心中滿是擔憂更甚於疑惑！

「怕什麼，頂多就是跌個狗吃屎或擦傷囉！害怕是解決不了問題的，只有勇敢走出去啊！況且遇到好心的路人也會幫忙，而從家裡到基金會的路，我已經非常熟悉囉！」

原來她是用如此輕鬆自信的態度，坦然面對困境，而她那麼樂觀豁達的直率態度，是其來有自的。

南廷在國小二年級時，得了「史蒂文生症候群」，連續發了好幾天的高燒，這是一種會攻擊免疫系統的罕見疾病，昏迷幾天甦醒後，視力卻嚴重受損，剛開始還能用餘光閱讀書報，但隨著年歲越長，視力越變越差，到了小學五年級時，連餘光都不復存在。

「當時會難過嗎？」

「可能是當時年紀小，不太懂什麼叫傷心難過吧！頂多就是生活上多個不方便吧！」南廷的表情上帶著些許單純的、淡然的遺憾，「不過我還記得一些小五之前學的國字喔！雖然大多都忘光了，有些字形概念可由學到的觸摸而知，譬知麻將牌的國字，就能『自摸』而知喔！」

她還會打麻將？真是好強的女生。

「是我爸媽教會我的，自從失去視力後，爸媽就積極教導日常生活所必需的技能，視障對我來說並未有太大的影響，只是要比別人多學習點字技術、做事比別人多花一點時間而已！我還是可以正常上學、遊玩哪！」一般人對視障朋友總是小心翼翼，卻也拉開人與人之間的距離。但是對南廷來說，人群是不可怕的，南廷的父母開明的教育方式，讓她沒有特權可享，在家裡洗碗、掃地的家事樣樣都與她的姐妹一視同仁，在課業上，南廷並未去就讀專為身心障礙朋友開設的學校，反而是為了讓南廷得到更優質的讀書環境，父母選擇曉明女中，當時南廷是創校以來的第二個視障生。

「我還記得彩虹的顏色與形狀！尚未失去視力之前，我們全家常常出遊。生病後跑遍南北尋醫，途中我與妹妹就常把每趟就醫之路當成遊玩之旅，有時妹妹常會驚呼有彩虹，我就在心中描繪想像彩虹的樣子！」

很多人雖然看得見，卻常忽略生命中微小的細節，看彩虹這件稀鬆平常的自然景觀，她卻得用心去看。

聖·修伯里的《小王子》一書中，狐狸對小王子說：「用心才能看見真實，真正重要的事，用眼睛是看不見的。」上帝關上了她的雙眼，卻打開她心中另一扇窗，這扇窗讓她看到幸福的彩虹，讓她活出獨特的自我。

是誰 在花叢裡嘆息
短暫美麗的詩句
曲曲折折的愛情 隨風飄去

（以莉高露《迷人的眼睛》部分歌詞）

南廷就讀的淡江大學歷史系，此系對於盲生資源教育起步較早，也較完整。南廷從此離家踏上獨立生活的大學歲月。首次離家讀書，她生活大小事必須自己打理，雖然有些不便，但她仍十分享受如此自由自在的日子。多彩多姿的大學生涯，讓南廷玩得很開心如意，同學邀她一起打撞球、聯誼、跳舞，跟三五好友聊天逛街，每天都過得很充實、忙碌，失明完全不是阻礙，「人就必須活在當下的每一刻囉！」

南廷說她也參加各種社團活動，在社團中認識一位男孩，兩人心意相通，男孩極其照顧她，事事以她為重，但男孩的家長得知兒子正和一位視障女孩交往，非常反對，這段戀情最後無疾而終，這件事對南廷而言有傷心、有苦澀、有失落，但她仍堅強承受與面對，更正面地產生另一積極的作法，她想也許這輩子不會結婚吧！所以她未雨綢繆地分期買房子和買了「單身婦女險」，這是一種儲蓄險，可保值又可照顧到自己後半輩子。

大學畢業幾年後，她經過愛盲創辦人鄭龍水的介紹，她在民國84年順利進入愛盲工作，迄今已近十八個年頭。在愛盲她終於終結單身生活，話說某年有位男子來電愛盲，詢問有關愛盲為視障者開發的大眼睛軟體的種種相關事宜，雙方幾次交談，越談越投機，經過深入了解，原來他因過勞導致羅患急性視網膜剝離而失去視力，做業務工作的他需要透過大眼睛軟體的協助，而南廷發現愛盲也需要業務人才來幫忙推展軟體銷售，於是這名男子成為南廷的同事。命中注定遇見愛，辦公室裏，緣分讓他們慢慢緊靠，他們決定攜手共渡白首。

「他長得帥不帥呢？」

「嗯，五官都長在它該在的位置囉！」

頑皮的南廷慧黠的會心一笑！那是幸福的標記。看著現在有了美滿歸宿，最高興開心的莫過於南廷的爸媽了！「是啊！他們當時的確欣慰許多，只是現在他們都已先後離世間，連我親愛的妹妹也在前年罹癌過世了。」她的臉龐少見的顯露出落寞、心酸的神情。「不過我跟姐姐的感情很好，我常去台南找她。」有那麼零點一秒的錯覺，我彷彿看見她的眼底的一顆淚，閃著堅強的光芒。

清晨的雨滴 讓寂寞喘息
不要在此刻哭泣
迷人的眼睛 讓寂寞喘息

（以莉高露《迷人的眼睛》部分歌詞）

在愛盲基金會裏，南廷和大多數的明眼同事一起玩樂、一起工作、一起生活。看她在工作環境熟門熟路，完全不需思索般的來去自如，我突然明白了，真正的問題並不在失明本身，真正的問題在大眾對失明的錯誤態度。是的，視障者能夠在絕對平等的條件下，與明眼人一較長短，南廷她並不自艾自憐，看輕自己，取而代之的是，更努力認真，證明自己的存在。

南廷在愛盲籌辦了一次視障者的出國旅遊，這是一項創舉。究竟視障者出國觀光什麼呢？規劃的行程，並不是遊山玩水，聰明的南廷，她知道視障者雖然無法用眼看，但其他的感官比常人敏銳，他們可以用觸摸、用嗅覺去探索、感知，用「心」去體會、去看見這世界，所以她安排品酒、參訪香水工廠、乳酪工廠，並在行前先準備比薩斜塔模型讓團員觸摸感受。這趟法國義大利之旅非常成功，團員們意猶未盡，要南廷繼續籌劃下一站旅程。

一邊看著南廷侃侃而談，一邊腦海裏不禁浮現前不久看過的一部真實故事改編的電影《逆光飛翔》，片中描述天生眼盲的鋼琴天才裕翔，遇見愛跳舞卻因故被迫放棄夢想的小潔，兩顆平行的心在不經意間望見彼此身後的那逆光，相互牽引、依存，融化的感人友情，填補彼此遺失的力量，等待展翅飛翔的可能。

而眼前的南廷，同樣勇敢樂觀、同樣努力追尋自己的夢想，雖然沒有了「看見」的這雙翅膀，她早已用自己的方式穿越黑暗，逆光在人生的道路繼續前進。在她朗朗的笑聲中，看著她未戴眼鏡毫不掩飾殘疾的雙眼，雖然看不見世界，但我早已被她的堅強感動得熱淚盈眶，心裏卻是暖洋洋的一片蔚藍。

（原載於《天涯芳蹤：五十位曉明人的生命故事》）

陳南廷，自幼眼盲，財團法人愛盲基金會負責兒童圖書點字彙整工作。

The way to the north

——北國媳婦林怡秀

曉明女兒林怡秀，在大學的二十四歲時人生發生巨大改變，
嫁到挪威成為北國媳婦。
這個到處冰天雪地、有半年永夜的挪威生活，
怡秀是怎樣克服的？
她又是怎樣適應那層種族優越的隔絕牆？
透過她來揭開北國的神秘面紗。

話說提及「挪威」，我的腦袋就像在電腦螢幕空白鍵上被 key in 資料一般，咱噠咱噠地快速出現下列語詞與景象：

A.村上春樹的純愛小說《挪威的森林》：故事本身就像是在繁華城市的陰暗角落裏一股淺淺的、近乎呢喃自語的灰色憂鬱氛圍，既哀傷極端又平和虛無。

B.披頭四樂團一九六五年專輯《Rubber Soul 橡皮靈魂》裏的那首〈Norwegin Wood〉，曲子旋律沉靜哀傷，好像雨絲溫柔地下在寬廣的草原，又像迷失在又寒又凍的森林深處。

C.挪威維京海盜「北海小英雄」——卡通裏那些頭戴牛角帽、身穿鐵甲裙、留著長髮與落腮鬍、駕著大桅帆船的維京小海盜，懷抱著正義與使命，冒險犯難，航向永遠的希望與夢想。

D.挪威海怪與山妖神話：傳說北歐神話中游離於挪威與冰島近海的海怪，巨大的身軀和令人畏懼的外表，經常出現在海洋深處，有時會襲擊船隻。而精靈山妖的傳說是，小山妖滿頭亂髮，個頭矮小、大肚皮、尖鼻子，有點醜陋但十分可愛，樣子討人喜愛。山妖們晝伏夜出，一旦貪玩忘了在天亮前躲起來，他們就會被陽光化為山石，所以挪威各地都有許多石頭。傳說山妖喜歡喝

粥，而他們的尖鼻子就是用來攪拌粥的，在故事中這些可愛的小東西常常會受到孩子們的愚弄，相對的它們也喜歡惡作劇。不管如何，這些小山妖已成為挪威幸運與幸福的化身。

挪威，到底是 A 或 B 或 C 還是 D 呢？這個有著壯麗美景的極圈北國，是個怎樣的國度？這是長年居住在亞熱帶的東方人所無法想像的神秘。今天，透過訪問林怡秀來發現真相，讓這個從台灣遠嫁到挪威的東方女子，替我們揭開北國挪威的神秘面紗。

北國的冬日

現在的科技無遠弗屆，透過 e-mail 和怡秀約好時間，我們經由衛星電話進行專訪。麻煩的事情來囉！台灣與挪威的時差有七個鐘頭，意即台灣比挪威快七小時，我們敲定在台灣時間晚上八點整互通電話。我彷彿回到談戀愛般的期待心情，等候著怡秀的來電。鈴聲響起，那來自天涯海角的聲音，透過那條看不見的線，穿越高山海洋，像多啦 A 夢的任意門，神奇地在話筒兩端以迅雷般的速度傳到我耳裏，爽朗而親切的聲音，沒錯，那是屬於曉明人的印記，有著溫潤的熱情，我們在聲音裏一見如故。

怡秀說，在曉明女中初中三年的求學生涯中，她總是班上的一、二名，倒數的！印象中唯一拿過的獎項是：最佳進步獎！成績這樣「傲然」卻從沒有被放棄與差別待遇，老師修女們總是給她一樣的關心與支持，她也曾被朱校長親自面談鼓勵過，這樣貫徹的愛的教育使得成長後的她對曉明充滿感激與念念不忘，也對她往後的人生舞台充滿正面影響。

「高中後在另一所私立學校就讀，老師們偏愛成績好的學生，對我充滿不信任與誤解，認為我是班上拉低平均成績的壞蟲。差別待遇冷暖自知，我後悔離開了曉明，也後悔自己不夠出色，不能繼續留在曉明女中完成高中學業。」怡秀接著說。透過電話，我猜測她的表情，應是五味雜陳的懷舊情感吧！怡秀自從離開曉明女中後，對母校仍念茲在茲，難以忘懷，即使是現在成為挪威人了，對曉明的依戀與回憶，就像是將其收藏在心裏的小口袋中，想念的時候就拿出來品嚐，鄉愁的滋味想必是又苦又甜的吧？我想。

中興大學外文系畢業後，怡秀的人生在二十四歲那年出現了變化，陰錯陽差下，她遇見了現在的挪威先生，兩年後奔向挪威，開始全新的北歐生活。一開始的北歐生活總是新鮮美好，凡事新奇，連下雪也可以讓她欣喜若狂、尖叫連連，還記得當初先生意外：「居然有人可以因為下雪了而這樣開心！」因為對生活務實的北海英雄而言，這也代表了漫漫黑暗冬天的開始，這也代表了得幫車子換裝釘子的冬季輪胎、即將開始面對鏟雪等等出門不便的開始。北歐人的務實與直接，由此可見。

說到挪威最特殊的自然現象，最為著名的莫過於永晝的白夜和北極光。在挪威地處最北的三個郡，從五月中旬到七月末，可以一整天二十四小時都看到空中的太陽。這能讓人做在世界上其他任何地方都做不到的事情，譬如在午夜時分打一場高爾夫球。因著白夜，可以二十四小時觀賞整輪太陽。另一方面，觀賞北極光的最佳時間則是在十一月至二月之間，這些在夜空中閃爍飄忽的輕紗，是由被吸引到地球大氣中帶正負電荷的太陽粒子在高空撞擊中性氣體粒子所形成的。

這些美輪美奐的自然景觀，對於生長於亞熱帶的我來說，簡直就是做夢都想去的天堂之地，在電話中，我「哇！」一聲連連，欽羨之情淹沒話筒，但怡秀卻話鋒一轉地說：「挪威是全球憂鬱症患者比例最高的國家！」原因在於長達半年之久的冬日永夜。白天得行車亮燈，行人由路燈照明，經年震日一望無際的白雪皚皚，對於旅人來說美極了的氣候，相反的，對長年生活在此的挪威人來說，卻是「好哀傷」。

「每年這個時節，我就特別想念台灣的陽光，尤其是曉園那一大片綠意洋洋的草坪！」怡秀有些落寞地說。

這時我腦海裏突然響起喬治．溫斯頓的《Winter》專輯中單曲〈冬日憂鬱〉的樂音，鋼琴黑白琴鍵單音響起，極地荒涼孤單憂傷，靜謐無邊。

「話雖如此，挪威的冰河峽灣，卻真的美呆了！」怡秀如此形容。住在奧斯陸附近小鎮的怡秀，也愛在假日偕同先生前往挪威東部的峽灣旅遊。挪威的景色得天獨厚，有峽灣、有洋流，而且終年不結冰，冰河直接切割峽灣造成的高聳峭壁、山流宣洩，處處可見瀑布飛泉，在雲霧繚繞間可見絕世美景。

說得我心生嚮往之情，好想來一趟北國之旅。

「適應挪威的生活嗎？」我關心地問。

在挪威從事行政會計工作的怡秀表示，在異鄉的日子，一開始總是新鮮，充滿了驚奇與衝突的美感，挪威，一個連臺灣人都很不熟悉的國度，到底該怎樣去適應與衝破那層白種優越的隔絕牆呢？

「就是拿出曉明人的智慧，真善美聖，真真實實的做自己，用善良的眼光看待外界，美滿也自信自己生命中的每一天。」她認真地說。

「挪威人非常做自己，喜怒哀樂寫在臉上，直來直往毫不客氣。於是他們也尊重同樣也只會真真實實做自己的我。」

「許許多多的外國人，為了刻意討好挪威人，以為這樣才能融入特別排外的挪威社會，卻往往不得其門而入。」

「我的挪威老闆常形容我，好像問題再大，對我來說都不會是一個很大的問題。」她說。

於是我想，是因為她用善良正向的態度去看待世界，在曉明就學時期受到的愛，真真實實對她往後的人生有很大的影響吧！

在挪威吶喊

怡秀說，這個國度是母親和孩子的天堂，街上到處可見媽媽或爸爸推著嬰兒車散步，挪威的生育津貼近台幣兩萬元！父親也享有育嬰的福利配額，孩子還享有零用金福利政策，可領取至十八歲為止。挪威的孩子比起台灣的小孩，普遍都很快樂，學生每週在校時間，可以不超過二十六小時，其中有許多是自選課程，老師一週出一次功課，份量比起台灣一天的功課還少，這種「發現興趣，選學所愛」的教育，可是台灣的孩子非常羨慕的。

言談間，從聽筒中傳來「汪！汪！」兩聲，可愛的小狗叫聲，怡秀說：「那是我的寶貝狗狗！」我順勢好奇的問：「嫁到挪威九年，社會福利與教育制度如此完美，有沒有考慮生養混血寶寶呢？」

崇向自由主義的怡秀在電話那頭輕笑二聲：「還沒考慮吔！」

挪威是高福利國家，良好的福利政策讓它成為人人稱羨的國家。六〇年代挪威發現石油，北海的石油，讓挪威一夕致富，導致國內油價高居不下，一公升汽油超過百元台幣，因此物價也隨之提高，挪威的物價有台灣的三倍以上，加上賺來的錢有四成要交給政府，因此挪威人被譽為最窮的有錢人，無怪乎孟克（挪威最有名的畫家）要畫出「吶喊」一圖：一個沒有頭髮，只剩頭骨的臉，雙手掩耳，嘴成O型，扭曲的線條構圖猶如身陷受苦與狂亂之中。

怡秀開玩笑的說：「在挪威，誰能不吶喊！」

就這樣，透過越洋電話，我們越聊越起勁，穿越過空間藩籬，彷彿就在一丈之地，豈知這一丈有三百萬呎遠呢！

聽起來怡秀的北國生活尚稱如意，但如她表示，再多挪威森林與冰河峽灣美景，都替代不了對曉園的美麗回憶，曉園就像是大城市中的一方淨土，用愛隔絕外界喧擾，用清新孕育曉明人。

我聽在耳裏，感動在心裏。

問這個達令是外國人的挪威媳婦，幸福嗎？怡秀俏皮地回答：「挪威的男人，是全世界最好的老公呢！」我回望著家裡那個茶來伸手、飯來張口的小孩的爹，心裏真是對怡秀既羨慕又忌妒呢！

祝妳美滿幸福啦！怡秀！

（原載於《天涯芳蹤：五十位曉明人的生命故事》）

林怡秀，旅居挪威的台中人／
Huawei Technologies Norway AS — Administrator for invoicing
Golder Associates AS — Accounting and Administrator

照片林怡秀提供

Chapter5 · 歷史的回眸

我們在雙河彎裡做的一場台中夢

——舊城地方書寫與家族回憶的浪漫實踐

假如，記憶是古代深海的沉船
我們，應該學習互相遺忘
泛黃的海圖，永遠朦朧航行的方向
迷航的三桅船啊，百年尋不到出路
彷彿祈問上帝：究竟天涯在何方？
時間停歇，我們傾聽眾鯨唱歌
美麗的眸啊，深海般之純藍……

林文義〈夜梟〉

緣起

一個細雨霏霏驚蟄過後的清晨，吳錫泰趁著微微天光，摸索著穿上草鞋，換上破舊的黑色棉衣棉褲，帶著一把黑傘，上面掛了他的輕便衣物、布包及家當，快步跑向大榕樹下老廟裡，求取一把香灰包揣在褲袋裡，再虔敬地做三個跪叩首，祈禱神明保佑這次出走的平安順遂。

耽擱了數分鐘之後，他匆匆來到閩江渡口等待風帆，欲搭往金門投入國姓爺軍隊的行列，聽說北伐南京失敗之後的鄭成功軍部，元氣大傷且有面臨軍糧不足的問題，急需人解決大軍的給養，吳錫泰本是一名廚師，縱有一身手藝，但家中卻一貧如洗，聽聞軍隊裡管理草糧一職有缺且重金，他孤家寡人離鄉，倒沒有什麼顧慮了。

福州到金門行船約一晝夜，船夫焚香計程，船一離岸，吳錫泰見身旁有名同是一身黑衣褲打扮的詹姓雜工，攀談數句，知是來自河北，也要往返金門工作，兩人始結伴同行。

海上天水相連，風帆在浪裡起伏，船桅劇烈搖晃不定，兩人害怕得以手遮眼，口中念念有詞，吳詹兩人算是同船共渡的有緣人了，許是海神媽祖一路庇佑，隔著濃霧終於隱隱可見灰色島嶼，帆船順風駛進料羅灣港口。

風帆靠岸後，吳錫泰與詹姓雜工在料羅灣渡口彼此作揖告別，兩人均不知道此後命運會大不相同。

時值西元一六六一年，清順治十八年，鄭成功親率將士二萬五千名、戰船數百艘，自金門料羅灣出發，經澎湖向臺灣進軍。

吳錫泰在戰後落戶台南竹仔街。

吳氏家族自吳錫泰發跡，自此招佃墾地結社成村，取得全台一千三百多甲地，開拓了三百多年間台中以南、半個台灣歷史的故事，第十五世吳景春娶霧峰林家林甲寅之女為妻遷居台中，第十六世吳鸞旂克紹箕裘累積更多財富，成為台中的豪門世家。

詹姓家族在清代末年勇渡黑水，落腳新竹附近，一路流轉遷徙，最後以異鄉客的身分定居台中。

吳詹兩家，亦不知日後子孫在梳理家族記憶之時，從中掏洗出的是深藏在遠古記憶中緣分的線頭。

細數台中舊城雙河流域的紋理

藝術評論家李帕德（Lucy Lippard）在她的書《The Lure of the Local 地域的誘惑》（Lippard，一九九七）裡提到：

「內蘊於地域的是地方概念，由內部所建的土地／城鎮／城市景觀的一部分，人們熟知的特定區位的共鳴，……地方是一個人生命裡的經緯，它是時間與空間的、個人與政治的，充盈著人類歷史與記憶的層次區位，地方有深度，也有寬度，這關涉了連結、圍繞地方的事物、甚麼塑造了地方、發生過甚麼事、將會發生甚麼事。」（註1）

依上述概念，地方，是意義與社會建構的首要因素，它是人們存在的經驗事實；一個城市，是人們創建的有意義的地方，藉由人在城市的空間日常移動，形成一種地方內部生活節奏的歸屬感，進而建構理解與認同地方的社會實踐。

台中，這個充滿人文的歷史之都，得到大多數的認同，近年來躍居台灣人心中的最佳移居城市，然而這台灣西部走廊位置適中的城市，在清治時期，尚未有「台中」之名。

那麼，「台中」之名從何而來？

十七世紀開始，越來越多漢人從中國移居到台灣進行開墾。一開始大家都聚集在沿海地區，臺南、鹿港、萬華、清水等地，就形成最早的漢人聚落。

台中原為平埔族的草埔地，雍正元年彰化縣設立之後，隸屬「貓霧捒東西堡」，當年建街地點在邱厝街（即今柳川）和大溪（已在日據時期斷絕河流，汲水於台中公園的碧湖，原河床下埋大量杉木與填土，成當今的自由路二段）間，海拔八十、九十公尺的起伏小山崗上（即中山公園砲臺），稱為「大墩」。

「大墩街」或稱「東大墩街」為台中舊城最早發祥地之一。

綠川，原名無名溪、新盛溪，早期歷史記載於清代，一九一二年台灣總督佐久間左馬太巡視新盛溪，因河堤兩岸綠映青翠而改名綠川。綠川的源頭位於自來水廠一帶，從北屯碧柳一巷附近分流，豐沛的地下水脈脈川流，往大里與旱溪匯流，今台中公園內的日月湖即綠川河道的殘蹟。綠川的乾淨湧泉，一路流向西南，穿越過台中城商業活絡人文薈萃的地帶，承載台中舊城人與土地的生命情感記憶，發展出舊時最熱鬧繁盛的市街。

柳川因流經大墩，被稱為「大墩溪」，屬於烏溪水系，為舊旱溪的支流，於烏日復光橋處與旱溪匯流，河川兩旁種有許多柳樹，因而名為「柳川」，河水沿岸是原住民與平地人的交易古道，古老市集層層聚集，成為繁華的俗市風景。

綠川柳川，台中舊城雙河流域的漫漫水紋，綠意盎然，台中人依水而生息，傍水而安居，綠柳兩川餵養了台中人文歷史記憶的精彩故事。

家族記憶與台中歷史的根源

一本關於家族與城市的地方書寫《尋找．天外天》，書裡面藉由一個劇院的文化資產保存議題，開始爬梳家族記憶與台中之所以名為台中的歷史根源。

西元一八八一年光緒七年，福建巡撫岑毓英感到台灣中路防衛不足，選擇貓霧捒、上橋頭、下橋頭或烏日莊等地擇一建城。一八八七年光緒十三年劉銘傳來臺勘察後，確定選擇橋仔頭東大墩一帶作為台灣省府府治所在。

一八八九年光緒十五年夏，六月天某日，吳鸞旂，人稱吳部爺，身穿淺灰對襟錦緞夏褂，安適的端坐在鏤雕描金崁鑲珠片的紫檀木太師椅上，單手揉捻著上唇的髭鬚，正指揮傭僕準備應接來客。來者乃是臺灣首任巡撫劉銘傳，官拜從一品，著羽毛長翎的圓頂大帽和對襟圓領錦雞袍服，銜朝廷之命前來與吳部爺會商興建臺灣省城事宜。

劉銘傳左手撫著翻起的馬蹄袖，右手端起頂級鐵觀音，鼻聞茶香喉頭甘潤，頓了半晌說：

「吾已奏請聖上，認為貓霧數揀、上橋頭、下橋頭、烏日莊四處……有內山南北兩水交匯，轉出梧棲海口，其民船可通烏日莊，實可大作都會。」

吳部爺心裡明白，巡撫大人所言建省區域在橋頭仔至東大墩一帶，涵蓋範圍有東大墩街的三分之一，以及整條新庄仔街至旱溪西側為止，共計三百七十五甲六分餘地之多，而東邊新莊仔庄部分的土地，幾乎全屬自己所有。

吳部爺習慣性的單手揉捻著上唇的髭鬚陷入沉思，為著戰略上的考量，建立城牆防衛聚落，完成臺灣省城的建設，實為本島陸地防禦聯絡體系的第一要務。當下乃恭敬地應允參與建城工作，擔任董工總理，負責統籌計劃。

相關準備就緒，吳部爺孚當地眾望，實際負責監造省城。工程有城垣、八門、四樓、衙署和廟宇，他設計八門四樓，用土角、竹塹、磚子堆砌城牆，城內市街則用黑糖混麻袋，上填黃土及卵石，鋪成臺中市最古老的窄街。

然而一八九一年光緒十七年三月，建城已有初步規模時，劉銘傳稱病未癒，卸任巡撫職務，由邵友濂繼任，其後因經費龐大難籌，新政盡廢，終止築城，將省會移至臺北，臺灣省城建城工作遂功虧一簣，成了吳鸞旂泡沫般的未竟之夢。

被擱置的台灣省城城垣區域，是日後台中成為現代化都市的雛形。一八九五年台灣經歷劇烈的政權更迭，短短的一年間，由清治時期走入日治時期，一八九六年台灣總督府實施地方行政制度，將台灣中部設置台中縣，「台中」的名字首度出現，東大墩街改名為台中街。

一九〇〇年實施市區改正，日人刻意將台中打造成現代化城市，早期的市區規劃整然有致，整治流經市區的綠川和柳川，植有垂柳爬藤，幽靜美麗，彷若京都鴨川。

百年城的歷史移動軌跡

段義孚闡述「地方之愛」一詞，指涉了人與地方的情感聯繫產生的依附感，這種依附感，用以理解地方移動的概念。李帕德指出，移動性與地方總是攜手前進，她認為心理的地理成分有必要歸屬某處，這是普遍疏離的解藥，在這個人人不停歇、多元傳統的年代裡，地方還是界定了文化和認同，地方與地方之間的移動是必要的，也繼續改變我們的生活方式。(註2)

城市的發展與交通運輸密不可分，火車站又是城市發展程度與規模大小的關鍵因素。話說，台灣總督府將台中建設成為棋盤狀的都市空間，台中舊城街區順著綠川、柳川的蜿蜒漫漫，台中車站就在這街區的中央起始點。

回到一九〇〇年的台中，日本人治理台中的第一要務，就是台中火車站的興建，隨著縱貫鐵道通車，成為連結南北的中樞，使台中成為一座因鐵道而生的現代大城市。

台中市政府文化局出版的《驛動軌跡：台中火車站的古往今來》一書，詳盡地記錄台中火車站的歷史蘊藹與周邊建築和地貌的變遷。

一九〇八年第一代火車站啟用典禮，是台中市做為一個現代化都市重要的起點，縱貫線鐵道通車之後，帶動台中的經濟商業人文發展快速起飛，一九一七年因應承載需求增建火車站設施，第二代的火車站華麗登場，紅磚磚砌搭配灰白洗石建築外觀，整體格局呈現典型的辰野式當代技術與美學。

然而，隨著工業發展與都市人口遽增的影響，川流不息擁擠的交通問題成為待解的難題，鐵道高架化成為必需的手段，二〇一八年台中鐵道高架化全線通車，鐵道飛上天的同時，改變的不僅是台中人的生活習慣軌跡，作為一個沉默不語百年古蹟的台中火車站，看盡時間的流逝、遊子旅人的暫留路過，多少生離死別的故事在這裡上演，火車站周邊的建築也因而記憶著時代滄桑的眼淚。

沿著鐵軌軸線探尋遺跡，消失的中南線鐵道，一條台中到南投、太平的輕軌鐵道，是與台中製糖和香蕉運輸產業十分相關的重要記憶，但隨時代演進與公路的拓建，中南線已失去功能而逐漸消失，位於東區復興路四段兩百五十巷內的鐵道遺跡，已深埋入柏油路與沙土底下，僅露出陳舊鏽蝕的殘跡。

同樣消失的手押台車軌道，則是記憶著太平吳家與霧峰林家的仕紳脈絡往來史。林獻堂的《灌園先生日記》裡記載搭乘頭汴坑線手押車的經歷：

「諸吟友住吳子瑜家享午，因他今日邀集北中南騷人墨客到他東山別墅做登高會也。飯畢，顧台車八輛駄至頭汴坑口，過鉛線吊橋下車，接踵上東山別墅冬瓜山營其先父吳鸞旂之墓地也。」

吳子瑜何許人也？他和鐵道軸線上消失的重要記憶又有甚麼關係？

劇場演繹著吳家的美麗與哀愁

身為吳鸞旂的嫡長子，吳子瑜於一九二二年吳鸞旂過世後接手家業，除了在太平興建吳鸞旂墓園、東山別墅，最為人津津樂道的就是天外天劇場。

一九三三年吳子瑜在自宅櫻町四丁目（今台中市火車站前復興路四段一百四十巷）興建了一個新劇場，並於一九三六年盛大開幕。吳子瑜接受《臺灣日日新報》採訪時表示，蓋劇場並不是為了要營利，所要做的是謀求南台中的發展。他邀請建造台中娛樂館的建築師齋藤辰次郎操刀設計，並砸下重資，不管是工法或設備，都是當時台灣首見。

劇場完工時，子瑜問其女吳燕生取何名為佳？

她答：「你已經是人上人了，不妨取作天外天吧！」

劇場落成的規模之宏壯華麗與東京寶塚無二，三層樓建築的天外天劇院為一戲劇、電影兩用之混和式戲院，成立後除了上海天蟾京班、福州舊賽樂等班來演外，亦有藝旦戲及歌仔戲戲班臺中明月園等演出，成為當時地方上首屈一指的娛樂場所。

戰後，吳子瑜賣掉了天外天劇場，像是台灣人複雜的身分認同般，天外天開始了它顛沛多舛的命運，在新的主人接手後，經歷多次的營業轉型。然而，當年吳子瑜殷切期盼，想以一人之力促成的「南台中之繁榮」，終究還是沒有實現；甚至，隨著台中市發展重心的西移，前站的舊城區繁華也不復當年。曾經風華絕代、領先全台的天外天戲院，就慢慢地塵封在時代的角落裡。

破舊的天外天劇場，成為城市之癌，欲去之而後快。

二〇一四年，天外天劇場首度依照《文化資產保存法》進入文資審議，獲得為期半年的暫定古蹟保護，在幾年的期間，天外天一直在文資審議指定與被指定之間妾身未明，二〇二〇年四月文化部指定暫定古蹟為期半年，未料二〇二一年一月地主向行政院訴願會提起訴願，並成功撤銷文化部暫定古蹟公告，二〇二一年二月二十日前已遭地主完全拆除，只留下眾人一絲嘆息。

二戰前風華絕代的傲嬌與二戰後破敗遺棄的滄桑，天外天劇場的消亡，演繹著吳氏家族百年前的繁華與今日的哀愁。

東山別墅傳奇

一本研究吳家三代傳奇的專書《曲水遺風韻事賡》，由台灣文學館出版，研究吳鸞旂、吳子瑜、吳燕生詩文的照片、書信史料出爐，經由訪談與繁多的詩文資料的結集，得以真切感受到吳家繁華搖落的荒誕與辛酸。

東山別墅傳奇的關鍵吳子瑜，是實業界與文化界兩棲的人物，耗費十餘年在冬瓜山打造豪華別墅，其女吳燕生亦承詩魂，是日治時期台灣古典詩壇少見的女詩人。吳家是日治時期中部文壇的重要核心，別墅和花園因著吳子瑜耕耘的文化人脈，長年都經營藝文活動與詩會、聯吟大會等等，他曾自創怡社，參與櫟社、東墩吟社等詩社，也曾出資贊助日治時期重要刊物《風月報》，其對文化的熱情與才情，傳為佳話。

一九三一年櫟社三十周年紀念撞鐘式，於吳子瑜的東山別墅雙楓壇舉辦，由吳燕生登壇揭去黃幕，父女倆人與櫟社詩壇之間緊密的連結，一直到日治晚期，櫟社的許多活動仍多在吳子瑜的住處舉辦，可見其在櫟社的顯著地位。

雖然吳子瑜似未真的留下一部東山詩集，但其詩文在文獻史料上亦能追尋到蹤跡，後人的訪談也能還原吳氏父女的形影笑貌。

然而時移事往，百年後王謝堂前的飛燕，已然隱身尋常百姓家，當年大宅庭院深深的神祕，於今審視竟是一頁滄桑。

吳燕生曾經在綠川岸邊，吟詩讚美綠川：

中州覽勝倚橋欄，兩岸藤羅映碧湍
瀲灩晴波娛耳目，潺湲逸韻洗心肝
芋疑公望期君釣，琴似伯牙遇友彈
逝者如斯雖不競，出山趨下守清難

三千弱水百年癡纏，橋下的春波綠水，看盡多少當年事……。

吊腳樓的消失之夢

女詩人並不知道她詩中讚美的餵養台中人成長的綠波沿岸，是另外一群異鄉人落腳為家的地方，他們正在為三餐溫飽而奮鬥。

民生路二十六巷，這一條幽暗的無尾巷，隱藏在鐵軌與綠川之間，簡陋的木板屋子通常不滿五坪大，以鋼樑支撐在河岸邊，底下就是川流不息的河水，來自各方離鄉背井異地求生的人，就居住在這名為「吊腳樓」的空間裡，日子在轟隆隆的鐵道下過著，埋鍋造飯、沐浴更衣、養育子孫，顛沛而侷促的生活中都伴隨著淙淙的水流聲和夜鷺的啁啾聲。

一九四九年國民政府撤退來台，大量的移民超出城市規劃與預算，當時除了退伍軍人與其家眷有分配到住屋外，其他跟隨而來的百姓居無定所、無處安身，在警民協會的幫助下，終於在綠川柳川河岸兩旁蓋起簡陋、尚可遮風擋雨，俗稱「吊腳樓」的小屋。

隨著鐵道高架化工程，交通部鐵路改建工程局中部工程處於二〇一〇年十一月九日進行無尾巷吊腳樓的拆除作業，刺眼的陽光「唰！」的一瞬間，隨著怪手的爪子將六十載幽暗的吊腳樓刷得亮白，破舊的空間揚起灰塵，潮濕霉味不再，底層生活記憶也不再。

《台中夢的苦難與輝煌：吊腳樓》一書，自剖家族在吊腳樓的生活印記，以及建國市場裡市井小民為著家計努力的艱辛回憶。

詹德謀的父親從新竹竹南後龍庄來到台中寄居，從事河道整治搬運的勞苦工作，德謀的母親早逝，因此家境貧困的德謀十幾歲開始就學習菜販工作。德謀與太太彩雲兩人在建國市場裡工作，日子過得甘苦艱辛，家住鐵軌旁的吊腳樓，每回火車經過，鐵軌旁的小石頭會滾落在鐵皮屋頂上，滾得叮咚叮咚的聲響，卻像是幸福的協奏曲一般，伴隨著日常的生活節奏。

鄰居一對姜姓夫婦，是民國三十八年從大陸逃難來到台中，住在吳鸞旂公館裡（註3），他們在國際戲院（前身為天外天劇場）賣熱湯。

困苦的彩雲懷了第四胎養不起，送給姜姓夫婦當獨子，期待孩子有更好的生活環境。德謀夫婦接下來陸續仍生養了四名女兒，然而，怎麼困苦也捨不得再送人了。

與姜姓夫婦失聯後，詹家非常想念當初送人的兒子，因緣際會的巧合之下，詹家女兒秀珠終於聯繫上她的哥哥，那個從小在國際戲院前庭玩耍長大的小孩，再度串起的血緣情分彌足珍貴。

書寫吊腳樓的秀珠，一路追尋記憶，紀錄住在吊腳樓裡的人勇敢做的台中夢，台中夢雖然消失了，但是照片卻留下永恆的回憶，知名攝影記者余如季的鏡頭，替綠川柳川的吊腳樓記錄了最後的身影，這些珍貴的影像，都為變遷的城市歷史做了完整的見證。

終章

家族回憶的地方書寫，是將一個人生命裡的經緯，做時空的文字梳理，歷史與記憶的層層整理與拼貼。

怎樣在生命中龐雜的經驗裡，尋找可以定義自己的線索？

是《尋找．天外天》裡面所爬梳的家族歷史在集體文化中的重要意義，還是《台中夢的苦難與輝煌：吊腳樓》之中從憐憫角度做的地方認同，抑或是《驛動軌跡：台中火車站的古往今來》與《曲水遺風韻事賡》客觀審視的社會實踐？

簡媜在《天涯海角：福爾摩沙抒情誌》寫道：「每一支世族遷徙的故事，都是整個族群共同記憶的一部分，當我們追索自身的家族史，同時也了其他氏族的歷史……」

顧玲玉也說：「刷一層灰，立一面碑，我們凝視災難，把痛苦記憶從城市的河底打撈上岸，阻止世界太快掉落輕薄失憶的滑坡，……我們不得不面對歷史的廢墟，撿拾斷瓦殘骸，不願順風走，拒絕遺忘。」

我們不僅不願遺忘，更甚的是，透過家族歷史書寫的療癒過程，吳詹兩家的後代，因為書寫「消失」而在文字間牽起一條隱形的線，她們都知道，無論身為豪門之後或是異鄉客之女，她們都是台中的女兒，天外天劇場消失，吊腳樓消失，而她們的緣分才正要開始。

（原載於國家圖書館季刊《台灣出版與閱讀》民國一百一十年第二期）

註釋：

註1：《地方：記憶、想像與認同》，王志弘、徐苔玲譯，p.68。

註2：《方：記憶、想像與認同》，王志弘、徐苔玲譯，p.83。

註3：吳鸞旂公館，在興建省城期間，吳部爺為方便接待官員賓客，即於大智路、復興路口（今大智路三十號現址），斥資建蓋私人豪華公館一所。吳鸞旂死後，吳子瑜將宅第賣給基隆礦業鉅子顏欽賢，顏氏又於民國四十一年間捐出成為孔廟預定用地，然其後市府因經費難籌，孔廟一直沒能動工，這座古宅就被百餘違建戶佔住著，宅內建築幾被破壞盡空，呈現破爛不堪的景象。

參考書目：

1《尋找．天外天》作者：李宜芳．出版社：前衛
2《驛動軌迹：臺中火車站的古往今來》作者：朱書漢、宋德熹．出版社：遠景
3《水遺風韻事賡：吳鸞旂、吳子瑜、吳燕生詩文史料選集》（上下冊）編者：施懿琳、余美玲．出版社：國立臺灣文學館
4《驛動軌迹：臺中火車站的古往今來》作者：朱書漢、宋德熹．出版社：遠景

文化有價嗎？

特色歷史建築保留成功與否的探討

文化，有沒有價值？

為了尋求這個問題的答案，透過採訪建築文資領域的專家學者，希望能夠知道文化的留存與建築存在的關聯，想知道政府是否有些功能未發揮？私有產權與公共財之間的問題，如何得到平衡與解決方案，文化歷史能否在符合公眾權益上做伸揚？有沒有一些實際執行的作為應該更積極或有所作為的？

這些年，台灣人民一起走過公眾參與和政府資訊透明化、開放政策的民主階段，希望能把影響力滲透到都市計畫與歷史文化的正向保存，真正實現「永續」的理想。然而，為什麼仍然時常眼睜睜見到百年古建築的傾毀與被火紋身？

一、歷史塵埃不可承受之輕

夜底晨淵時，飛燕的家巢傾頹，牠們流離失所，在狂風暴雨之中，牠們繞圈打轉著，斗大的雨點粗暴地落在羽翅間，牠們奮力振翅撲飛，一心只想前進、飛高、飛遠，然而怪手如風暴摧殘屋宇，鋼筋厚牆倒下，桁架斷裂發出巨響，擊中纖弱的軀體，潮濕的羽毛在空中飛散，輕輕地隨著風飄遠拋颺。

一根完整的鳥羽飛離，它仍然懷抱著夢，將方向交託付於遠風，朝向未來的天空馳騁，它飛得越來越高，遠方的視線前無阻隔，它在氣流之間忽高忽低、忽近忽遠地飛著，高空中它自由穿越，俯瞰整個台中舊街區城，美的、醜的，風景一律盡收眼底，它胸無罣礙地前進，已經離開最美也最醜的過去，輕緩溫柔的高處雲層朵朵，懷抱著簇擁著，離豔陽的溫暖很近很近，亮晃晃的橘黃光線照耀，它回想到在那天外天劇場老屋簷下旁邊的那盞街燈，也是這樣的橘黃光亮。

一根羽毛能承受多少歷史塵埃的重量？

二〇二一年冷凜的二月，台中市東區復興路四段一百四十巷的小弄裡，天外天劇場僅存一方殘垣，在夕照中喘著一口氣息，吐納之間盡是灰飛煙塵，「她早已經沒有存在的價值，」他們說。於是在怪手攫取她的心臟之後，她垂下一顆顆石礫混凝土塊做的淚珠，百年的鋼筋如血紅色血管般地錯結，被掏盡的臟器已然癱在地上還諸天地，已經被預知的死亡，即使到面臨的時刻，仍然叫人怵目驚心，不忍足睹。

二月正值小雨時節，濕冷的夜雨傾落在街區，之外的別處竟然陽光普照，落雨之後的潮氣讓天外天劇場的現狀更為淒清，身為知名的網紅廢墟，著實名不虛傳，鬼一樣的孤寂，日後的網紅們無處可拍照了，他們轉移陣地，反正台灣各處的鄉鎮裡到處都有廢墟殘牆。然而，一如天外天劇場龐然壯闊的廢墟之地，恐怕是絕無僅有，之後亦不會再有，天外天劇場已然在無邊的時空中靜止，或是被遺忘，或許被記得。

天外天劇場的存廢，屢經文資審議，過程猶如電影情節般糾葛，眾聲喧嘩而且喋喋不休之間，耗損著她的命運。而天外天建築的後方一整排街屋，是紅燈區，屬於合法的「公娼」戶，落戶營生的身體與前方的天外天一樣滄桑，最終於二〇一八年吹下熄燈號。

現在，曾經在一九三六年繁華一時的劇場，只剩下一片空地，一片你路過也不會駐足流連的空地。

照片劉育安提供

我們將鏡頭轉往台北大稻埕區，台北性產業的發展歷史十分悠久，最早可追溯到清道光初年（西元一八二一～一八三〇年間），因淡水河運興起而人口激增的艋舺開始形成各種為了滿足商賈、船夫等飲食娛樂的酒樓，與滿足其性需求的妓院。西元一八六〇年代以後，艋舺河床淤積，航運重心逐漸轉移至大稻埕，因此也讓性產業跟著進入，帶動了大稻埕地區性產業的活絡。當年眾多酒樓當中，又以「江山樓」最為著名，而文萌樓正是依存在江山樓旁，在大正十三年（西元一九二四年）的歸綏街一百三十九號建立起一塊情慾連結的場域（註1）。

起造於一九二五年的文萌樓，承載了日治時期台北市性產業的發展軌跡。於二〇〇六年被指定為台北市市定古蹟，也是全台唯一被指定保存的前公娼館。

二〇二一年九月，精心修復的文萌樓透過復刻門廳、執業房等場景留住歷史軌跡，展演臺灣日治時期性產業發展史與近代臺灣社會運動的紀錄。執業房保留原始的空間，每間約二到三坪不等，房內陳設簡單，僅提供性交易雙方使用的物品，桃艷色的帷帳如無邊春色，人與人之間情慾交換彼此的索取，這棟樓裡正一再展演人生而為人的基本生理需求。

夜裡的文萌樓，從屋裡透著紅艷艷的光，她是眾多合法公娼古老身體幽徑的記憶，執業的公娼們透過身體養家活口。此時屋裡住著一百歲的前屋主，他與文萌樓的建築和文萌樓的小姐們感情深厚，即使房屋所有權易主，他仍與文萌樓生死與共。

一樣有著燦爛歷史的百年建築，卻有兩樣身世。天外天劇場的文資審議失敗，她於一夜之間消逝；文萌樓歷經都更與廢娼的抗爭，她勇敢成功的留下來做為歷史的見證。

照片文萌樓官網提供

想問的是，在歷史的洪流中，得以讓有文化特色的建築保留下來的成功與失敗的因素是甚麼？

試想，在那些建築的身世流轉之間，作為文化資產具象的城市記憶的遺留，周邊互動空間與建築本體承載人類文明場域的演變，我們所生活的環境、複雜相依的都市網絡，隨時代演進所堆疊一層又一層的共同記憶，構成歷史的根基，是未來與過往間的聯繫，這些聯繫就在磚瓦器物吟詠字記之間，是屬於整個世代的生活模式的線索、真正落實「尋根」之當代依據，假如拆除了我們與過去的聯繫證據，如何發展有脈絡的未來？

反觀當今，面對歷史空間的不斷消逝，追求現代化開發的政府是否應思考「現代化開發」之內涵，因應如何調整與急欲守護在地文化史蹟的公民期待的差距，尋求共好、具永續發展的做法，讓台灣的文資輓歌不復吟唱？

二、文資法能幫忙嗎？

讓我們先從最根本的文資法來探究。

一九八二年五月二十六日，《文化資產保存法》正式實施，日後到二〇〇五年為止曾進行過多次修法。一九九七年一月二十二日公布該法的第一次修法結果，主要是增加古蹟土地容積移轉條款，以免私有古蹟因土地的潛在價值而可能遭到破壞，另增列贊助維修古蹟款項得列舉扣除所得稅條款，以鼓勵私人維護或維修古蹟。

一九九七年五月十四日再次修法，將原本統一由中央指定、解除及變更指定的古蹟，改由各級政府負責指定及遷移或拆除審核，而第一、二、三級古蹟的分法也改成了國定、省定（直轄市定）、縣定（市定）的分法，對應所管轄的政府層級，不過古蹟的解除與變更指定仍一律由中央審核。此外也增加了古蹟修復應保存原有風貌，但經許可後可採不同的保存方式，另也規定古蹟保存區及修復計劃過程中，應舉辦說明會和公聽會。

二〇〇二年二月九日再次修法，修法動機主要是因為受到九二一大地震，令許多未經指定的史蹟受損卻無相關保護法規，以及一九九八年精省的影響。此次修法最大的改變便是增加了「歷史建築」，於該法第三章修改為「古蹟與歷史建築」，因應九二一大地震的衝擊，增加修復工程在必要時得採用現代技術的規定與重大災害古蹟及歷史建築緊急修復條文，原省定古蹟直接改為國定古蹟。

二〇〇二年六月十二日《文化資產保存法》第四次再修法，主要是增列《公有古物複製品管理辦法》、《公有古物複製及監製管理辦法》、《文化資產獎勵補助辦法》的法源。

綜以上我們於一九八二年開始有了《文資法》法源，經歷三十六年至今也經歷數次修法，每次都針對不足進行調整，而最新的文資法版本也於二〇一六年公告實施上路。

二〇一六年七月十二日立法院三讀通過《文化資產保存法》的修正案，該次修法大幅修改了《文資法》的內容，在分類上新增「紀念建築」、「史蹟」、「口述傳統」、「傳統知識與實踐」、「保存技術及保存者」等分類。修法的重點主要是強化文資保存過程中的公民參與、調整文化資產的種類、實施文化資產保存教育、強化原住民族文化資產保存，並須會同中央原民會審議、完工逾五十年的公有建造物與公有土地上建造物及附屬設施群在所有或管理機關（構），於處分前由主管機關進行文化資產價值評估、增加相關獎勵與處罰措施等等。在罰則方面，將原有「處五年以下有期徒刑、拘役或科或併科新臺幣二十萬元以上～一百萬元以下罰金」大幅提高為「處六個月以上～五年以下有期徒刑，得併科新台幣五十萬元以上～兩千萬元以下罰金」。

我們欣見二〇一六年修法的大改變是，將「文化平等權」、「無償撥用」、「全面性暫定古蹟」、「絕對刑罰」等，都納入法條，讓全民共同守護文化資產的工具更形完備。

依上述資料，我們的文化資產保存確有法源可依循，然而，現實的世界仍然不夠完美，我們以為有了文資法就能用來保存珍貴文化資產，因為那是多少古蹟犧牲的血淚所換來的，卻沒想到，縱使有了看似完備的文資法，我們依然丟失許多極具文化指標的文化資產。

當我們檢視在一九八二年之前至文資法公布之後，甚至是二〇一六年文資法修正之後的文化資產遭破壞列表（註2）中，仍然有太多太多的珍貴文化資產遭遇被人為破壞的情形發生，尤其以刻意拆除居多；甚或是遭遇不明原因火災而無法判斷是否為人為破壞的；當然也有些文化資產歷經過公部門或私人或者公私協力之下被保留下來的。

最知名的林安泰古厝，位於台北市中山區濱江公園的四合院，原於今大安區的林安泰古宅約於一八二〇年間興建完工，在台北曾有「擁有榮泰厝，不知榮泰富；有榮泰富，蓋不出榮泰厝」之古諺，林安泰家族最盛時期曾擁有今日台北市三分之一土地之多。一九七八年因敦化南路拓寬之故，林安泰古厝面臨拆除，引起古蹟保護運動，因而促進一九八二年的《文化資產保存法》立法，一九八四年林安泰古宅遷建於濱江公園後做為民俗文物館之用，今列歷史建築。

同樣是珍貴的古厝，而台中吳鸞旂公館，就有不同的命運。

一八八五年台灣建省，台灣巡撫劉銘傳數度訪查中部之後，確定於現今台中市中區東區南區一帶建立省城，財力雄厚的吳鸞旂捐出部分私有土地並授命為省城董工總理，負責督造城廓。吳鸞旂於修建省城同時修建其公館，位於今台中車站後站復興路與大智路一帶，據記載公館面積約一千五百坪，為三合院型式水榭建築，其建築之豪美是當時中部代表性的宅院之一。

然而吳鸞旂逝世之後，長子吳子瑜因籌款赴大陸，於一九三五年將公館轉售基隆採礦富豪顏欽賢。第二次世界大戰後，顏欽賢於一九五五年廉價售出公館土地給政府供興建孔廟，但部分房舍被做為公務人員宿舍以及戰後部分建物被住戶占用成為大雜院，建孔廟因而另尋他地。一九八五年因地上佔住戶糾葛，經法院強制拆除夷為空地，現僅存更樓一座，移存於台中公園內。

林安泰古厝面臨拆除，引起古蹟保護運動，因而促進一九八二年《文化資產保存法》的立法；然而一九八五年的吳鸞旂公館拆除，卻是在一九八二年文資法公布之後發生的事件，文資法仍拯救不了古厝。之後陸續有更多的知名文化資產在漸漸消逝，那麼，文資法到底發揮它保護文化資產的作用了嗎？我們期待政府法令的效能已然不能彰顯的時候，我們是否還有其他辦法可以拯救珍貴的文化資產於萬一？到底問題出在哪裡呢？

三、文化有價，認同有價

當我們回眸審視一棟建築所代表的意義，對個人而言，是家屋與家族精神的凝聚；對地方大眾來說，它代表一個區域、一段治理時期的共同回憶。被銷毀時，我們所喪失的是甚麼？留下一棟有價值的舊建築，必須付出多少維護費用？文化，有價嗎？當我們走進「一棟歷史」，它回你一眼古老的曖曖之光，仍在斑駁的牆柱中呼吸，我們能感受到歷史的溫度，用有價的手段留下一段無價的記載與歷史，有多少人會珍視？有多少方法與法令依據，能支持人們擦亮一段共同回憶，重新召喚共有的認同？

回到最根本的價值精神，甚麼是文化資產保存？什麼是文資法？

前文化部長鄭麗君說：「文化保存是觀念，文資法是底線。」這句話說明了當今台灣文化資產的現狀，當台灣社會各界對於文化保存的觀念付之闕如，文資法的罰則才必需展現強硬的手段。

儘管如此，仍會遇到不怕刑責、不想保留文化資產的人，因此二〇一六年的修訂法擴大適用暫定古蹟範圍，阻卻惡意破壞尚未審議的文化資產。

我們回看一九八二年的文資法，當時並沒有給任何公民文化資產的申請或提報權力，二〇一六年的文資法第十四條指出：「主管機關應定期普查或接受個人、團體提報具古蹟、歷史建築、紀念建築及聚落建築群價值者之內容及範圍，並依法定程序審查後，列冊追蹤。依前項由個人、團體提報者，主管機關應於六個月內辦理審議。」

由此看來，我們的法規正在與時俱進之中，我們的文化公民權也逐漸彰顯，文化平等的觀念也逐步在改變台灣，有歷史價值的私有文化資產的保存與都市更新的省思就益發重要。

站在公眾事件報導研究的立場，一方獲益就可能是一方的讓利，那麼，接下來我們要探究的是，文化資產的保存過程如何可能兼顧經濟、大眾參與、私有財、守護公眾文化資產等各方訴求？在地方與國際、城市與鄉村的觀測脈絡中，消逝的與保存的建築又分別造成甚麼環境影響？其中公私協力運作的成敗的關鍵又是甚麼？

以下，讓我們分別依「地方上消失的特色建築」與「文化資產保留成功」的案例，來深入探討在文化資產上公私協力如何運作其想像與如何實踐。

★

地方上消失的特色建築
消失的城市起源歷史：回眸天外天劇場

訪雲林科技大學人文與社會科學學院院長 李謁政教授

一、天外天劇場的預知死亡紀事

位於台中市後火車站附近復興路四段的天外天劇場，在一九二〇年代吳鸞旂公館旁，只是戲台，是吳鸞旂招待外賓和酬戲之用，吳鸞旂者誰？他是台中之所以稱為台中的城市開拓者（註3）。到其子吳子瑜時因愛好戲劇，一九三六年將戲台改建為劇場，稱「天外天」。台灣光復後，吳子瑜將天外天劇場出售，將款項用於修建台北「梅屋敷」（即現今國父史蹟紀念館），多年之後天外天劇場更名改為國際戲院，播放二、三輪電影。

之後的九十多年來，華美的天外天劇場身世流轉，歷經劇場、戲院、製冰廠、釣蝦場、電玩店、鴿舍與停車場的使用，恍如風華絕代的女子墮入黑暗風塵，沉寂近百年。

隨著二〇一六年台中市鐵路高架化工程的動工，天外天劇場引來維護舊城歷史與建築的文史專家們的關注。

二〇一四年開始，陸續經由文史工作者格魯克，透過臉書網路發起社會輿論關注天外天的保存運動，同年經由陳建融提報天外天的文資指定，經台中市文化資產審議委員會會議決議——不予以指定古蹟或歷史建築。二〇一五年傳出天外天將被拆除的消息，由格魯克所代表的文史團體再提補充天外天的文化歷史價值新事證，亦未能爭取到再審議的機會。天外天死了一次。

一直到二〇一七年拍攝天外天劇場的紀錄片小組，邀請專業結構技師施忠賢老師現勘天外天劇場，判斷其建築擁有特殊性，才重新引起審議委員們的關注，市政府為釐清其價值認定，二〇一八年斥公帑展開「臺中市東區天外天劇場調查研究計畫」，依調研計畫研究做成果報告。然而二〇二〇年的新事證審議會議上，不指定古蹟或歷史建築的結果，讓天外天再死一次。

不死心的文史團體再提其保存的可行性評估與保存建議方案，天外天劇場的歷史價值普獲各界肯定，就在聲援之浪湧入網路傳媒之際，所有權人請來起重機欲拆除天外天，美麗的窗花及女兒牆的壞毀，引來文資局一紙公文——暫定古蹟。天外天一息尚存。

然而，不服公文的所有權人，向行政院提起行政訴願，經文化部裁定文資局的公告不符合程序，裁定暫訂古蹟的身分撤銷。

二〇二一年二月，天空飄著細雨，當巨型怪手的鋼爪朝向天外天的歷史厚牆重重落下，一死再死的天外天劇場徹底覆亡。

二、太平吳家歷史的輕：用消失的台灣歷史去辯證台灣歷史

對文化資產與國土規劃專精研究的現任國立雲林科技大學人文與科學學院院長李謁政教授，提出對於天外天劇場消失的看法。

> 他認為：「天外天劇場背後所代表的是太平吳家的歷史，那是一個在當時可以跟霧峰林家相互抗衡、同齊並論的家族，這個家族到最後只剩下一個墓而已，其它什麼都沒有，

這是大台中城市最大的損失。」

李教授認為，它的歷史流轉過程，跟台中市的誕生以後的發展密切相關，如同比喻一朵蓮花，十二個蓮瓣其中的一個花瓣缺了，這朵蓮就不完整，吳鸞旂這樣一個跟台中市起源歷史脈絡相連的家族史，研究它的資料相當少，從文化歷史角度去看這個家族的重要性亦付之闕如，原因在於它湮滅了大半的建築。

相對的，我們觀看霧峰林家，其完整留存下來的建築，足以讓大家用更廣的角度去看霧峰林家，不只從建築，尚可從他的起家歷史脈絡一直到林獻堂後來的議會民主請願運動等等，留下精彩的歷史故事。太平吳家失去了建築留存，等於失去了家族史和都市史的勾連，也就失去台中大家族的重要位址與文化解釋權。

當我們的歷史被太多的政權翻來覆去，失去看重一些事情的能力跟價值觀，比如當我們在講述霧峰林家以及我們談及台中吳家，會發現霧峰林家被看待的歷史比重很多，而台中太平吳家的歷史就少人關注，這大概是與時代背景所造成的一些影響有關。

在台灣的文資最可惜的地方是，沒有被寫成的歷史大部分都是因為缺乏實體證物的留存，以至於歷史被輕忽掉。當我們回頭想找某些歷史，卻只能得到片段的、零碎的物證，這就是台灣文化資產歷史的現實跟殘酷。保留文化最好有歷史的現場，有歷史的留存物，否則只能在文本、影像、文字、戲劇裡再現。

三、文化資產的重：歷史建築留或不留，影響文化價值建構的脈絡

李教授認為，我們常常需要用台灣的歷史再重新去辯證台灣的歷史。天外天劇場被拆掉了，

就要用它被拆掉的這件事情去辯證台灣的歷史，這樣它的消失與殘存下來的構件才有文史價值。

已經失去了物質層面的文化資產，接下來該怎麼辦？

該有的認知是，沒有物質的部分就沒有有形文化資產的身分，因此不屬於文化資產的一部分，我們只能用歷史的角度，或者是文化建構的角度去把它留存下來。因此某些的文化價值，或者某種文化美學，或某一種很特別的文化，其被建構出來的脈絡情境，就是我們看待這些事情的重要與否。時代背景與價值觀影響我們的歷史意識與文化認同，這就是台灣的現實跟台灣的荒謬，我們對於自身的歷史能夠理解的很少，尤其台灣經過這麼多個政權轉移，更是要努力去重新建構與媒合重要文化資產的留存，不管是有形無形的文化資產，能留存一個見證，我們都應該盡力保留下來。

我們但看太平吳家與台中城市發展的關係脈絡，在日治時期或甚至更早的那個年代，吳家在台中城市發展的過程應該要被認真理解，並成為這個城市的歷史的一部分。

可惜我們就是沒有這樣做，我們讓其隨著天外天劇場的消逝而喪失珍貴的歷史。觀察文資審議的過程，我們會發現，天外天劇場留存的歷史縫隙曾被打開，但隨即又被關了起來，等於再次判它死刑。沒有文資身分，沒有地方回憶，沒有文化認同；沒有文化認同等於沒有歷史建構，歷史的斷裂再度宣判文化的零碎。

再則，天外天劇場以它曾經是一個公共空間，所代表的是當時那個年代的集體記憶，要如何去留存共同回憶並且伸張我們的文化公民權？

李教授表示，憲法對我們的私有財產權具有無上的保障權，這正是民主國家最重要的一件事情，但很容易形成的衝突是，在台灣對自己的歷史意識薄弱的狀況下，人們可能會把自己的私有財產權放大到最大幣值的商品價值，當我們把這樣的觀念放在面對文化資產的時候，雖然我們的文化資產法令並沒有去侵害私有財產權，但是大部分的所有權人都還是認為其權益受到了侵害。

回頭審視我們目前的文化資產概念，大部分我們把它看成是文化的公共財，是屬於我們全國人民所有，當文物被指定為文化資產，它就是我們的文化公共財，國家就有義務要去好好的維護，它對應的就是我們的文化公民權，可是當它沒有被指定為文化資產時，其實無法主張其文化公民權去凌駕私有財產權。

因此李教授強調，台灣人需針對文化價值去擴大自己的文化想像，不要只限縮於貨幣價值或商品價值。我們應該要從小教育孩子認識台灣的歷史、保護台灣的文化資產，大家就會為了文化價值的建立而擁有共識，當某個地方是具備文化價值的，將它視為文化資產，大家就會有足夠的共識去指定它，它的爭議就不會這麼大；若涉及私有財產權，價值爭議還是會存在，這時可考慮由某個第三方或者誰可以出資把它買下來變成公共財。其實，政府就可以做這件事情了，為什麼政府不做？例如台中潭子摘星山莊的文資保存或台中市西區的千年茄苳公與興富發的開發案，就是很好的公私協力的案例。

四、在文資指定之前的公私協力，是以保存為前提；在古蹟與歷史建築指定之後的公私協力，決定古蹟活不活得好

他更舉一個例子，九份哪裡精美？它一點都不精美，可是它牽動了我們那麼多人集體記憶的感情在裡頭，所以大家都喜歡。侯孝賢拍了電影《戀戀風塵》更加強了這個印象，九份就成為了一個那麼好的氛圍，它不精美，但它卻可以被保存下來。這就是我們看不見的那些文化脈絡、歷

史脈絡，它們顯現出來的無形價值。

從另外一個向度來看待文化資產，某一部分是需要突破現有的規章，或者是行政的關係，如果是屬於地方政府主管的範圍內，當然就是地方政府該做為之，例如台中潭子摘星山莊的文資案，就是台中縣政府要想辦法價購的重要文資；或是相關的某些法令需要被突破，這時文化部就要去提修法，修法是立法院的事情，它就是另一層面的問題。

若談及文化資產上的公私協力的實踐，以現在的條件來看，最重要的事情便是促成文資指定，意即判定它有文化資產的價值而保存下來，這個時候相關的公私協力，是以保存為前提之下再生發展。

舊的房子需要被修復，修復以後需要恢復某一些歷史的脈絡與見證的研究，再把這些歷史價值重新植入都市環境或是脈絡裡頭，由關心這件事情的人們通力合作保留老屋，這時公私協力就會是在後段的營運這件事情上，那麼，則有必要理解三方的相互關係。一是地方政府、主管單位的，一是需要保存方，另外一個就是私有財產權，公私的協力必須是公部門跟保存方要能合作起來，假如其中政府這方不願意合作，他有他的想法，這時公私協力就會出狀況。一旦古蹟與歷史建築指定之後的公私協力做得好，就決定了古蹟歷史建築活不活得好。

成功的公私協力案例中，中央書局是企業認購的良好案例。鼓勵民間支持保留文化資產最好的方式就是對企業減稅，以提高認同文化資產的企業之間的媒合程度，然而，國內給民間企業基金會贊助補助的經費，並不足以避稅，試著想像，台灣身價破百億的至少超過兩千人，若他們每人能認購一棟古蹟歷史建築就足以保留大半有價值的文化資產了，但事情沒有這麼美好。

一棟古蹟建築代表一段歷史、一個家族史，一個跟城市發展那麼密切的歷史脈絡，一個漫長歲月所積累的共同記憶的消失，一個在轉售與開發中灰飛煙滅的文化資產，我們現在只能後悔地看著文本或紀錄片來懷想台中太平吳家歷史的輕盈與文化資產的沉重之間，有甚麼事情是我們還可以努力於避免天外天劇場的憾事再次發生。

★被拆解的紅葉園

訪國立歷史博物館研究員 凌宗魁老師

一、被拆解的「紅葉園」：歷史建築的存與廢，透露出甚麼價值判斷？

走在都會風味濃厚的台北街頭，除了知名的地標台北一〇一，你會看到極簡高聳明亮俐落的城市意象，那已然成為高速現代化與都市化時代的象徵。

然而每個時代都有它專屬的地標。

中山北路二段十一巷十六號，百年前曾經是台北三橋町的地標。

如今這個位址，新蓋好一棟現代化高聳建築，它和台北市的都會建築並排，景色相契，成為城市的所有現代風貌的融合。隨著時代的發展，現代人日益理性、講求快速效率、精於算計，價值觀偏於資本主義式的邏輯：創造性的破壞，毫不避諱的利潤導向金錢至上的價值觀，其創造性的破壞讓我們的城市獲得了甚麼？又喪失了甚麼？得到甚麼收益？又付出了甚麼代價？

追溯這棟中山北路二段十一巷十六號新樓的歷史，它的前身是創建於日治時期的山海樓餐廳，根據維基百科的記載可知，一九三二年擔任本町日進商會的小林惣次郎，將位於三橋町二丁目的兩筆土地陸續出售給大稻埕乾元藥行經營者陳茂通，一九三三年陳茂通在該址興建獨棟的西洋式建築與其附屬庭園，名為「紅葉園」。落成後，陳茂通在《臺灣日日新報》上刊登廣告，邀請眾人參加慶祝宴會，臺北市尹（市長）松岡一衛及辜顯榮等皆出席宴會。

一九七三年紅葉園再度被轉賣給正大尼龍工業股份有限公司作辦公室使用。日後曾被正大尼龍租給業者開設江浙菜餐廳「三板橋會館聚朋園」。二〇一四年，永豐餘生技在此開設「山海樓」台菜餐廳。二〇一七年八月二十二日「山海樓」台菜餐廳因當地地主即將進行都市更新而暫時歇業。二〇一七年九月，文史工作者提報其為歷史建築，要求進行文化資產審議，但於十月十九日遭臺北市文化資產審議委員會以不記名方式投票表決否決。二〇一八年動工拆除。目前拆解後的物件，暫時放在正大尼龍廠房基地內。

二、只要是空間還在，歷史就很有機會被珍視

我們走訪二〇一七年當初提報紅葉園為歷史建築的凌宗魁老師，他表示當初在一邊提報的時候，一邊面臨都市更新開發的壓力，一邊要去說服文化局和文資委員它有保存價值，研究該建築時陸續有很多的史料被發掘出來，他發現紅葉園的歷史與台北城市的發展脈絡相關，建築本身的構造風格與特色皆具有高度歷史意義，深具保存價值。相信只要是空間還在的話，歷史就會很有機會被珍視。

因此，在這個城市裡面要找得到願意並能夠去說它故事的人，願意說故事，故事還得說到能

說服文資審議委員。顯然，事情並沒有那麼單純。

提報文資審議的契機其實是在知道它的屋主都已辦妥相關的都更流程之後，紅葉園即將被拆除，雖然提報時機點有些晚了，但這非常複雜的發展過程，卻是台灣大多數私有文化資產被提報古蹟的現實寫照：文資提報的成功與否，通常涉及時機點與文資審議提報事證資料的匱乏與否。

凌老師說了一段相當有趣的從提報到文資審議失敗的過程。

他說，聽說原本的餐廳歇業了要搬去別的地方，有人開始關注那棟建築是不是要進行什麼變化了，這才發現紅葉園要被拆掉，凌宗魁老師開始與同伴進行提報之後，他觀察到文化局或者是台北市政府裡面的各個局處的立場各自有不同的考量。

首先，文化局是否對這棟建築物做過文資身分的評估？答案是否定的。因為，當產權私有時，地方縣市政府的文化局通常不會主動去做資源的盤查，如果產權是公部門的各個單位、公營事業，可能文化局比較會積極的掌握情況，然而對於私有產權的處理就沒那麼積極。

再者，便是看都發局的處理過程。很有趣的是，都發局大概在民眾提報之前或更早的十年前，就發現這棟建築可能具有保存的價值，當初曾去函詢問文化局是不是要來現勘，但文化局當時並沒有找文資委員前往現場，而是由局內的承辦自己判斷房子好像沒有價值了、不需要留，倒是門口有兩棵將近九十年的老樹，被列管為珍貴老樹保護（因為老樹也是文化局管轄的業務範圍）。都發局認為已經得到了文化局的回覆，於是就開始進行接下來的都更程序。

繁瑣的都更程序，第一關就是所有基地上的所有權人同意，再來就是通過各式各樣的都市設計通盤檢討，更多的都市規劃審議，包括環境影響評估，最後才核定都更方案。另一方面，建商的新建案在得到政府的許可後也不斷的修改建築設計，最後終於獲得興建核可，開始要清理地上物之時，卻遇上了歷史建築的提報事件。

到了這個階段，都更程序與整個建築流程都完備了，對於地主跟屋主而言，他們已經花了非常多的時間在推動都更，如果現在才要開始進行文資審議，紅葉園如果判定為歷史建築必須保存的話，那麼前面繁瑣的程序一切不就要重頭開始？

站在文資審議提報者的角度，所關心的純粹是為這個城市留下更多有意義的、有歷史價值的空間，而站在另一對立面思考，暫緩都更則會涉及眾多所有權人利益，文化局很難單純的去評估其文化資產的價值，開發的壓力會干擾本身價值的影響評估；再者，當時台北市的文資審議委員的組成會有都發局長等局處人士等等各種因素，於是政府在極短的時間舉行了文資審議會議，而提報人也必須在極短的時間內將所有歷史建築保存價值的資料備齊。

提報之後的三個月，在不記名投票表決下，得到八票反對、四票贊成的結果，最終決議紅葉園不登錄為歷史建築。

這件引起文資界重視的案子，還有案外案。

後來凌老師想到了一個補救方法，如果紅葉園不能在原地保留，那是不是可以異地保存呢？異地保存的先決條件考量，首先就是要移到哪裡去？由誰來提供土地？以作為台北公共歷史的視野角度保存的話，有沒有公有用地可以運用？當時還提到康樂公園跟林森公園就在基地的附近，是不是可能移去那裏異地封存？

只是，最後異地保存的方案還是沒有成功，有幾個因素；首先是，移屋預設的路徑會經過馬路下方的捷運系統，交通局認為其對工程安全需做審慎的評估，數據處理可能至少要半年以上，加上康樂公園周邊的馬路是台北很熱絡的交通動脈，光在交通管制上就非常令人頭痛；都更也已經箭在弦上了……後來請原屋主跟建設公司不以拆毀、而是用切割的方式，把建築像是積木零件一樣拆解開來，拆解開來之後的組件把它放置到正大尼龍新店廠區存放，這些文資具有產權，還是由原本地主管理，但是未來能不能再把它重組回來，亦是遙遙無期。

種種因素讓紅葉園的異地保存也破局了，這棟優美的歷史建築只能黯然被拆解……只是，空間不在了，歷史還有人珍視嗎？

三、在城市開發需求下，如何衡量文化資產保存的價值呢？

誰來界定什麼叫做「文化」？它其實並不具備十分客觀的標準。文化是不是符合所有人的公眾利益，這也是值得再探討的問題。在台灣談文化的事情，有一個先決條件就是——首先要認識到多元社會的想法各異，大家都要互相尊重，至於互相尊重之下能不能夠產生共識，最終還是會回歸到現實利益層面。

如果要去說服屋主保存一個他想要拆掉的老房子，那麼相對地，給予他的補償能否滿足是他是否願意保留歷史文化的誘因，這個誘因最後還是要回歸到普世的價值觀，一個大家都同意的大方向認同，之後還是要有主管機關來操作這件事情，主管機關的壓力會非常大，一方面要去協調，一方面要去理解大家要的是什麼，這其實也是公權力賦予政府機關必要面臨的，因為它有公權力這個工具，它必須擔起各方溝通的責任。

而文資審議委員會是目前唯一具公權力的認證單位，文資審議會選擇保存哪些歷史建築，等同是選擇了讓哪些記憶形塑地方的歸屬，其認同判斷形成的過程中，須包含是否納入「社會多元價值」的思考。文資審議委員會決議的過程，本身就寓有讓社會多元價值，透過文資審議會中不同屬性人員的相互思辯，凝聚全民共識、型塑文化的意涵，而不只是讓專家學者或機關首長各抒己見，最後單純訴諸多數決而已。

我們透過建築的保存或重塑，得以選擇召喚那些記憶，甚至創造出新的記憶，而成為我們自身的認同；又或是透過建築的破壞，選擇讓哪些記憶消逝，創造出認同的危機；因此，文資審議不應該僅僅是出於政治或經濟思考，也不應侷限於菁英式之專業判斷，而是應該經過公民社會中多元價值平等論述之過程，凝聚共識來形成。

然而我們研究紅葉園文資為例，找出文資提報歷史建築失敗的癥結點在於：

民間與政府單位相較資源匱乏之下，蒐集關鍵資料的不易。

民間報章雜誌是否也能被文資審議委員會認定為評估事證的史料？此案中，紅葉園建造者的認定，在官方和民間的資料中存在著落差，影響最終審議的結果。

文資法中已經公布的公民參與權力，在執行上仍有無法全面開放的現況，在數位社會轉型的過程中，資料數位化與公開化，已成為開放政府的新功課，將公私有文資建築的保存也開放給公民參與，或許也可以解決公部門公務人員的壓力。本案在相關史料缺乏之外，有關戶籍資料、建築起造人所有權人等私人資訊的資料，僅限所有權人調閱，造成珍貴史料的檢索困難。

四、公私協力的前提，要有共同的目標共同的文化認同

憲法第十五條規定：「人民之財產權應予保障，旨在使財產所有人得依財產之存續狀態行使其自由使用、收益及處分之權能，免於遭受公權力或第三人之侵害，以確保人民

所賴以維繫個人生存及自由發展其人格之生活資源。」

憲法二十三條亦規定：「以上各條列舉之自由權利，除為防止妨礙他人自由、避免緊急危難、維持社會秩序，或增進公共利益所必要者外，不得以法律限制之。」提到了公共利益，針對增進公共利益所必要者外，不得以法律限制之，文化資產屬於全體人民的共有財，非任何人所得獨享，理應是公共利益。

憲法第一百六十六條也指出：「國家應獎勵科學之發明與創造，並保護有關歷史、文化、藝術之古蹟、古物。」

由憲法這三條法令分析，保護文化資產與私人財產都是國家責無旁貸的責任。因此在以上法律前提下，如何保障私人財產權又能兼顧公共利益，是政府與民間應協力共同思考與實踐的命題。協力的基礎，必須是要有共同的目標與共同的文化認同。

凌宗魁老師表示，假設公部門與私有產權都已覺得文資具有保存的價值，或許沒有辦法留在原地，或者沒有辦法百分之百保存，用比較淺白的比喻就是：菜市場的討價還價，大家可以接受到條件的底線在哪裡，那如果目標一致，協力就是在文化這條線要留多或留少？留多的話是不是補償多一點？而政府能夠用公帑、公權力的資源去給予的補助能到什麼程度？國家的財庫應按照計畫編列很多預算切實執行，因此談到文化保存，究竟運用公帑來完成文化保存能達到什麼程度？這些考量會進到立法院去受到人民的監督跟審視。

至於產權人補償的機制，現有的不管是容積移轉或者是減稅等方法，都仍按照公告地價進行補償，對於產權人來說，這樣的補償並不足以打動他心甘情願付出更多有形或無形的成本進行文資保留，也無法抵銷財產權受到侵害的疑慮，除非拿出在自由市場也具競爭力的誘因，這更是挑戰了政府預算的資源分配，兩難的狀況在台灣的文資事件中屢見不鮮。

理想的狀況是，公部門不要把民眾（或文史工作者）視為敵人；民眾，不管是從事社會運動或者是藝術創意的發想者也不要把公部門當作是阻礙，雙方要先有一個前提共識——理解彼此都是站在不同立場在做自己該做的事。公部門應該在提倡的議題下，思考如何用現行的法規或工具以促進達成這個目標，而民眾也需盡力研究充裕的資料，朝往與公部門合作的方向努力，唯有雙方合作才對文資保存有正面的效益。

這條文化資產保存的公私協力的道路，我們顯然還有一段上坡路要走。

★見高雄大舞台
——如何透過公私協力模式保留公共歷史空間價值

訪文史工作者、高雄三餘書店負責人 謝一麟老師

一、昔日庶民黃金戲院的時光寶庫

高雄大舞台戲院，是一間位於鹽埕區的電影院，建築外觀正面中央山牆上有特殊的花草徽飾，大舞台戲院座位上千，強片上檔時排隊觀片人龍綿延，是許多高雄人的共同回憶。其為日治時期製冰廠，二次大戰末期被炸毀，一九四七年原址由蕭佛助建築師重新設計建造大舞台戲院，從日

本進口新式放映機，專門播放洋片，一九七〇年由林月姮女士接手後，複合式理念結合電影、藝術、文化多元化經營，是大舞台戲院鼎盛時期。一九七六年因施工不慎引起火災悶燒，整修重建後更改經營方式，然不敵大環境的變遷，一九九九年停業。

二〇一一年戲院的美麗山牆圖騰被發現在未申請拆除執照的情況下遭到拆除破壞，高雄市文化局認為此行為有違法之虞，而當地居民與文史團體更予以關切，文化局的暫定古蹟處理小組將該建物指定為暫定古蹟，以爭取時間協商，然業主仍不願該建物成為古蹟，因此高雄市文資委員會決議不指定古蹟，二〇一三年經所有權人同意後，高雄市文化局將會保存外牆的花鳥紋飾與戲院內的文物，建築乃進行拆除。

當年由高雄文化局出版了有關大舞台戲院專書，替大舞台戲院建築歷史、當年的經營理念、相關的照片公文本事、曾經到大舞台戲院觀影民眾的回憶與趣事，留下一份完整的記錄。

文史工作者謝一麟老師，就是這本專書的作者之一，這本政府委託案的寫作，觸動謝一麟老師對高雄文史的熱血，他努力從一間大戲院的文物與口述歷史細節，讓我們更清楚戲院黃金時代的各方面貌，也讓我們深思城市的發展流變，是高雄人的共同記憶，也是公共大眾娛樂建築的庶民時光寶庫。

二、留下一個老建築的意義何在？守護共同記憶的地方性與可能性

謝一麟表示，台灣的老戲院一一消失，珍貴的文化資產也隨風而逝，究竟我們還能留給後人甚麼可資參照的文化回憶？

值得我們深思的是，留下一個老建築的意義何在？這些都要端看一個建築的地方性與功能

性。

高雄大舞台戲院，是一個很特殊的地標，以現在的角度看它當年坐落的位址，在很熱鬧的交通位置，附近居民多而生活機能好，是城市生活商業發展的指標性公共建築。

留下一個指標性老戲院，也並不一定非得要做戲院放映使用，以老戲院這樣的建築跟它承載的共同記憶，它可以是一個蠻好的聚集大眾的地標，至於做什麼樣的功能來使用，就要看每個城市的需求取向。

謝老師舉例，彰化市區銀宮戲院，建築保留下來由 NET 服飾品牌進駐經營，老戲院的功能性得到積極的機能發揮；又如新竹周益記古宅，由地主自行保留祖厝，公部門指定為市定古蹟，有了法定身分之後，地主自己花經費修葺老屋的同時，也兼做社區營造的工作。如此一來，古蹟對外開放後，它的地方性與社區軟體帶動了建築與居民之間的文化連結。

但他話鋒一轉，談及老建築的異地保存，卻持有不同的意見。

他認為如果將其保存在一個遠離原本在地歷史關聯的地方，使大家為了去拜訪古蹟而舟車勞頓，並不符合現代人的生活或商業性，那如同是某一種凍齡的死亡，老建築的某一些地標性或軟體性的記憶成分，是在它原來的基礎上加乘新的商業功能的使用，這才是古蹟或歷史建築保存的最好狀態。

三、歷史空間的文化價值與私產權產生衝突時，政府機制的角色

當我們延伸探討一棟建築的私有產權是否凌駕於歷史空間的公共性時，謝老師說，台灣在文

化資產保存上最常遇到的就是私產問題，政府的具體角色在於法規層面的運作，例如文資法、建築法、土地租稅法、稅務法等等。

以當年大舞台戲院為例，第一個出面解決問題的是地方政府文化局以及文資法，通常業主一聽到文資法就反感，認為他的權益就受損了，在大舞台戲院搏上媒體版面的當下，美麗的山牆圖騰一夕之間毀壞殆盡，所有權人透過律師表達不願保留的意願。

其實，這些問題在於地方文化局與都發局的都市更新或是容積獎勵相關配套措施要互相配合，可能租稅相關法律也要修法。參酌國外的做法，一定有這樣的配套，在沒有傷害所有權人財產權的權益下，某一些街區或某一些歷史建築它就會很自然地保留下來，比如高雄哈瑪星的歷史街區的保留，就是一個很好的範例。

哈瑪星有一些歷史建築街區，當年高雄市政府並沒有直接以文資法去指定，而是媒合相關的商業團隊進駐，以公權力跟產權人溝通，以建築物的商業價值訴之保留歷史建物，對產權人來講，當房東收租金也是能達到產權的收入，而公部門又可以達成保留歷史建物的目的，因此公私兩方對於這些建築物以及空間，都有了時間感與存在地方的意義。

四、老屋活化，找到公私協力的雙贏契機

將文資法當成是個工具，也許是朝向雙贏的利器，意即假設文資法是一個螺絲起子，不見得所有東西都必然要使用到這個螺絲起子，可是當你需要鬆開某些螺絲時就要用螺絲起子，不用它時它就是一個工具；然而某些緊急的暫定古蹟的時刻，文資法還是有一定的公權力在。

謝老師一直提到一個觀點：提案跟媒合，文資法要用對時間點，它就會是一個利器。一個老

屋，用不用文資法去指定倒是其次，只要有商業空間的功能使用，優先讓老屋得以有活下來以及活得好，比指定完文資之後還不知道要怎麼活化來得重要一些。

他喟嘆地說，當初高雄大舞台戲院如果再慢個兩、三年做處理，以高雄的氣氛跟商業狀況來說，是有留下來的契機，這事就差了臨門一腳。

現行的文資保存法的缺點在於，民眾一聽到房子被指定保存，除了害怕產權的不能利用，修補房子的繁瑣過程亦教人卻步；依照文資法，整修房舍要先通報，要派委員來視察，還要提整修計畫，光是一個簡單的漏水問題搞半年都不見得能補漏，光是如此簡單的事情就這麼麻煩，誰還願意房子被指定保存呢？

因此依據老師的觀察，目前有些公部門的配套不足，在老屋被指定之後，看起來是弊多於利了。

如此對於老屋來說，文資法還能幫甚麼忙嗎？

不同的地方政府有不同的努力方向，以金門國家風景區為例，是個活用文資法好處的例子。金門的國家風景區經營單位，見到哪些古厝閒置，他們會想辦法進場提案，讓有價值的空間活化，而原先歷史空間的所有權人，也不用傷腦筋要怎麼處理老屋，這些文資的運作，讓金門國家風景區的觀光旅遊也隨之帶動，這是多贏的局面。

另外必須探討的重點是，民眾對於文化資產空間的認同與接受度。空間，承載人的生活軌跡與交誼的記憶，建築，裝載這些文化活動的區域，一個建築如果與周圍社區沒有關聯，就不會健康的活著，只要民眾對於空間有情感、有期待、有記憶，他願意在裡面活動，這才會是歷史空間留下來的意義與價值。

五、文資保存上的具體建議

有甚麼具體的做法將老屋活存？

謝老師認為，信託集資，是一個不錯的辦法。參酌國外的措施，比較成熟的是英國的信託集資方案，有一點像是介於 NGO 跟基金會的那種概念，英國泰德美術館就在泰晤士河旁邊，它其實以前是火力發電廠，它也不指定成文化資產，而是一個民間信託，類法人在經營，營利的所得用來做場館的修復、營運與人力專業研究上的支出，因此它不寫計畫或是在公部門拿補助或標案，這就是信託最理想的狀態。

台灣目前還沒有信託集資成功的案例，然而我們可以朝這方向繼續努力。

至於公私部門的協力，二方取得共識很重要，公私部門不同專業體系的對話與往共同目標前進的過程，透過財團或有心人成立信託基會的統籌管理方式，會是互惠的做法。

當留下來的案例越來越多，依此連結這樣更多不同領域的人在公私部門的討論互動上，大家就會發現，這些歷史空間的價值很重要，在公部門應該要有更多單位出來整合，而一般民眾的日常的教育推廣文資概念也很重要，最理想狀態是普遍民眾對於某一種時間連續性的東西有共識的榮耀感，才是國家整體歷史文化能夠長久留存的根本作法。

綜合以上觀點，對於解決文資的具體建議是：

1. 國家的法規上配套要做好，比如說稅收的優惠方案，土地法規上的鬆綁或是誘因，都是需要的。

2. 產權人的補償機制，抵稅的具體作法以消解產權人被侵害的疑慮。
3. 地方政府局處之間的資源整合。
4. 社會價值觀的集體改變與文化素養的提升。

★保留成功的歷史建築
夢迴文萌樓
——公私協力保存與更新的美好契機

訪台北市立古蹟文萌樓 高旭寬館長

一、從大稻埕的一頁繁華翻起——全台唯一被指定保存的前公娼館

台北大稻埕區性產業的發展歷史很悠久，最早可追溯到清道光初年（西元一八二一～一八三〇年間），其性產業的發展與地域性有關；淡水河運繁榮的碼頭，帶動各種產業的活絡與人口的增加，滿足船夫商賈等的飲食娛樂乃至於性需求的行業，就應運而生。一九一七年大稻埕的最著名的藝旦間江山樓，成為台灣早期上流社會的浮華場域，而文萌樓就在江山樓旁，一九二四年建立起歸綏街情慾區塊最繁華的極盛時期。

在街區沒落的現在，文萌樓的後續發展為何？

我們找到文萌樓的現任館長高旭寬先生，請他談談文萌樓成為公娼館與被指定為古蹟的過程。

他說，至日治時期約一九四〇年文萌樓成為公娼館，二戰後國民政府訂出法規，使公娼領有執照合法經營。一九九七年台北市長陳水扁就勒令廢娼的決定，引起百名公娼們的反對，在公運團體協助下組成公娼自救會，以文萌樓為妓權運動基地，經過一年七個月的抗爭，爭取到緩廢兩年的結果，一九九九年就重新執業兩年，至二〇〇一年完全廢除。

二〇〇一年台北市的性產業全面地下化，公娼和一些志工就組成「日日春關懷協會」，繼續在文萌樓做性產業歷史的研究以及性工作人權相關的倡議，做階級性、性別、性工作者去污名化的社會教育，持續就由文萌樓這棟百年老屋，向社會大眾述說這裡發生的故事。

高館長表示，百年文萌樓建築老舊，有整建維護的必要，於是他們就著手開始研究如何推動文萌樓成為古蹟，讓這個底層性工作者的勞動場域可以持續當年的精神和維護文化價值持續保留下來。

二〇〇六年文萌樓被指定為市定古蹟。

當時文化局說明文萌樓被指定為古蹟的三大理由：一是其建築特色為一九三〇年代殖民時期店屋的類型，日式昭和時期與移植歐洲巴洛克元素的東西融合式建築；二是自一九四一年開始為大稻埕公娼館的所在地，是都市發展史和河港城市性產業歷史記憶的區塊；更重要的是，它是反廢娼的運動基地，特別具有紀念價值。第三、建築內部的室內隔間反應出當時性產業的空間要求，樓內空間仍然維持公娼館的氣氛相當完整，具見證價值。

二、煙花歷史轉過身，文萌樓的兩道陰影：都市更新與日日春糾紛事件

一九九九年日日春關懷協會的成立，使台灣社會首次認真面對性產業複雜且牽連甚廣的公共政策問題，而不再只是自道德及救援層面看待性工作者，協會承租文萌樓，以文萌樓為據點展開替性工作者權益發聲的組織。二〇〇六年文萌樓指定為古蹟後，「日日春關懷互助協會」持續以租屋方式，在文萌樓維護、經營各種性議題的展示與討論。

然而，面對時代演進與都市計畫更新、社區的再發展議題的浪潮進逼，如何讓老舊的文萌樓歷史保存與社區再造的互利共存？這些都考驗著屋主與執政者或市民究竟如何面對城市的真實歷史！

高館長表示，這的確是個很棘手的問題，大多數時候主管機關不可能一一買下私人古蹟，因此在文資法第三十五條，為了彌補所有權人的損失，會給予容積轉移等條件，以至於文萌樓發生了以下的都更與日日春協會的糾紛事件。

都更原本是幫助城市改變市容的方法之一，以文萌樓所在的歸綏街來說，隨著大稻埕的沒落，街區也跟著蕭條，部分居民都期盼透過都更來重新整理街容帶來新氣象。文萌樓連同周邊基地的都更，是一個完整區塊，文萌樓旁邊的舊警察宿舍會遭到拆除，而文萌樓是市定古蹟，不會遭到改建或拆除。

二〇一〇年聖德福建設公司開始整合這邊的老舊房屋的屋主，以因應可能的都市更新計畫，文萌樓原屋原貌保留，新造的建築物會退縮兩公尺，並整修成仿古立面。二〇一一年現任的屋主林麗萍向前任屋主林伯伯購得文萌樓，文萌樓土地分屬國產署、台銀、建商所有，建物卻另屬私人所有權。

林麗萍買下文萌樓，意欲自己整理經營古蹟的空間，無意繼續承租給日日春協會，並向日日春協會提出訴訟要求撤出，三審結果出爐，日日春仍敗訴，只能黯然離去。

高館長說，當初協會是跟林伯伯租一樓的空間來做文化推廣的使用，新屋主購買之後，房屋所有權人依法可以決定要租、不租、要賣、不賣。

就屋主的角度而言，面對的是一座古蹟，以及在古蹟裡從事公娼抗爭運動的日日春協會和這些公娼阿姨們，他們就是建物被指定為古蹟的意義之一！爭議就是在此！這是當時屋主心裡的掙扎，雖然打了為期大概六年的官司，最後日日春也敗訴，然而屋主也被協會裡執著於主張性工作者權益與歷史故事的工作人員的熱情所感動。

三、屋主的決心——更新與保存的契機

於是屋主林麗萍開始經營整建這個古蹟，依文資法的規定，古蹟的所有權人必需要遵守文資法的規範，要提出古蹟的管理維護計畫。

整建計畫的第一階段當然就是建物本身，建物本身這個整修，除了屋樑結構上面的補強和修復之外，她也做了很多空間擺飾建新如舊的設計，依照以前娼館的那個格局，恢復以前娼館的樣子，這是修復階段提出的整建規劃。

另外就是空間的活化再利用，將空間弄得比較明亮一些，建物有壞的地方就將其修補再利用。當時文化局跟文資處都有補助屋主各四百萬，加上屋主的自籌款，順利將整個老屋整建完畢。

在維護計畫的這個過程當中，屋主與建築師也會請教日日春協會有關於早期的歷史，或者考

究當時的擺設與娼館裡執業房的各種細節與空間的使用，這些種種歷史，屋主都會去請教日日春協會，無形中也和日日春協會保持了良好的互動結果。

我們檢視文萌樓，不論從整個都更、糾紛、整建與修復的過程中，因為不斷的去談古蹟的價值，大家看見古蹟跟公共利益之間的關係，屋主本身置身風暴之中，對於文萌樓的歷史、社會公益性、公娼抗爭、妓權運動的歷史，有更深切的認識。

高館長強調，就文萌樓的案例，一般人會覺得是公部門跟民間私人之間的合作的美好，但是他認為文萌樓復育計畫的另外一層意義是，公共利益和私有產權之間的如何協調到大家都接受的狀況：私有產權涉入到公共利益的時候產權人如何去面對？

文萌樓的案子就恰恰凸顯了這一塊，這是一個公益跟私有權的社會教育，政府官方的介入在於督促所有權人做古蹟管理維護，也持續促成所有權人跟日日春協會之間的一個和平合作。

另外就是建設公司在開始施工之後，難免就是會對古蹟有一些影響或損傷，尤其是像文萌樓這樣的連棟建築，在拆除的時候牆損在所難免，公部門就會介入協調與監督建設公司的施工。

公部門公職人員的責任感，其重要的督促力量在於全民，日日春協會作為一個社會組織，發揮了督促政府做到文資保存的責任。

歸綏街上，這棟寫著「身心靈雜貨店」的老房子，因為政府、所有權人、倡議保留者的堅持與三方相互合作，我們才能窺得古早性工作者的斑斑血淚史。我們想像夜裡的文萌樓，從屋裡透著紅艷艷的光，桃色的帷帳如無邊春色，人與人之間情慾交換彼此的索取，在這棟樓裡正一再展演人生而為人的基本生理需求，她是眾多合法公娼古老身體幽徑的記憶，公娼們透過身體養家活口，而二〇二二年的現在，屋裡住著一百歲的前屋主，他與文萌樓的建築本體和文萌樓的小姐們感情深厚並一同老去，即使房屋所有權易主，他仍與文萌樓生死與共。

一棟建築的生與死，就在公與私部門的一念之間。

高館長說，文萌樓的下一步，就是繼續與各機關學校推展古蹟導覽的社會教育，我們期待文萌樓的永生活存。

後記：

〈文化，有價嗎？——特色歷史建築保留成功與否的探討〉、〈地方上消失的特色建築——消失的城市起源歷史：回眸天外天劇場〉、〈被拆解的紅葉園〉、〈再見高雄大舞台——如何透過公私協力模式保留公共歷史空間價值〉、〈保留成功的歷史建築——夢迴文萌樓〉原為作者與羅苑榆小姐合作的「歷史的回眸」計畫案的一部分文字，共同探討都市文明演進的文化想像與實踐，文化建築的身世流轉，論述政府治理下，公私協力的想像與實踐，與現實差距的落差點。另外，歷史、文化是一個群體面貌的本質，可以是久遠的也是融合的，就像城市的風景與舊建築的翻修兼容並蓄，應重新賦予它「活著」原有的樣貌。

註釋：

註1：

參考「台北市定古蹟文萌樓官網：wenmenglou.com」，以及維基百科文萌樓。

臺灣娼妓紀錄最早可追溯至清代，移民在艋舺開墾後逐漸形成市街，凹斗仔(今華西街北段)多有娼寮設立，以滿足碼頭眾多船夫、工人性需求，此時台灣藝旦也開始盛行。一八六〇年淡水開港後，因艋舺河沙淤積，大稻埕逐漸取代艋舺港埠地位，艋舺性產業也移轉到大稻埕九間仔街(今延平北路二段近歸綏街附近)及六館仔街(今南京西路近淡水河地帶)一帶。一八九八年日治時期，艋舺妓女戶設置，日籍妓女湧入台灣，日本政府開始施行管理制度，爲台灣公娼制度初始。日本在台北市艋舺、大稻埕劃設遊廓，將貸座敷(妓院)集中管理。大正年間，大稻埕藝旦，以兩大酒樓「江山樓」與「蓬萊閣」最負盛名，人稱「未看見藝旦，免講大稻埕」，爲台北大稻埕情慾連結最鼎盛的區塊。

註2：臺灣文化資產遭破壞列表，資料來源：維基百科。

名稱	縣市	類型	創建年代	破壞時間	管理狀態	備註
彰化台灣民俗村園內部份文化景觀建物	彰化縣			2020年1月		已列歷史建築之3棟建物未被拆除
天外天劇場	台中市			2020年4月2日	曾審議決議不列古蹟不列歷史建築，因破壞而再次列暫定古蹟	所有權再次開拆，因緊急文化部列暫定古蹟，年底公告被撤銷
錐麓古道石觀音像	花蓮縣		1917年	2020年8月		面容遭人刮花
北投學仔內	臺北市北投區			2020年8月		文資委員以屋況不佳及所有權人有開發計畫為由，解除列冊管理
協和磚廠八卦窯	桃園縣			2020年8月	預計文資審議，因破壞列暫定古蹟	新地主稱因整地工程而在不知情下誤拆
楠梓區基督長老教會牧師館	高雄市		1952年	2020年9月	被提報歷史建築尚未審核，因破壞列暫定古蹟	被提報為歷史建築後進行拆除工程，因尚未正式勘查，是否損及具文化資產部份並不明
觀德橋	金門縣		1850年	2020年9月	縣定古蹟	例行古蹟巡查時發現橋墩遭混凝土覆蓋，原因為附近之護欄工程所致，要求停工並還原

註2：臺灣文化資產遭破壞列表，資料來源：維基百科。

名稱	縣市	類型	創建年代	破壞時間	管理狀態	備註
日本陸軍第50師團（蓬部隊）司令部要塞	屏東縣		二戰期間	2020年9月	未獲得認證	文史工作者陳情因周邊太陽能電廠工程施作造成毀損，縣府先要求停工調查
員林曾氏洋樓保安堂醫院	彰化縣		1936年	2020年10月	預計11月文資審議，因欲拆除動作列暫定古蹟，審定後列縣定古蹟	出售後欲拆除，被縣文化局緊急擋下而未拆除，不確定是否過程間有遭破壞
天外天劇場	台中市			2021年2月	2020年底地主向行政院訴願成功撤銷暫定古蹟	2021年1月開始違法拆除，2月初建築立面已全毀，台中市文化資產資材管理中心將天外天遺構移到大里菸葉廠保存。
陳復禮洋樓	台北市		日治時期	2021年5月	列冊追蹤尚未審議，遭拆除後列暫定古蹟，9月27日通過指定為市定古蹟。	疑似遭都更的建商拆除，台北市文化局公告陳復禮洋樓為暫定古蹟，要求建商停止拆除，若再有破壞的情形，將依《文資法》開罰。
楊梅京兆堂	桃園縣			2022年1月13日	桃園市政府認定不具文資保存價值	宋家後代及文史工作者向文化局提出新事證作文資價值時遭建商拆除
台南車站	台南市	公共建築	1936年	2022年	國定古蹟	國定古蹟修復工程中，古蹟外牆磁磚等文物遭破壞

註3：

吳鸞旂（一八六二年—一九二二年），字泮水，號魯齋，祖籍福建漳州龍溪，臺灣彰化縣藍興堡（後改隸臺灣縣）出身，父親爲吳景春。他是臺灣中部的著名仕紳，與林獻堂之父林文欽爲表兄弟。光緒十一年（一八八五年），台灣建省。臺灣巡撫劉銘傳數度訪查藍興堡下橋仔頭後，確定於現今台中市一帶建立省城。財力雄厚的吳鸞旂授命爲董工總理，負責督造城廓的省城，負責管理臺灣的中路，亦是行政區劃調整後新臺灣府的府治所在，也是臺灣縣的縣治所在。省城的範圍在頂橋仔頭到東大墩一帶，包含了三分之一的東大墩街，另外也涵蓋了整條新莊仔街並至旱溪西側爲止。但在邵友濂接任巡撫後令省城停工，並將省會正式移到臺北府，於是此城之後僅爲新的臺灣府城，且直到乙未戰爭時仍處於未完工狀態。於日治時期的一九〇三年進行市區改正，依省城範圍作爲行政中心，省城建物城牆幾乎全毀，僅留下臺灣省城大北門的城樓（今臺中公園望月亭）及儒考棚。市區改正計畫，開闢斜貫大墩下街之舊街道，並增築今之自由路、市府路、繼光街、綠川西街等街道，至西元一九〇八年縱貫鐵路開通後，車站成爲都市及區域核心，使市區向火車站方向伸展，街肆更加繁榮發展，由台中火車站至今中華路，以及公園路至民權路之地區爲商業區，商業日益鼎盛。

天外之天

——百年劇場的消亡全紀錄

凡起飛的總要降落。

於是，我和朋友策了一個名為「文化有價嗎？」的展覽，紀念幾棟深具歷史價值卻被輕忽消逝的文化資產。

有些人真誠的總結，說某些應該隨時間而改變的都是一種代謝，身體要代謝，城市也需要代謝。但是瑞凡，雖然回不去了，弔念逝去的應該是可以的吧！

於是有二星期的所謂弔念。

他們真心的勸說，不要再糾結於凡錯過的都成為美麗，有些美麗其實是幽靈，在不經意的時候跑出來戲弄看得見他的人。可是小王子，最重要的東西不是看不見，而是看見了卻假裝看不見。

我真心認為，信仰美麗會永恆存在。

我們無法真正實現想要達成的所謂心中的目標，只能像是在風中掃落葉，任狂風把掃成一堆的落葉又吹得四處飛散一般，徒勞。

無功嗎？不，已經起飛的總會降落，不在目的地，又何妨？經過一段旅途，一段小小的策展，我對所謂真實的世界已經有更深刻而複雜的理解了。

Ⓐ、在遺忘之前
——搶救天外天劇場

「時間雖然免費，但卻無價。
你無法擁有它，但你可以利用它。
你無法保有它，但你可以花費它。
一旦你失去它。就再也找不回來。」

哈維麥凱（Harvey Mackay）

一、

牠們在夜深人靜、明月當空的夜晚，攜家帶眷岌岌遷飛回來，燕影一閃即逝，不見模樣，彷彿趕著煙波萬里路。回到久違的劇院，簷廊下空巢依舊緊佇，斑駁的蒼老的女兒牆，模糊裂損的兒時窗，別來無恙啊……別來無恙！昏暗小巷立著一盞街燈，殷殷訴著離時往事。

靜謐頹然的台中市復興路四段巷弄矮牆上，突然出現一紙告示：「本棟建物預計於一零四年八月二十八日拆除，請與本棟建物有關之水電、瓦斯盡速拆除，謝謝合作！」。公告當天，趁著夜黑風高無人知曉，一龐然巨獸般的怪手，轟隆轟隆地悶響著，偷偷的劃破黑夜，也劃破了長空……。

天亮了，心碎了。刺目的日光無情地照亮著開腸剖肚的建物，這棟近八十年歷史劇院，被挖掉舊時的風華，成堆的廢棄水泥塊和扭曲成結的鋼筋鐵條，宛如外星鋼鐵八腳蜘蛛般的，觸目地聳立在半毀的建物旁，隨處可見的碎玻璃就著陽光反射出瑩瑩星光，玻璃無心，痛著的是台中舊城的歷史衷腸。

燕兒趕著歸巢，就在八月二十八日的前三晚，在遺忘之前。

二、

昭和十一年白露某日，小魯先生一身藏藍色袍褂，淨色裡有福壽字暗花，足踏棉鞋，疾疾在淡淡的暮色裡走過新盛川上有鐵鑄花紋欄杆的鐵橋，橋上陪襯的燈座亮著黃澄澄的光，溫婉的光線照得橋上一地斑駁光影，徐徐微風吹拂著，卻恍如有風雨的味道。他低頭往懷裡忽忽掏出金色鍊錶，看一眼時刻，乃面不改色地繼續疾行。

行經轉角弧型建築「中央書局」，那銷售漢和書籍雜誌、文具學藝用品、洋畫材料、運動器具服裝、留聲機西洋樂器等物的書局裡，櫃檯前端坐著莊先生，剛巧眺目往外望著小魯先生，頷首似的輕輕打了個招呼。拐了個彎來到大正町鈴蘭街坊，鈴蘭造型路燈十分典雅好看，一路行經台中埤圳聯合會事務所、松井婦人子供服、諸金屬品製代修轄所、帝國運輸株式會社，來到森永菓子商店裡面。掌櫃也是同鄉，素有好交情，在裡頭招了手請小魯先生入內，順帶交託他一些和菓給家內，小魯來回推讓後乃訕訕收下。

小魯見暮色漸濃，心下急了，迎著街心一間名為順發物產集散地的，是中部地區所生產的米、香蕉、砂糖、柑橘的商業中心，裡頭鬧哄哄的滿是人潮，旁邊廣福樓的月餅廣告中，面貌姣好的旗袍美人手端豆沙栗子、蓮蓉桂圓、玫瑰肉餡的各色月餅，餅香倒引導著小魯先生臨時起意，提了一盒解饞。

夜色爬上榮町、寶町，街上華燈四起。小魯先生風風火火踏著快步來到櫻町自家劇場。

今乃白露重陽之日，他進了伙房，查看早早吩咐廚娘做的花糕和紅龜粿。那花糕是傳統節日重陽節時所食用的一種點心，一般用糯米做成，上面佐以紅綠絲、棗等輔料，味清甜，講究地製造了九層如寶塔狀。而紅龜粿則用紅花糯米，再加以揉搗，包入內餡甜豆沙後，印出吉祥意味的漢字龜印，抹油平放於弓蕉葉上，再置籠床蒸氣炊熟，吃起來口感甜軟如麻糬。小魯再從倉房拿出菊花釀藥酒，滿意地坐下歇腿，等待賓客。

小魯先生獲得當局的常設映寫館兼劇場的建設許可，將劇場建設在櫻町四丁目自宅後。劇場完工時，小魯先生問其女燕生取何名為佳？女答：「你已經是人上人了，不妨取作天外天？」

天外天其設計，為全島中堪誇之大劇場，建築法及諸設備，皆亦全島中所未曾有，屋頂乃取圓形二重壁式，音響絕無，有置車場、社交室、化粧室、娛樂室、食堂、賣店、走馬路、屋上眺望台等設備，其設計乃出自元市技師齋藤辰次郎之手。取自美國式劇場案為本，加諸適合東洋之施設，內容一切皆以現代化科學的設備，建坪二百八十四坪，延建坪四百七十七坪，總工費七萬三千圓。階下觀覽席直徑六丈四尺，階上階下的迴廊濶各九呎，長八丈二尺，定員六百八十人，內設半馬力排風機二、大扇風機五、小扇風機十六。全劇場設備不但可充為演劇、影戲、跳舞、演講、音樂會場等，亦裝飾大臺中之美觀。周圍建設新式店鋪，以劇場為中央，留下廣場，周圍建築店鋪兩環、內環店前向內，外環店前向外，而裏面相接，為當時南臺中之大娛樂場，市區隨之繁榮。

櫟社、東墩吟社、怡社、大治吟社等四社詩友於今開秋日吟詩大會，櫟社詩友許麗俊、傅錫棋、張玉書、張棟樑、林仲衡、呂蘊白等友人先後來到，小魯愛女燕生亦參與其間。

二樓裡大廳裡掛著幾款紅豔豔的燈籠，照得秋日夜色一陣澄黃，像是沐浴在月色裡，廊下種的紅菊黃菊淡淡甜淨的香味瀰漫四周，丫鬟端來彩繪大玉盤，盤底長著線條潦潦的豔色牡丹，裡頭疊放著稍早子魯先生自廣福樓帶回的幾味月餅；另一盤翡翠綠底大瓷盤，上面金粉點點描繪幾朵玫瑰花瓣，彷彿風一吹起便飄灑花香，盛放著花糕和紅龜粿；桌上還擺放幾盤手路菜餚，幾盅菊花釀藥酒，秋詩會就此展開。

眾人擬定七律，題為「天外天上作重九」。緣三國時魏文帝曹丕〈九日與鐘繇書〉中，則已明確寫出重陽的飲宴了：「歲往月來，忽復九月九日。九為陽數，而日月並應，俗嘉其名，以為宜於長久，故以享宴高會。」

左右詞宗各為傅錫祺和許逸漁，次唱七絕與眾欣賞。

傅錫祺始做七律詩〈天外天上作重九〉云：

文人心以好奇傳，星想摘來雲想穿。
遺世何妨出天半，登高不必限山巔。
樓頭刻意論聲調，足下酣歌雜管絃。
回首題糕燕市日，一亭低小笑陶然。

許麗俊做七律詩〈天外天上做九日〉則描寫此處樂聲不絕於耳，文人們在天外天劇場相聚，好似處於半個神仙的絕妙之境。云：

昂頭回顧樂無邊，市井分明在眼前，
東望金山高望疊，西瞻玉海詠千年。
當時建築雄全島，此日登臨似半仙，
漫詡參軍傳落帽，還聞廣樂奏鈞天。

八時交卷畢，晚宴甫開席，一邊觀看自福州來台的福州戲曲「舊賽樂」戲班劇團的演出，飽含酒氣的歌聲搭配清幽的曲調，令人怡然。飯桌頂上澄亮的燈光芒綻開，照得眾人似乎籠罩在一團金華裡，溫暖圓滿。九時席散，文人們酒酣耳熱，欲罷不能，乃玩起正音，十一時乃出聽唱詩受賞品，半夜涼初透，眾人醉歌樓，時過夜半二時餘，子魯留宿方就寢。

數月後白雪飄空時節，櫟社詩人吳維岳穿著時髦合身的窄版線條西料衣裝，足踏光亮黑頭皮鞋，頭戴黑呢帽，街頭偶遇一身淡青色棉襖長袍衫的詩人林幼春，乃偕同一起來到天外天劇場拜訪子魯，觀賞流傳自唐玄宗之梨園樂曲，此次劇碼有：白天《男人脫躬鞋，美人獻西施》，夜間歌仔戲班明月園《李太白出世，楊貴妃醉酒》。老生、小旦的唱腔，搭配管弦絲竹古樂的配樂，合拍絕妙，口白與音取的結合，贏得台下滿堂掌聲。

林幼春一時有感，想到路途上遇到熟識多年的好朋友，就好像巧遇到婉約動人的女子一般，轉頭見窗外已經被潔白的雪所覆蓋的大樹，那樣子非常動人，乃做七言詩〈天外天觀劇〉云：

中年絲竹待商量，又入旗亭選句場。
法曲當筵思賀老，舊人陌路遇蕭娘。

偶聞玉樹腸堪斷，忽散天花影亦香。
最是春風吹送好，步虛聲韻滿江鄉。

吳維岳亦在觀劇中，有感於劇中人的演出，是戲中有戲，其光怪陸離演到三更半夜，曲終人散，彷彿訴說著生命中過眼雲煙的歡愉如夢一場，亦題詩〈天外天觀劇〉云：

傀儡衣冠各擅長，陸離光怪總堪傷。
眼看世態真還假，影射人情顯又藏。
天外有天原不錯，戲中是戲却何妨。
可憐灯灺三更後，枉使繁華夢一場。

此後，台中州之墨客騷人，於天外天劇場度過不少生命中過眼雲煙的歡愉時光。

三、

寒露十月初，午後微雨，我和M約好去探訪天外天劇場。沉寂了近七十年的天外天劇場，隨著台中市鐵路高架化工程的動工，引來維護舊城歷史建築的文史專家們的關注。

位於台中市後火車站附近復興路四段的天外天劇場，在吳鸞旂時只是戲台，招待外賓和酬戲之用，到其子吳子瑜時因愛好戲劇，將戲台改建為劇院。台灣光復後吳子瑜將天外天劇場賣掉，以修建台北「梅屋敷」，幾年以後天外天劇場易主，改為國際戲院，播放二、三輪電影。

照片由筆者自行拍攝

照片由筆者自行拍攝

「天外天的命運實在多舛哪！」住在天外天劇場對門的鄰居阿姨說。阿姨年約六十出頭，她說小時候和阿嬤在天外天劇場門口賣香菸和冰品。談及幾十年前的往事，她布滿紋路的臉龐因笑容而舒展開來，神情略顯興奮，回憶如流水般傾瀉而出。阿姨說，當時的天外天劇場演出一如卓別林的默劇，住家隔壁的退休老師曾擔任當時的旁白者，沒能進去觀劇的她和一群孩子們，雖不能觀看螢幕，但常能在劇場外聽見旁白說出的故事情節，倒也能從中得到盎然趣味。

半毀的建築正門口左側地上，一圈呈現直徑約五公尺的正圓形遺跡，殘破的磚形可見，阿姨說：「這是天外天劇院的售票亭」，她隨即指出前方住戶王先生的太太曾當過售票員呢！

走進劇場，寬闊而損壞的空間裡，空氣瀰漫微微的銹蝕味，隨意停放著車輛和摩托車，大片的鐵皮堆滿一地，完整的、捲曲的、混亂的、粗魯的疊放，樑柱上張牙舞爪的鋼筋求救似地外顯，水泥斑落掉粉落漆，牆上大片大片的水漬暈染如鬼魅之影，踩踏在滿是碎玻璃和著泥灰、髒水、小鐵片、破磁磚的地面，發出嗶嗶剝剝的聲響……啊！那是心碎的聲音。

丟在牆角的壓克力招牌看板上寫著：國際鴿舍。阿姨說，這是繼國際戲院後經營的養賽鴿場，一樓的樓面當作停車場，二樓以上就是鴿舍。頹毀的樓梯，梯柱貼著馬賽克磁磚，襯著扶手的鐵件，雖已破舊陳年，仍可見其古典雅致，然而梯與梯之間的踢腳鐵件已不見，被補以水泥代替，猜測可能被不肖之徒挖去變賣。

照片由筆者自行拍攝

沿著危梯上到二樓，其格局之大器與奇異，真是令人嘖嘖稱讚。屋頂水泥部分均被敲落，裸露出巨大圓形橘紅色八爪鋼筋結構體，近三百坪的寬闊廳堂空間，八卦陣環式的迴廊，四通八達的圍繞其外，每個角落都有樓梯相通，梯與梯之間還有閣樓，高高的閣樓頂上掛著沒被偷走的美麗花形吊燈。

照片由筆者自行拍攝

照片由筆者自行拍攝

照片由筆者自行拍攝

學美術設計出身的Ｍ說，看它牆面的設計，牆與牆之間細細的線條溝紋，牆與天花板之間的三角形收尾設計，窗戶木框的框台，門與牆接合的旋轉鐵片的完美弧度，廁所裡馬賽克拼貼磚著圓弧貼法……在在都顯露出整棟建築在現代主義之間融合古典風格的設計。

繞著建築遊走，回到寬敞的大廳空間裡，令人好奇的是為什麼所有的牆面都被黑色物質所覆蓋？阿姨說，在租給國際鴿舍之前，還曾被人租作製冰廠，黑色物質就是保冷的設備。

不禁感嘆天外天劇場的確一如阿姨所說，命運多舛。

就在大廳主牆面中，我看到大片黑色物質之間出現奇怪的紅色字體，經詢問阿姨，她表示，被覆蓋住的紅色字體其實是一個大大的「天」字，黑色牆面底下左右兩側各繪有一隻黃虎旗幟。

話說西元一八九五年，清廷與日本馬關條約，將臺灣、澎湖割讓日本。臺灣士紳嘗試各種辦法，請求朝廷收回成命，未果；臺灣仕紳只好直接尋求外援。一八九五年五月二十五日，原臺灣巡撫唐景崧在二十一響禮砲中就職總統，臺北城內升起油彩繪製，長三．一公尺，寬二．六公尺藍地黃虎旗，「臺灣民主國」誕生。但日本軍隊仍登陸臺灣，十天之後，唐景崧便倉皇離臺，臺灣本地的豪紳義勇抗日，雙方血戰五個月後，日軍逼退劉永福，十月二十一日日軍進入臺南城，號稱全臺底定。「臺灣民主國」正式畫上句點。

我隱約覺得，歷史的真相就在眼前。

法國諾貝爾文學獎得獎作家派屈克．蒙迪安諾（Patrick Modiano）說：「我用盡一生，只為追尋那個原點。」是的，深埋的記憶、舊城的歷史，必須回到原點的故事場景，一絲一毫地再探鑿、敲擊、挖掘、清掃、剝除，唯有如此，才能從廢棄腐爛的記憶深淵中，探詢歷史真實的華美。

台灣民主意識的啟蒙、抬頭，是否就在這個古老的劇院裡發酵、生根呢？被黑色物質覆蓋下的牆面裡，到底埋藏著甚麼呢？

我想追尋那個原點。

四、

吳鸞旂長子第十七世吳東璧，又名吳子瑜，別號小魯，生於一八八五年，小魯之號取意於孔子登東山而小魯。吳子瑜是位文人，為人豪爽闊綽，人稱「東璧舍」。在日治初期曾在北平讀書，並到上海、北平各地從事商務。

民國十一年吳鸞旂過世，吳東璧回台奔喪，繼承家業及租館之務，依其父遺囑，於台中太平市車籠埔冬瓜山興建祖墳「吳鸞旂墓園」和「吳家花園」。吳家的園邸因在冬瓜山之東，故名為「東山別墅」。花園占地十餘甲，四周修築粉牆，園內建廳堂、噴水池、石橋、亭台樓閣等，並種植五百多棵福州種荔枝樹，別墅內有叢桂山房，為日後詩友文人們採墨擊缽之所。

第一次大戰後許多新興國家獨立，爭取民族自決的呼聲高漲，在這波潮流下，為爭取台灣民眾的權利，設置議會乃成為重要目標。議會設置請願運動是藉由台灣文化協會的活動推廣至全島。「台灣文化協會」成立於一九二一年，雖由蔣渭水創立，但得到林獻堂和吳子瑜的大力支持，林與子瑜是表兄弟關係，自一九二三年至二七年止，他們積極參與文協的活動，對民眾進行思想的啟蒙，啟發青年之民族精神。

隨著東亞的國際情勢出現重大的變化，日本的殖民統治政策在一九三〇年代初期展露擴張的野心，開始大力提倡所謂「大亞細亞主義」。這時台灣島內最值得注意的呼應團體，是「東亞共榮協會」。這是一九三三年由都是由地主資產階級主導的抗日團體，林獻堂是地主資產階級的代表人物，台中州內的東亞共榮協會，以「內台融和」為基礎，促進東亞民族融合為目標。林獻堂偶假吳子瑜的天外天劇場舉辦內台融和之演講聚會。

然東亞共榮協會意圖實現資產階級改革要求，以改善殖民統治壓迫團體的目標，顯然是失敗了。熱心投入會務的台灣知識分子付出了慘痛的代價。這些代價除了東亞共榮協會之外，還包括一九三七年間霧峰一新會、地方自治聯盟的解散，同年《台灣新民報》被迫廢止漢文版等。進入太平洋戰爭之後，地主資產階級長期努力所建立的台灣新民報社與大東信託會社也都遭到兼併，儘管吳子瑜是大東信託會社的重要股東，一切努力都仍化為烏有。失望之餘，子瑜全家遷往大陸，計畫發展事業，1939 年捐出台中市大智路的吳鸞旂豪華公館。然赴燕計畫發展不順，一九三九年子瑜返台，移居太平冬瓜山吳家花園裡的東山別墅，終日優游於山水庭園中，過著閒雲野鶴的生活。台灣應社詩人吳蘅秋有詩〈次韻吳小魯移居東山〉云：

林下棲遲適有餘，歸田賦就合懸車；
館名叢桂逢秋草，眼向青山特地舒。
瀹茗湲爐旋煮酒，種瓜分壠欲栽藷；
野蔬足味糧充腹，莫怪時人羃退居。

子瑜經表兄林獻堂的推薦，加入中部最有名的詩社「櫟社」，此後常以「小魯」為名在櫟社發表詩文。子瑜雖承家業和前後十多年赴大陸經商、並介入民族運動，但其終生志願仍在詩集創作上。他曾自創怡社，與櫟社、東墩吟社，三社社員林獻堂、傅錫棋、蔡惠如、連雅堂等文人，經常在吳家花園以及林家萊園聚會，表面上是吟詩作對，其實為密商國事，籌組會黨，企圖以文化抗日的方式擺脫日人的統治，文人彼此切磋詩藝，以作詩自我遣懷。或許是經商未成抑或是國族尊嚴創傷，子瑜曾在〈奉酬鶴公祭懷原韻時在北平〉一詩中，表達出舟車山水、經霜年日的人海沉浮之感和一事無成之嘆：

人海風霜以飽經，未成一事欠機靈。
臨池細選松煙墨，破悶唯傾竹葉青。
故里園林頻入夢，世情變幻似移星。
時頒鯉素公偏摯，始終關懷萍散聚。

以及在〈秋興八首用杜韻〉中的最後一闋，顯見子瑜憂心國難的一種惆悵無奈，不得不然的悲懷：

丘谷縈紆石蹬迤，長堤樹影漾平陂。
黃花晚節留三徑，柏子精忠恥北枝。
塵世潮流時起落，樸純風俗日遷移。
天南四季真如夏，近郊山園橘柚垂。

五、

黯淡的天色下，天外天劇場特別顯得孤單、荒涼、落魄，當年雕花鐵鑄圍欄藝術性地將「吳」字鏤刻在中間，四個角落的蝙蝠圖樣取意「賜福」，雖已然陳舊，但可見舊時風華；違章亂建的電線電纜，蛛網般的胡亂攀爬在牆壁上；「國際戲院」四個大字的油漆也已剝落，僅能在殘存缺損的隱約中猜測字體；昏暗凌亂的空蕩內裝，你不免跨越時空地想像當年舞台上，是怎樣的五彩光影游移晃漾。女主角的小鳳仙裝嬌滴美艷，對戲的男角羽扇綸巾一身俊俏，鑼鼓響起，雙絕悠揚的對唱一曲〈亂世嫦娥〉，金光輝煌，台下座無虛席，在一片脆生生的歌聲中，餘韻低迴繚繞……。

一隻小黑貓忽悠的從腳邊輕巧閃過，一雙碧眼綠瑩瑩地帶著窺視的意味，「天外天」被夜色吞沒在黑暗裡，恍如塵世裡被淡忘的一角。站在闃黑的街邊，你這樣想：如果能將天外天劇場保存修復原貌，恢復它的歷史光華呢？

天若有情天亦老，月若無恨月常圓；我心中不免有些落寞。

歌手林俊傑的歌〈修練愛情〉，歌詞這樣寫著：「記憶它真囂張，路燈把痛點亮。情人一起看過多少次月亮？他在天空看過多少次遺忘？多少心慌……」聽著聽著不免要黯然神傷，人世間的情愛如此，而珍貴古宅的破壞消逝，在先祖遺族們的心中更是繁華散盡的痛楚憂傷。

終點有各種形式，但遺憾卻沒有盡頭，繁華在時光中凋零，在記憶中盛開，然而除了記憶，還剩下些甚麼……。

六、

乳燕歸巢，守護家園，聲聲呼喚，不要遺忘，不要遺忘。

在遺憾之前，我們的選擇是甚麼？

是的，我們可以選擇：不要遺忘！

原刊載自二〇一五年十月十五日天下雜誌獨立評論

Ⓑ、在遺忘之後
——記天外天劇場的消逝

「現實的精華就是匱乏，一種普遍而永恆的欠缺，
這個世界上的一切東西都不夠人們受用，食物不夠，
愛不夠，正義不夠，時間永遠不夠。」

尚・保羅・沙特

一、

夜底晨淵時，飛燕的家巢傾頹，牠們流離失所，在狂風暴雨之中，牠們繞圈打轉著，斗大的雨點粗暴地落在羽翅間，牠們奮力振翅撲飛，一心只想前進、飛高、飛遠，然而風暴摧殘的鋼鐵樹幹倒下，發出巨響的怪物擊中纖弱的軀體，潮濕的羽毛在空中飛散，輕輕地隨著風飄遠拋颺。

一根完整的鳥羽飛離，它仍然懷抱著夢，將方向交託付於遠風，朝向未來的天空馳騁，它飛得越來越高，遠方的視線前無阻隔，它在氣流之間忽高忽低、忽近忽遠地飛著，高空中它自由穿越，俯瞰整個城市，美的、醜的風景一律盡收眼底，它胸無罣礙地前進，已經離開最美也最醜的過去，輕緩溫柔的高處雲層朵朵，懷抱著、簇擁著，離豔陽的溫暖很近很近，亮晃晃的橘黃光線照耀，它回想到在那老屋簷下旁邊的那盞街燈，也是這樣的橘黃光亮。

二、

二〇二一年二月的天外天劇場，僅存一方殘垣，在輝煌的夕照中喘著一口氣息，吐納之間盡是灰飛煙塵，「她早已經沒有存在的價值。」他們說。於是在怪手攫取她的心臟之後，她垂下一顆顆石礫混凝土塊做的淚珠，百年的鋼筋如血紅色血管般地錯結，被掏盡的臟器已然癱在地上還諸天地，已經被預知的死亡，即使到面臨的時刻，仍然叫人怵目驚心，不忍卒睹。

照片由筆者自行拍攝

斷垣之間，恍見一把火光，那是芥川龍之介的小說《地獄變》的火光：驕奢淫逸的堀川命良秀畫一扇屏風，但是良秀苦於畫不出在烈焰中的痛苦神情，請堀川提供「點燃大火的檳榔毛車中坐著一位貴族裝扮的豔麗女人」之真實情景。最後，堀川在他焚燒的車內以鎖鏈捆綁的女主角，正是良秀的女兒。良秀在目睹女兒慘遭火刑驚心動魄的一幕後，臉上竟露出喜悅的神情，完全以畫師的立場取代了父親的立場。地獄變屏風最後如期完成，眾人皆為屏風的技藝高妙所懾服。但是第二天晚上，失去愛女的良秀便在屋子裏自盡了。

人間的悲劇莫不過權力與藝術價值的對峙吧！

二月正值小雨時節，濕冷的夜雨傾落在復興路街區，之外的別處竟然陽光普照，落雨之後的潮氣讓天外天劇場的現狀更為淒清，身為知名的網紅廢墟，著實名不虛傳，鬼一樣的孤寂，日後的網紅們無處可拍照了，他們轉移陣地，反正台灣各處的鄉鎮裡到處都有廢墟殘牆，然而一如天外天劇場般龐然壯闊的廢墟之地，恐怕是絕無僅有，之後亦不會再有，天外天已然在無邊的時空中靜止，或是被遺忘，或許被記得。

天外天劇場的存廢，屢經文資審議，過程猶如電影情節般糾葛，眾聲喧嘩而且喋喋不休之間，耗損著她的命運。

懷想不久之前，經劇場地主的同意，與好友H進入此空間拍照懷舊，緬觀吳家的曾經。攝影技術精巧的老手H，從他的單眼相機中看到的天外天劇場，別有一番風情，一種美人遲暮的韻味。

屋頂鏽蝕的紅色桁架灑落下來的天光，顯示古早之前的蒼茫；長時間從加蓋的二樓地板破洞流瀉的雨痕，形成一小塊潮濕地，青苔置之死地而後生，四周的黑牆襯得青苔地的綠意很後現代主義，生氣卻荒蕪；從狹窄闃黑的放映室窗口看出去，蒙昧的情慾正發芽，在天外天後期更名為國際戲院的年代，情色電影的妖嬈所招喚來的意念，是當年許多男人微諳青春的地方。

劇場正後方的一整排房舍，是合法性工作者的交易場所，並不屬於天外天劇場，但是正因為比鄰而居，讓大多數的人將其與天外天劇場畫上等號，使這一整個街區被台中人非議，冠上一個臭名聲。

坦然而誠實的劇場，在陽光下，用原始的身體交易獲取生存的人生；在陰影裡，錯落糾結，悲傷無依；但兩者又相濡以沫。

寂寞的天外天劇場，坐在這裡忍受口水戰的是是非非，然而約莫八、九十年以前，當你途經她的青春，正盛開怒放。

三、

一九四八年，京劇名伶戴綺霞一行人，搭乘太平輪緩緩駛入基隆港，在台北大稻埕的新民戲院登台演出，和在永樂戲院的顧正秋打對台。兩位大師論技藝各有千秋，以資格經驗戴綺霞略勝一籌，戴綺霞《穆桂英》的帶唱老生、《龍鳳呈祥》全本戲孫尚香後加武生的〈周瑜歸天〉、反串三本《鐵公雞》的張嘉祥，一個女伶這樣舞刀弄槍、滿台翻滾，在民國三十七年民風素樸的台灣，正是前所未見的表演。

戰後初期台灣的京劇，延續上海派京劇傳統的基礎，京朝派藝術已然在台蔓延開來，戴綺霞京劇團就這麼順勢成立了。一九四九年戴綺霞京劇團第一站南下到台中的天外天劇場演出，當時天外天已經改名為國際戲院，演期一個月。之後戴綺霞京劇團南北走透透，紅遍半邊天，成為國寶級的京劇名伶。

戴綺霞何許人也？

一九一八年出生於新加坡的戴綺霞，母親筱鳳鳴是知名的梆子戲青衣演員，從小耳濡目染立志學戲。七歲學習文武老生，九歲時在母親的同意下正式習練旦角的「蹺功」，奠定基礎拜師學藝，而後便在上海展開了搭班的生涯，直到三十歲跟著劇團來到臺灣，這一待就是七十年。曾經自己組過劇團，搭過軍中的劇團，更演過十五部電影，如《軍中芳草》、《沈常福馬戲團》，可看見她強而有力的京劇身段。七十四歲時演出《辛安驛》飾演周鳳英，八十五歲演出《紅娘》飾演紅娘一角，以九十歲高齡演出了名劇《穆桂英掛帥》，九十四歲還能下腰演出《貴妃醉酒》，更為轟動一時。戴綺霞在高齡一百歲之際，演出了《觀音得道》劇中的妙善公主，也正式告別了京劇舞台。

二〇一二年，她獲得臺北市傳統藝術藝師獎。目前居於台北市安養院，仍致力於傳授京劇。在院內設立國劇團，帶著入住者們、不分男女一起練戲，從吊嗓子、練功、身段刁鑽，戴綺霞絕對親自教導、傳授，為的就是將自己這份骨子裡對戲曲的熱愛，綿延無盡的傳下去。

一世紀以來，百歲人瑞堅持所愛，在屬於自己的舞臺上發光發熱，將戲曲做為終生的使命與目標，掌聲的背後，是數以千個辛苦、苦練的日子，如今皆幻化為一幕幕絢麗的畫面與記憶。

關於她在國際戲院的演出呢？

在養老院的她，笑笑地說：「過往如雲煙。」

照片由筆者自行拍攝

唱戲的人安在，戲曲繼續傳唱下去，然而唱戲的舞台，已然傾落，繁華終究如雲煙一場。

詩人吳維岳曾在天外天劇場觀戲後，寫出曲終人散的感懷詩：

魁儡衣冠各擅長，陸離光怪總堪傷。
眼看事態真還假，影射人情顯又藏。
天外有天原不錯，戲中是戲又何妨。
可憐灯灺三更後，枉使繁華夢一場。

四、

我在街區中走讀，聽我分享舊城故事的朋友裡面，有老有少有男有女。炎夏中大家揮汗凝神聽故事，我盡己所能敬謹述說過往。

「時間涵容歷史，歷史最後剩下記憶，但是記憶如果消失呢？」

「不知道，老師沒有教。」一個中學生俏皮地說，惹來眾人一番訕笑。

大家面面相覷，沒有人能回答我的疑問。是的，我自問自答，折翼的過往亦是歷史，關於沒有書寫在歷史課本的地方歷史，有時一溜煙就這麼被遺忘了。太平吳家，只剩下地方誌或是台中文學史裡面的寥寥數語，連進入正史的資格都沒有。現實的殘忍，有時候真叫人怨嘆。

當下我說了一個在書裡看到的真實故事。

倫敦有一處兒童公園，門口貼了告示：這是兒童公園，只給兒童和帶兒童的大人進入。

為什麼會有這樣奇特的規定？

話說以前的倫敦繁華卻也罪惡，路旁不只有水流屍，更有出生就遭遺棄的嬰兒，以及勉強存活卻奄奄一息的孩童，人間即是煉獄。貴婦衣香鬢影，街角臭氣沖天，多數人選擇睜一隻眼閉一隻眼。

一名船長名柯朗（Thomas Coram，一六六八年至一七五一年）心想：「難道就這樣見死不救嗎？」他不富有，卻有決心和毅力，花了十七年時間辛苦奔走，終於募來可觀資金，得到英王頒下許可，在一七三九年成立了可能是世界上第一個慈善法人機構「倫敦扶幼院」（Founding Hospital），扶幼院在一七四一年開始收納孤兒，直到一九二〇年養育院遷往郊區。

問題來了！市中心精華區空出這樣一塊地，各方勢力都來覬覦，要蓋大樓或建商場。當地居民不願這段歷史就此湮沒，爭相請願募款，最後加上善心人士資助，終於保留此地做為公園並成立基金會管理。這個地方被稱為「柯朗園地」（Coram’s Field），依然維持專屬兒童的傳統，旁邊還蓋了兒童醫院。當年的善心義舉，至今仍然被大家記得。

作曲大師韓德爾於一七四九年到養育院指揮演出知名的《彌賽亞》樂章，轟動的演出使韓德爾被選為養育院管理人，他之後的每年在養育院指揮《彌賽亞》慈善演出，一直到過世。

愛心並不因他過世而寫下休止符，韓德爾在遺囑中寫明：無論何人何地，只要在版權時間內演出《彌賽亞》，就會有一部分版稅捐給倫敦扶幼院。這份遺囑以及韓德爾手稿和諸多樂譜，目前都存放在公園北邊的紀念館。

紀念館每周日下午有小型音樂會，柯朗園地也不時上演韓德爾《彌賽亞》或其他作品，感謝作曲家當年的愛心。

柯朗園地的慈善努力與記憶傳承，融化了這個世界的勢利與殘酷，在兩百多年後的今日，化作公園裡洋溢的孩童歡聲笑語。

從「倫敦扶幼院」到「柯朗園地」，到傳唱世界的《彌賽亞》，這一則流傳近三百年的慈善故事，顯示英國人對文化保存的重視，是真實守護歷史的初心，讓歲月積累成文化。

聽到此處，人群中有一位花甲阿伯，突然發出喟嘆：

「幹，咱就是沒文化，古蹟全部拆光光啦！」

阿伯，您還願意選擇當個傳唱人嗎？

在街區、在樹下、在小巷裡開講，把文化保存的根深深地紮進城市的紋理裡面，過往並不如煙，遺忘才是。

五、

一九四六年吳子瑜為修建國父史蹟館奔走，不惜脫手天外天劇場，將其資金轉往國父史蹟館的營運，子瑜與中國國民黨立約，承租國父史蹟館改名為新生活賓館，除負擔房租外，亦負擔房屋的修繕費用。

據灌園先生（林獻堂）日記記載：

一九四八年十一月八日吳子瑜前來，請寄付建築國父石碑及亭之費用，約其斟酌過後再決定。

一九四八年十一月二十五日，吳子瑜再訪，請捐見國父之紀念碑於新生活賓館，十一月二十七日與金海商量，決定五十萬。市黨部書記長徐鳳鳴來，請黨員特別寄付，許之二十萬。

一九四九年三月八日到新生活賓館探視吳子瑜之病，次訪柏壽、振甫、陳漢能，坐談數十分間。

一九四九年八月三日三時看子瑜之病，子瑜兩足痲木，不能起床。

一九四九年九月四日二時往看子瑜之病，近日無進行，使人扶之坐起，雜談數十分間，約招天成來為之診察。

一九四九年九月二十二日二時餘看純青之疾，他能出坐談，又同天成看子瑜之病，他明日將入醫院治療。

一九四九年九月，林獻堂以治療頭部暈眩為由，離開台灣，寓居日本，留下了傷感的詩句：「異國江山堪小住，故園花草有誰憐。」

一九四九年吳子瑜於病中作詩〈己丑秋後病中作〉：

一病如人彘，四肢俱不仁。
醫家將束手，兒輩總憂神。
國難無寧息，民生感苦辛。
生勞死方逸，軀殼本埃塵。

一九五一年六月十九日吳子瑜病逝於台北，享壽六十七歲。

一九五六年九月八日，林獻堂病逝於東京寓所，享壽七十四歲。

獻堂先生和子瑜本是感情相好的表兄弟，生命的盡頭到來時，卻互不能長相左右。

六、

台中車站自一九〇八年全線通車至今已超過百年歷史，改為高架鐵道後，綠空鐵道軸線計畫，一．六公里長的台中舊鐵道變身成充滿綠意的廊道，於其間走讀地景，優游閒適，串聯舊城區的沿途兩側，新舊建築可以見證百年來的歷史演進。

舊臺中車站，是臺鐵臺中車站自一九〇五年設站開始至二〇一六年臺中鐵路高架化通車前所使用的站房建築，舊前站位於臺中市中區，舊後站則位於東區。舊前站建築建於一九一七年，車站主體為紅磚造，屋頂為洋式木構造，月台則為鑄鐵構造，與臺灣總督府（今總統府）同為「後期文藝復興風格」辰野式建築，於今指定為國定古蹟。

舊後站原為糖業鐵路車站，現在的新站入口，正是以前舊後站的出口，新舊之間，隨著時間的遞嬗推移，交換了位置，不變的是，位於車站正對面的天外天劇場，恆常的矗立著。

一九三三年九月十三日，子瑜獲得天外天常設映寫館暨劇場的建築許可，一九三六年天外天劇場風風光光的開幕，在這將近九十年的時光中，她靜靜地觀看歷史的火焰燃燒黑煙繚繞，車站前吞吐的火車鳴笛聲與來往的人潮，是生活本來的樣貌，人的生生死死，事物的起起落落，數不清的晝夜交替，現在，二〇二一年的隆冬初春，天外天的故事就要結束了！

是的，你說有開始就有結束，這是物質不變的定律。

但是，有沒有例外呢？有沒有永恆的彌賽亞呢？

我站在鐵道綠空軸線的散步小徑，前方迎著黃昏的落日餘暉，前方遠遠的高空中，我彷彿看見一根羽毛輕輕漂浮著，我的視線隨著羽毛流動的方向走著，當它撫過一個牆面鐫刻著「天外天劇場」，停留在「天」這個字上頭，我不禁啞然失笑了。

我腦裡想的是「不可承受之輕」這幾個字眼，究竟，什麼樣的情況最符合天外天的死亡境況？是「文化資產的重」，還是「太平吳家歷史的輕」？沈重與輕盈或許從來不曾這樣結合過。

原刊載自二〇二一年二月二十二日風傳媒

照片由筆者自行拍攝

【渠成文化】Pretty life 18

讀人，沒那麼簡單

作　　者　李宜芳
圖書策劃　匠心文創
發 行 人　陳錦德
出版總監　柯延婷
執行編輯　蔡青容
美術設計　賴　賴
E-mail：　cxwc0801@gmail.com
網　　址　https://www.facebook.com/CXWC0801
總 代 理　旭昇圖書有限公司
地　　址　新北市中和區中山路二段352號2樓
電　　話　02-2245-1480（代表號）
定　　價　新台幣380元
印　　刷　鴻霖印刷傳媒股份有限公司
初版一刷　2024年7月1日
ISBN 978-626-98393-4-6（平裝）

版權所有・翻印必究　Printed in Taiwan

國家圖書館出版品預行編目(CIP)資料
讀人,沒那麼簡單/李宜芳作. -- 初版. -- 臺北市：匠心文化創意行銷有限公司, 2024.06
　面；　公分
ISBN 978-626-98393-4-6(平裝)
863.4　　113009165